外国语言文学研究学术论丛 | 总主编 文 旭

多恩灵魂三部曲研究

A Study of John Donne's Epic Trilogy of the Soul

晏 奎 著

科学出版社

北 京

内 容 简 介

本书将多恩的《灵的进程》、《第一周年》和《第二周年》视为完整的灵魂三部曲加以研究。本书研究了诗人的创作态度、思维走向及作品的基本内容、框架结构、表现形式，论证了三部长诗的内在一致性。在此基础上，本书分析了自我、生命、爱情、恒变四大基本主题及其所体现出的深刻的人文关怀，探究了历史与现实、神学与诗学、天文与人文等多种关系及其蕴藏的宇宙人生意识。本书认为，多恩以史诗的手法，塑造了一个"宇宙灵魂"的艺术形象，在文艺复兴"坠落-再生"的主导模式基础上，沿着出自天堂、回归天堂的发展脉络，再现了一次完整的寻求生命真谛的心路历程，并在一系列多元互动关系中，成就了一曲以生命的本真关注为核心的独特的灵魂三部曲。

本书适用于对多恩与英国玄学诗感兴趣的广大读者。

图书在版编目（CIP）数据

多恩灵魂三部曲研究 / 晏奎著. —北京：科学出版社，2016.10
（外国语言文学研究学术论丛 / 文旭主编）
ISBN 978–7–03–050261–2

Ⅰ. ①多… Ⅱ. ①晏… Ⅲ. ①多恩（Donne, John 1572-1631）-诗歌研究 Ⅳ. ①I561.072

中国版本图书馆 CIP 数据核字（2016）第 245606 号

丛书策划：阎 莉
责任编辑：阎 莉 张 达 / 责任校对：贾娜娜
责任印制：徐晓晨 / 封面设计：铭轩堂

科 学 出 版 社 出版
北京东黄城根北街 16 号
邮政编码：100717
http://www.sciencep.com

北京摩诚则铭印刷科技有限公司 印刷
科学出版社发行 各地新华书店经销
*

2016 年 10 月第 一 版 开本：720×1000 1/16
2018 年 4 月第三次印刷 印张：12 3/4
字数：260 000
定价：78.00 元
（如有印装质量问题，我社负责调换）

外国语言文学研究学术论丛

编　委　会

丛 书 序

外国语言文学博大精深，其内容涵盖外国语言学研究、外国文学研究、翻译研究、外语教育研究及跨文化研究等。在我国，外国语言文学研究历史悠久、成绩斐然。近些年来，外国语言文学研究发展迅猛，其理论与模式不断创新，研究方法多种多样。尤其在研究领域方面，其跨学科性和交叉性日益凸显并普遍，如与哲学、符号学、心理学、社会学、人类学、认知科学、脑科学等众多领域的日渐交叉和融合，促使我们必须多维度、多视角、多层面地进行研究，从而在科研上真正做到有所创新、有所前进、有所作为。多学科、跨学科、超学科研究已是当今学术发展的必由之路。

当然，无论是从学科研究历史传统的传承上来看，还是从其未来发展的开拓创新上来说，外国语言文学研究都任重而道远。因此，与时俱进，汇聚外国语言文学领域研究的最新成果，并为先行者和后学共同搭建学术交流的平台便成为促进学科发展极为重要的一环。为此，我们秉承西南大学"特立西南，学行天下"的大学精神，在学界广大同仁的关心和帮助下，精心打造了《外国语言文学研究学术论丛》系列学术专著，以期促进外语界同仁相互沟通与交流，共同创新与进步。该系列学术专著的规模化出版，是西南大学外国语学院科学研究事业中的一件大事，其诞生是学院学科建设与科学研究事业发展的必然，同时也必将进一步搭建西南大学外国语学院学术成果交流的平台。

西南大学起源于1906年4月建立的川东师范学堂，于2005年由原西南师范大学、西南农业大学合并组建而成，是教育部直属重点综合性大学，国家"211工程"和"985工程优势学科创新平台"建设高校。西南大学外国语言文学学科历史悠久、实力雄厚。学贯中西的大师吴宓先生，著名诗人、文学家方敬，翻译家邹绛、外语教育家张正东等学术先贤和著名专家曾在此执教，积淀了深厚的人文底蕴，形成了优良的学术传统和办学特色。西南大学外国语学院拥有"外国语言文学"一级学科博士学位、硕士学位授权点和博士后科研流动站，以及"翻译硕士""教育硕士"专业学位授权点，同时接收国内访问学者。学院拥有重庆市人文社会科学重点研究基地"外国语言学与外语教育研究中心"、西部地区外语教育研究会、重庆市外文学会、重庆市莎士比亚研究会等学术组织或团体。学院现有多名国内外知名专家学者，在认知语言学、语用学、功能语言学、莎士比亚研究、英美现代主义文学、翻译研究、外语教育学等领域有较深的造诣，并在多个全国性学术团体中担任重要职务。改革开放以来，学院秉承"博学中西，砥砺德行"的院训，以"崇尚学术自由、培养外语英才、塑造模范国民"为使命，以"全人教育思想"为外语教育理念，以学科建设为龙头，以科学研究为基础，在语言学研究、文学研究、翻译研究、外语教育以及文化研究等领域取得了一批学术价值大、实用性强的科研成果，多次获得全国和部市级的教学科研成果奖，在国内外产生了一定的影响。

　　本丛书的出版得到了西南大学和重庆市人文社会科学重点研究基地"外国语言学与外语教育研究中心"学科建设的大力资助，外国语学院的许多教师以及各界朋友也给予了极大的支持，尤其离不开科学出版社阎莉女士的真诚相助，在此对他们表示衷心的感谢。诚然，这个新生婴儿的成长与发展，要靠广大学人的呵护和支持。因此，敬祈学界朋友不惜赐教为幸，也热忱欢迎同行专家不吝赐稿。我们将秉承西南大学"含弘光大、继往开来"的校训，继续不遗余力为本丛书的成长壮大添砖加瓦。

　　为学之道，"辟如行远必自迩，辟如登高必自卑"。共同的事业就是共同的生活情趣，也是共同的追求，"嘤其鸣矣，求其友声"。"行到水穷处，坐看云起时"，思考求索的起点，追寻学术的真谛，这就是我们的责任和使命。是为序。

谨识于西南大学

2014 年 6 月 22 日

前　　言

　　本书旨在将多恩的三部长诗，即《灵的进程》《第一周年》《第二周年》，作为完整的具有史诗性质的灵魂三部曲来加以研究。因为它们有着共同的主题，那就是借灵魂的尘世之旅和天堂回归，以展示一个完整的生命历程，所以其所揭示的不仅是灵魂本身的游历，更是诗人对人生价值和意义的深切关注，是以这个关注为核心的特殊的灵魂三部曲。

　　这一构想源自帕特里德斯《多恩英诗全集》中一句轻描淡写的话："多恩《灵的进程》具有史诗的性质。"(Patrides 313)对此，笔者的第一反应是：如果《灵的进程》堪称史诗，那么《第一周年》和《第二周年》就更该被视为史诗。一是因为在文艺复兴时期，史诗在各诗体类型中具有特殊的地位，是用以挑战古典史诗最为有力的体式；二是因为《第一周年》和《第二周年》远比《灵的进程》更深刻、更崇高，也更具影响力，是《仙后》与《失乐园》之间最伟大的诗歌作品。接踵而至的反应是：假如果真如此，那么它们就应该是一支完整的灵魂三部曲，因为灵魂于《灵的进程》之从天国到人间，于《第一周年》之对尘世的解剖，于《第二周年》之从人间到天国，恰如多恩《告别辞：节哀》一样，呈现为离别、沉思、回归的主题，既有强烈的象征意味，又传递着坠落-再生的基本思想，所以是一次完整的生命体验。

　　灵魂三部曲的想法由此而来。然而几乎所有资料都显示：第一，《灵的进程》是讽刺诗，而《第一周年》和《第二周年》则是挽歌，是献给早逝的 14 岁的伊丽莎白·德鲁里小姐的赞美诗；第二，在多恩的编辑队伍中，提及《灵的进程》为史诗的只是很少一部分，大多数则只字未提；第三，在批评界，迄今还没有人从史诗角度研究过其中的任何一部，也没有人将《第一周年》和《第二周年》看作史诗，更没有人将它们当作完整的史诗三部曲或具有史诗性质的灵魂三部曲。

　　我们知道，多恩研究虽在 20 世纪达至顶峰，但早在 17 世纪就已然开始了，那么在这漫长的岁月中，人们何以会忽视诗人的灵魂三部曲呢？对此，最直接的回答或许是作品的不同归属所致。受其影响，国外的多恩研究，就笔者所掌握的材料而言，也基本按类展开，且大多集中在短诗上，尽管也会涉及长诗，但都是作为背景而不是作为主体的，真正属于长诗的研究可谓凤毛麟角；而种种研究，虽出发点、理论根据、研究深度、所得结论等都各有千秋，却也只集中于《第一周年》和《第二周年》，《灵的进程》则始终游离在外，显示出在归属上的固有成规，所以对于三者间的内在联系也就没能察觉。国内的多恩研究本来就为数有限，又都集中在爱情诗上；至于三部长诗，既没有质疑过其归属问题，也没有对其做过深入研究。

因此，把它们视为完整的灵魂三部曲，势必会涉及一系列问题，比如，三部长诗到底是什么性质的作品？其间究竟存在怎样的联系？这些联系又是如何使三者达至统一的？这些问题之所以特别重要，在于它们直接关乎三部曲的构想能否成立，因而也是最基本、最直接、最核心的问题。要对之作出回答，无疑可以从很多方面加以考虑，但最为有力的恐怕还是作品本身。因此，笔者将结合诗人的创作态度、作品所揭示的灵魂的性质、灵魂形象的塑造、灵魂游历的基本走向等，以三部作品的结构特征和思想的关联性为重点展开讨论，以期在回答上述问题的同时，也能揭示三者在运思结构和创作手法上的内在联系，用以证明它们之间的水乳交融的一体性，确定其灵魂三部曲的性质。

接下来的问题是，灵魂三部曲到底要表达什么样的主题？从表面看，应该就是诗人自己所说的永生的灵魂，进一步也可以说是灵魂的一个完整历程，再进一步还可以这样说：当他人致力于通过人物形象的塑造来揭示各色各样的灵魂时，多恩则将鲜活的灵魂直接呈现在读者眼前。那么，这样做的目的又何在呢？难道真如后来的批评所说的旨在语不惊人死不休？如若不然，其背后是否还有人文主题呢？如果有，都是怎样的人文主题呢？有哪些基本内容呢？诗人又是如何让灵的历程体现出这些人文主题的呢？它们是增强了还是消解了三部曲的一体性？之所以提出这些问题，乃是基于这样的考虑：除所谓"玄学诗人"外，多恩还是一个文艺复兴诗人，他的人文思想不仅在其爱情诗中，而且在其宗教诗中也都有着非常明显的反映，所以上述问题恐非空穴来风，而是内藏于作品之中的，是三部长诗不可分割的组成要素。这就意味着，在确定了三者的性质之后，有必要作进一步的主题研究，借以深化对灵魂三部曲的理解。

这种深化又带出了另一个问题，即宇宙人生的问题。一是因为灵魂的形象本身就具有宇宙属性，二是因为《灵的进程》之"毕氏学说"和《第一周年》之"新学"也都包含天人对应的思想，三是因为自 1903 年起就已经有人涉及多恩的"新学"了。但从现有的研究资料看，由于《灵的进程》游离在外，所以人们的目光始终盯在"新学"上，并认定其对立面就是托勒密的地心说；尽管对"新学"的具体内涵也有不同看法，但却对作品明确宣称的"毕氏学说"或者是忽视了，或者没能给予足够的重视，恐怕并不符合诗人的原意，而且对宇宙人生问题也没有展开正面讨论。那么，多恩的宇宙人生到底是什么呢？其立足点究竟在哪里呢？"毕氏学说"与"新学"又有什么关系呢？除此以外是否存在其他要素呢？如果存在，又该如何看待呢？笔者认为，对这些问题的回答或许有助于在更深的层次上去揭示作品的深层含义，有助于更好地把握三部曲的性质和主题，有助于揭示诗人的世界观、人生观、价值观。

总之，从前人的忽视到诗歌性质的确定、从主题的深化到背景的探索，整个研究将紧扣三部曲的构想能否成立这个中心思路，层层深入、渐次展开。

这样的研究，对笔者来说，无疑是困难重重的，每个层次都充满挑战。首先，选题本身就是一个极大的挑战。多恩研究已有数百年的历史，涉及一大批专家学者，如琼生、德莱顿、约翰逊、柯尔律治、德昆西、T. S. 艾略特等从古典主义直到现代派的泰斗、巨匠。此外还有安娜贝尔·帕特森、威廉·克里根、斯坦利·斯图尔特、雷蒙德·沃丁顿等著名的17世纪研究专家，有英国、美国、加拿大、法国、挪威、瑞典、丹麦、芬兰、中国香港等地的众多的多恩迷，以及路易·马茨、芭芭拉·黎瓦斯基等多恩研究大师，有赫伯特·格瑞厄森、海伦·加德纳、伊夫琳·辛普森、加里·斯特林格等著名的多恩编辑、专家。说他们都忽视了多恩的灵魂三部曲，实在并非易事。

更重要也更核心的，是材料的挑战。毋庸置疑，多恩研究的积淀是十分雄厚的，以《第一周年》和《第二周年》为例，仅相关专著就有路易·马茨的《冥想诗研究》（1954年）、弗兰克·曼利的《多恩的〈周年诗〉》（1963年）、芭芭拉·黎瓦斯基的《多恩的〈周年诗〉与赞美诗》（1973年）、爱德华·泰勒的《多恩之女人的理念》（1991年）等。论文则更多，仅约翰·罗伯兹主编的《多恩诗歌研究核心论文集》（1975年）就收录了五篇文章，包括哈罗德·洛夫的《多恩〈第一周年〉的主题》、帕特里克·马奥尼的《〈周年诗〉：多恩对"恶"的修辞鞭挞》、丹尼斯·奎恩的《作为庆贺的〈周年诗〉》、斯坦伍德的《多恩〈周年诗〉中的"本质欢乐"》、西歇尔曼的《永恒的多恩〈周年诗〉》等（Roberts 355-396）。可它们都是对《第一周年》和《第二周年》本身的研究，对《灵的进程》的研究则基本处于起步阶段。换言之，《第一周年》和《第二周年》的研究虽然已相当深入，但都不是从史诗角度着手的，也都没有将二者与《灵的进程》连成一个整体。

研究资料的匮乏，意味着更多地只能靠作品本身，然而多恩却是块硬骨头。海伦·加德纳是多恩研究少有的大家之一，她曾在回忆自己的研究时这样说过："1926年，当我正襟端坐，准备接受牛津大学颁发的奖学金时，有人告诉我说，我获奖的原因是回答了有关多恩与弥尔顿的问题。我将此事告诉了我的祖父，一位对古典诗歌和英国诗歌都有广泛涉猎的退休教师。我对弥尔顿的热情让他倍感欣喜；而说到多恩，他却满脸犹豫。"(Gardner 2)加德纳祖父的"满脸犹豫"恐怕与多恩研究之难不无关系。据说查理一世在得知荷兰诗人康斯坦丁·惠更斯打算将多恩的部分作品译为荷兰语后，曾表示说他不相信有谁真能做好这件事(Smith, *Critical Heritage* 81)。查理一世之所以表示怀疑，在于多恩诗很难，而三部长诗又都是多恩最难的作品。这意味着，要将其作为一个整体，无异于将诗人的思想之难和语言之难都集于一体；加之用汉语撰写，则汉译问题既是无从借鉴的，也是无法回避的，个中之难及其挑战可想而知。

此外还有文化背景问题、研究视角问题等。就文化背景而言，伽达默尔之"探究人的世界经验和生活实践"(伽达默尔 6)的劝告仍犹在耳，格林布拉特"返回个人经验和特殊环境中去，回到当时的男女每天都要面对的物质必须和社会压力上去"(转引自朱立元 401)的原则方法也成效显著。但多恩的时代毕竟与现在有很大差别，所以要把握其"世界经验""特殊环境""每天都要面对"的种种压力，要把握三部曲之一与多、上与下、神与俗、灵与肉、生与死、恒与变等的关系，要理解诗人何以坚持"毕氏学说"，何以论及"新学"，又如何用它们来传递自己的人生观、价值观等，都会涉及大量的文化背景知识，特别是天文、哲学与神学的知识，所以挑战也是显而易见的。

就研究视角而言，似乎不会存在问题，因为时代已经赋予了研究丰富而强大的理论支撑。可多恩毕竟是历史人物，其被称为玄学诗人，乃是在新古典主义时期。在这之前，英国文坛只有创作，没有批评；虽然也有许多影响深远的评论，但除锡德尼《为诗一辩》之外，大多是些只言片语，属有感而发的心得，而《为诗一辩》的理论基础乃是古希腊的摹仿说，其重心是戏剧，而不是诗歌(Sidney 186-206)。这就引出了一个至关重要的信息，即文学创作和文学批评具有离析性的特点：二者既相互依存，又相互独立，处于一种作用与反作用的互动关系中。事实上也是如此。比如，柏拉图和亚里士多德都没有从事过文学创作；贺拉斯和郎吉努斯是在对新的文学现象的总结基础上写出《诗艺》和《论崇高》的；文艺复兴时期的创作空前繁荣，而文学批评却相对滞后；如此等等，不一而足。直至 20 世纪，文学批评的一系列转向及其对自身权利的放弃，都可作证。有鉴于此，笔者将借助文本细读和文化批评，从互动的角度对多恩的灵魂三部曲展开研究。

本书所用引文版本为帕特里德斯的《多恩英诗全集》。文中所引诗和文，包括题记和正文，也包括多恩和其他人的著作，除非注明译者，均由笔者自己译出；对三部曲的翻译，还同时参考了一些其他版本，特别是格瑞厄森的版本和斯特林格的版本。格瑞厄森主编的标准版《多恩诗集》是学界公认的最权威版本之一；斯特林格任总主编的《多恩诗集》则是全球第一个集注版，也是注释最为详尽的版本之一。

　　由于三部长诗都很难，所以除《多恩诗歌全集》类作品之外，一般都不会一并给出，甚至诺顿批评版《多恩诗集》（*John Donne's Poetry. Norton Critical Edition*. Ed. Donald R. Dickson. New York and London: W. W. Norton and Company, 2007）也只有《第一周年》而没有《第二周年》和《灵的进程》。对玄学诗具有划时代意义的格瑞厄森的《十七世纪玄学诗集》（*Metaphysical Lyrics and Poems of the Seventeenth Century*. Ed. Herbert J. C. Grierson. Oxford: Clarendon Press, 1921）则压根就没有收录其中的任何一部。有鉴于此，有必要将三部曲的原文提供给作者，以供读者研读、比较、批评，但考虑到所占篇幅过大，因而改为电子版的形式，放在出版社网站上。请访问 http://www.ecsponline.com，选择"网上书店"，检索图书名称，在图书详情页"资源下载"栏目中获取本书附带的其他资源。

　　1614 年 12 月 20 日，多恩曾致信亨利·古德伊尔，称自己会因《第一周年》和《第二周年》而"遭受多种理解"（Donne, *Selected Letters* 79; Williamson, *Reader's Guide* 47）。灵魂三部曲的构想，作为"多种理解"之一，将《灵的进程》一并纳入，除因三者的共有主题和代表作的地位，还因为它们在内容和形式上的特点也都见于其他作品之中，而且又正好处于前后两个创作时段之间，所以尽管三部曲充满了多重挑战，但它们才是开启多恩研究之门的一把金钥匙。

目　　录

第一章　三部曲的版本探究

自塞缪尔·约翰逊以来，多恩研究注定要涉及"玄学"和"玄学诗"两个基本概念，而一旦涉及"玄学"，自然会联想到亚里士多德的《形而上学》。但多恩毕竟不是哲学家或美学家，只是诗人，所以他的玄学诗首先是诗，是诗的艺术。要将《灵的进程》《第一周年》和《第二周年》这三部长诗当作统一的整体，首先就必须从诗的角度确定它们的性质。在四百年的多恩研究的漫漫长路中，人们之所以没能把它们联系在一起，一个重要原因就是始终坚持把它们划归到不同的类别之中，这里的核心问题依然是诗的性质问题。而要确定诗的性质，首先就必须对诗歌本身具有确切的把握。那么，多恩的三部长诗究竟是什么样的作品呢？它们究竟有什么样的内在联系呢？

第一节　三部长诗的版本信息

1926 年，T. S. 艾略特曾在剑桥大学三一学院做过一次系列讲座，其中第五讲的题目为"多恩的长诗"，包括《讽刺诗》《诗信》《远航》《世界的解剖》《灵的进程》等（Eliot, *Varieties* 139）。今天看来，这个"多恩的长诗"的命题可谓正误参半。其失误之处在于，所谓《诗信》《远航》实际上是多恩的《风暴》《平静》，但却表达得犹如平行的作品一般。虽然舒哈特一开始就提醒我们说，这只是艾略特尚未成书的讲座稿（Schuchard 1），但对不明就里的人却可能带来误解；同时艾略特也没有将《第二周年》纳入其中。其正确之处则在于，他将《灵的进程》作为主要内容之一加以探讨，突出了该诗之于多恩作品的地位和意义；同时这也是 20 世纪讨论《灵的进程》的最早文字之一，尽管不是专论。根据罗伯特·雷伊的《多恩词典》，20 世纪最早的专论也许是威廉·默里于 1959 年发表的《什么是苹果的灵魂？》一文（Ray 392）。默里的基本观点是，《灵的进程》的故事与其说是灵魂的游历，不如说是人的坠落与道德选择（Murray 141-155）。十年后的 1969 年，乔治·威廉森在《多恩的讽刺诗〈灵的进程〉》中还开门见山地指出，《灵的进程》在 17 世纪备受琼生和马维尔的赞赏，在 20 世纪则被学者和诗人双双忽视，只有卡梅伦·艾伦、威廉·默里、格瑞厄森是例外（Williamson，"Donne's Satirical *Progresse of the Soule*" 250）。这当然是针对 20 世纪 60 年代而言的，因为在这之前已有艾略特等的评论，在这之后则有米希尔·泰珀、卡尔·温特斯多夫、罗纳德·科尔泰、雅内尔·米勒等的研究。值得特别注意的是，米勒和泰珀都认为《灵的进程》是一部史诗：前者称之为"奥维德式的史诗"（J. Mueller 109），后者则将其定位成"片段史诗"（Tepper 262）。

《灵的进程》是 1633 年的首版《多恩诗集》的开卷之作。全诗由序言和正文两部分构成，前者全称为《无限的神性；1601 年八月 16；变形；讽刺诗》，后者全称为《灵的进程；第一歌》。诗的完整标题本身就包含了丰富的信息，不但有具体的创作日期，还有作品的体裁类型、主题思想、续写计划等。由于此后再没有标明为"第二歌""第三歌"之类的诗作问世，因此学界一般将《灵的进程》称为"断章"或"片段"。

根据史密斯的观点，在现存的各种多恩诗抄本中，属于 1605 年之前的仅有五本，包括《讽刺诗》三本、《灵的进程》两本（Smith，*Critical Heritage* 5）。这表明在首版《多恩诗集》问世之前，《灵的进程》早已流传在多恩的朋友圈中了，而这也或许是首版《多恩诗集》何以用《灵的进程》作为开篇的原因之一。到 1635 年第二版《多恩诗集》问世时，篇目之间的顺序作了重新调整（Grierson，*Poems of John Donne* 2：xiii），《灵的进程》也因此而被移到了《诗信》之后，但其序言却仍然保留在原来的位置。这是一个明显的错误，所以书中还专门列了一个"勘误"，指出"该序应该与该诗一道位于第 301 页"（Keynes 161）。在 1639 年的第三版《多恩诗集》中，序言和《灵的进程》被重新排列在一处，第二版中的"勘误"因此取消。此后的各种《多恩诗集》，尽管有这样那样的添加、删除、节选等，但《灵的进程》本身则再无变化，表明已经得到世人公认。

《第一周年》和《第二周年》分别作于 1611 和 1612 年。前者原名为《世界的解剖》，其首版封面页名称为《世界的解剖，借此：因伊丽莎白·德鲁里小姐之青春早逝，整个世界的脆弱与腐朽得以再现。伦敦；为塞缪尔·马查姆而印，供其位于大头鱼像旁的圣保罗墓园书店出售，纪元 1611》，其中前半部分为诗名，后半部分为出版信息。后者封面页名称则为《第二周年，或论灵的进程，借此：因伊丽莎白·德鲁里小姐的宗教之死，灵之不适于此生及灵之净化于下世，得以沉思。伦敦；布雷德伍德为马查姆而印，供其位于大头鱼像旁的圣保罗墓园书店出售，1612》，同样分为标题和出版信息两个部分。标题中的伊丽莎白是德鲁里爵士的幼女，死于 1610 年 12 月（Bald，*Life* 238），1611 年恰好是她的周年祭，加之两诗都以她的夭折为契机，所以 1612 年当两诗再次出版时，前者增加了"第一周年"的字样，与后者一道并称《第一周年与第二周年》(*First and Second Anniversaries*)，再往后，因为有批评家将其简称为"周年诗"，所以也有单独出版的《周年诗》(*Anniversaries*)。从此以后，两首周年诗既有分开出版的，也有合并出版的。仅以多恩生前为例，分开出版的就有1621年版和1625年版，其中后者的印制者由布雷德伍德变为了马修斯，出售者由马查姆变成了托马斯·迪尤；合并出版的则有1612年版、1621年版、1625年版和1627年版等，其中1625年版的印制者为斯坦斯比。根据凯恩斯所言，在合并出版的版本中，1612年版、1621年版和1625年版都没有作者名字，但人们都知道是出于多恩之手，原因是多恩曾于1612年致信乔治·杰拉德，谈起过两首周年诗的出版与人们的反应情况(Keynes 134)。

《灵的进程》立足于文艺复兴时期普遍信奉的"存在链"概念，讲述了伊甸园知识树的灵魂如何变身为人的灵魂的故事。《第一周年》和《第二周年》则如其标题所示，借伊丽莎白小姐的不幸夭折，分别从"青春早逝"与"宗教之死"的角度，批评了肉体的世界，歌颂了灵魂的世界。较之于多恩的其他诗作，三部长诗的共同之处一是都有明确的创作时间与出版时间，二是都有明确的主题思想与出版意向，三是都有明确的指向性与象征性。所有这一切，笔者将在后面结合相关命题加以详细研究。这里需要特别指出三点：第一，尽管学界普遍认为它们代表了多恩诗的最高成就，但《第一周年》和《第二周年》都始终被认为是献给伊丽莎白·德鲁里小姐的挽歌，只有《灵的进程》被部分学者视为史诗。比如，雷伊就曾认为："其形式具有史诗的要素，特别是开篇的'我歌唱'以及反映创作计划的一系列'歌'（类似于史诗的'歌'或'卷'），而事实上也确实像一部讽刺史诗。"(Ray 231)第二，由于三部作品相对较长，所以除了《多恩诗歌全集》，现行各种版本都并未将三者全部收录，甚至2007年的诺顿批评版《多恩诗集》也只有《第一周年》而没有《第二周年》与《灵的进程》。即便格瑞厄森那极为重要的《十七世纪玄学诗集》，也就是曾引发艾略特那著名的《论玄学诗人》的选集，虽然在导论中引用过《第一周年》的部分诗行(Grierson, *Metaphysical Lyrics* xiv)，但在真正的诗歌部分则只有多恩的爱情诗19首、宗教诗11首、杂诗5首，至于三部长诗则踪迹全无。第三，自1633年以降，多恩诗便被分为歌与十四行诗、警句诗、挽歌、讽刺诗、宗教诗、诗信、周年诗、婚颂、杂诗、灵的进程、悼亡诗等不同范畴，即便全数收录，也被划归不同的范畴。而现行的许多版本，或选取其中的几种，或每种选择一个部分，或干脆专选一种，《灵的进程》《第一周年》《第二周年》始终是分开编排的。

读者反应理论告诉我们，作品只存在于阅读过程之中。但当某部作品根本就缺场时，那我们是连阅读的可能性都没有的；即便是在场但却已被划归不同范畴时，其间的关联在阅读中的丢失也是颇为正常的。多恩的三部长诗就是如此。《灵的进程》虽在多恩生前出过单行本，但首版《多恩诗集》问世后就再也没有过单行本了，即便出现在某些诗集中，也不见得有人阅读。《第一周年》和《第二周年》则略有不同，自 1612 年起就一直存两种版本：一是单行本，仅多恩生前就在 1612 年、1621 年、1625 年、1629 年都有单独的《第一周年》或《世界的解剖》，也都有单独的《第二周年》(Keynes 134-144)；二是合印本，即学界常说的《周年诗》(*Anniversaries*)①，也就是将《第一周年》《第二周年》合二为一出成一本书。这意味着，从 17 世纪开始以来的四百多年时间里，二部长诗各有自己的不同归属。而这也直接导致了读者的不同反应。比如，格瑞厄森就认为，1612 年版的印刷质量是不尽如人意的，而随后的 1621 年版和 1625 年版则越来越差，直到 1633 年版才有根本改观(Grierson, *Poems of John Donne* 2：178-186)。

　　笔者在别处曾谈道，"琼生是最先评说多恩的诗人之一……由于琼生在当时文坛上处于霸主地位，所以他的品评也就无异于给多恩批评定下了基调"(晏奎，"品评、颂扬与反思"118)。琼生对《灵的进程》十分看好，对《周年诗》则持批评的态度，视之为"亵渎之作"，而且多恩诗"不能为人理解，恐会失传于世的"(Jonson, *Works* 1：113-117)。而大约就在同时，约翰·韦伯斯特却在他的《马尔菲公爵夫人》中四引《第一周年》，六引《第二周年》(Smith, *Critical Heritage* 36)。这再次表明，读者对三部长诗的反应从一开始就不在一个层面上。从 1633 年首版《多恩诗集》收录的献给多恩的 13 首挽歌中可以发现，多恩已然成了才界君主，而成就这一高位的就是他的两首周年诗。其中的原因，正如爱德华·泰勒所指出的，在于那些挽歌作者都清楚地意识到：多恩不仅穷尽了挽歌的词汇，而且手握才界的权杖，所以任何挽歌都不足以表达对多恩的哀悼，只有《第一周年》和《第二周年》才够得上献给诗人自己的挽歌(Tayler x)。到 18 世纪，蒲柏却更加看好多恩的讽刺诗，把《讽刺诗第 2 号》《讽刺诗第 4 号》和《灵的进程》看作多恩的最佳作品。而在约翰逊的《英语词典》(1755 年)中，根据亚特金森的考证，引用《第一周年》和《第二周年》的，分别达 36 处和 21 处(转引自 Smith, *Critical Heritage* 214-215)。这进一步表明，随着时代的变迁和品位的变化，读者对多恩诗的反应是完全不同的，但有一点始终相同：多恩的三部长诗始终都是被分而论之的，一如其出版一样。

　　这样的状况至今依然。这意味着，要把三部长诗作为统一的整体加以研究，势

---

　　① 在《歌与十四行诗》下，另有一首《周年》(The Anniversary)，那是一首仅有 30 行的短诗，写爱的欢乐，格瑞厄森称之为"充满激情的欢乐之诗"(2：li)，不是本书所讨论的作品。

必要首先找到一个突破口。鉴于迄今的各种评价都是基于作品归属的，而归属又是源自作品所折射的态度，因此最好的突破口当属多恩的创作态度。

第二节 《灵的进程》的严肃态度

前面曾提到，灵魂三部曲的构想源自帕特里德斯一句轻描淡写的话。那句话出自《多恩英诗全集》中有关《灵的进程》的简介部分，其大意是：多恩《灵的进程》曾引发过多种解释，其中之一是把它看作"奥维德式的史诗"或"讽刺史诗"或"反史诗"（Patrides 402）。说它轻描淡写，是因为帕特里德斯对该诗的介绍总共只有九句话，而称该诗为"史诗"的只占第四句中的很少一部分。在帕特里德斯的原文里，"解释"一词原文是 theory，暗示着是来自评论界的看法；而在注释该诗首行"我唱的历程属于那永生的灵魂"时，帕特里德斯说"此行以下，其形式是典型的史诗"（405），则表明他本人也持同样的看法。关于"此行以下"到底截止于哪行，帕特里德斯没有说明，从后续各条注释看大概是第 10 行，也就是第 1 节的末尾。那么，《灵的进程》是史诗吗？

按传统的史诗定义，多恩的《灵的进程》是断难称得上史诗的。根据通行的一般定义，史诗是"歌颂英雄业绩的，以历史、民族、宗教或传说为主题的，用崇高风格写成的长篇叙事诗"（McHenry 4：520）。以此观之，《灵的进程》既没有"英雄业绩"，也没有"崇高风格"，甚至都不属于某个特定的"民族"，所以不是真的史诗。根据《朗文英国文学指南》，史诗是"对英雄人物的描述，通常有一位主人翁，内容多为神话，能给人以启示和崇高感，并隶属于一定的文化或民族传统"（Gillie 505）。以此观之，《灵的进程》同样不是史诗，因为其中既无"英雄人物"，也无通常意义上的"给人以启示"。C. S. 刘易斯虽在《〈失乐园〉序》中划分了两类不同的史诗，即"第一史诗"和"第二史诗"（Lewis 13-51），但他的划分实际上还是对传统的"古典史诗"所作的划分，而《灵的进程》却是很难划归古典行列的。

随着历史的发展，史诗的概念，包括创作和批评，都有了很大的变化，出现了诸如"戏剧史诗""讽刺史诗""抒情史诗""宗教史诗""现代史诗""贫民史诗"等一系列的史诗亚种，人们也常将某些非诗体的作品描述为"史诗般的"。一个极端例子是阿伯拉罕·派斯的《基本粒子物理学史》（1986 年）。此书的中文版由武汉出版社于 2002 年出版后，国内一些著名学者就将其称为"20 世纪的英雄史诗"（郝刘祥284-288）。事实上，史诗的概念，连同其主题和风格等，都处于不断的演变之中，至今没有统一的定论。一般而言，能够称为史诗的，通常具有如下一些基本的要素特征：较长的篇幅、严肃的主题、宏大的场面、高超的叙事技巧及崇高的使命感。而这一切，在《灵的进程》中，如后文的分析所示，除了篇幅不是很长之外，可谓应有尽有，虽然表现方式略有不同。在这一意义上，将其称为"史诗"不无道理。

大概就是因为如此，才会有人从古典史诗的角度，把《灵的进程》称为"反史诗"。因为它不是"歌颂英雄业绩的"，也不是"对英雄人物的描述"，而是歌颂灵魂的，是对灵魂本身的描述。至于"讽刺史诗"之说，大概源于其副标题"一部讽刺诗"。而所谓"奥维德式的史诗"则很可能是因为《灵的进程》在情节上与奥维德《变形记》具有一定相似性的缘故。然而，在故事内容和主题思想上，《灵的进程》却又完全不同于《变形记》，反倒更接近但丁的《神曲》。这就提出了一个问题：多恩为什么要将《灵的进程》称为"一部讽刺诗"呢？答案很可能是因为多恩所讽刺的并不是灵魂本身。对此，他在前言中曾有过暗示：

> 在门廊或过道，他人都放着武器，我则只放自己的像，可有什么色彩能描绘一颗心，这般朴实、这般清楚、这般透明，恰似我的一样。对于一个新的作者，我自然会怀疑，会挑剔，不会轻易奉承。我反复验审以至背负自责。这是我的自由，它让我比别人付出更多，以便自己的东西不致太逊色。可我不会自恼到放弃，因为我热爱写作；也不会失敬于人以至**非要报复**。只要善意地看我，他们必原谅我的尖刻。我不谢绝指责，除非他好似都兰会议，容得下书却容不下作者，对已经写成或将要写成的都横加指责。谁都不会放弃某种榜样而专事恶意，从而让人效仿或使人逃逸的。该书伊始，我无意想欠什么人；储备何以为续，我还不得而知；或许会丧失殆尽，或许会愈用愈丰；倘若我确需借古，自会录入在册、直至子嗣也如数如质奉还，此外，你还将看到我的致谢，对那为我掘宝的，对那点燃烛光指引我到此的，我都会深表谢忱。（Donne, *Complete English Poems* 403）①

这里，多恩的重点在于陈述自己的风格，尤其是坚定的创作信念。从中不难看出，诗人对自己之严已近乎到了苛刻的地步，时刻把自己放在"新的作者"位置，"反

---

① 多恩的"前言"，原文是 epistle，有"书信""使徒书"的意思。"该书"（this book）指《灵的进程》。"借古"原文作 borrow anything of Antiquitie，是双关，一指古代的思想、传说、神话，二指铜币、钱币。与此相应，"储备"（stocke）、"录入在册"（make account）、"直至子嗣也如数如质奉还"（pay it to posterity, with as much and as good），也都是双关。"非要报复"原文是 sine talione，着重号为原文所加。"都兰会议"（多恩原文 the Trent Councell，现多称 the Council of Trent）指罗马天主教组织召开的第十九次大会，因在意大利的都兰市召开，故名。

复验审以至背负自责"，哪怕"付出更多"，也要使自己的作品"不致太逊色"。进一步甚至还可以说，至少在《灵的进程》中，诗人企图放弃处于经典地位的"模仿说"，转而致力于原创性作品的实验，所以哪怕所构思的内容犹如维系生计的收入一般难以预料，甚至于能否实现自己的初衷也不得而知，也不会因此就放弃。正是在这一意义上，多恩对原创性的追求近乎到了破釜沉舟的地步，所谓"无意欠什么人"及"确须借古，自会录入在册、直至子嗣也如数如质奉还"，其表层似乎是欠债还钱之义，其深层却透露出一种从古脱胎的愿望。不从潮流、执意创新、我行我素，其后果如何，诗人内心想必是非常清楚的，所以才苛求自己，才多次提及诸如"怀疑""指责"等话语。诗人承认自己的尖刻，但更希望读者能对之做"善意"的理解，因为大凡诗人，都不可能"放弃某种榜样而专事恶意"。

　　这意味着，多恩在表白自身创作风格和意图的同时，也传递了渴望理解的心情。然而，这种渴望毕竟只是个人的主观愿望而已。作为林肯学院的高材生，多恩如同后来的弥尔顿一样，曾就"新学"与"旧学"、神圣与世俗等众多问题，进行过激烈的辩论。作为"女士贵宾、剧院常客、韵文大家"[1]（Baker 156），多恩对社交圈的生活应该是早已熟悉的，所以，对于渴望理解与不被理解的矛盾，其内心必定也是十分清楚的。或许正是由于这个原因，他提到了天主教的都兰会议，并对其"容得下书却容不下作者"的做法，表达了自己的不满。后人评说该诗，就是依据这一点，将其与多恩的皈依国教相联系，认为多恩是针对天主教的，并以此来理解其中的讽刺。

　　那么，多恩是在讽刺罗马天主教吗？从其对反对教会改革的都兰会议的态度看，应该是的；但从其家庭背景和作品看，则应该不是。我们知道，多恩的父母都是十分虔诚的天主教徒，他本人就是在母亲和耶稣会的养育中成长起来的，对天主教有着非同一般的感情。根据约翰·卡里所称，1594 年，在"要么忠于上帝及其真理，要么把发伪誓的灵魂'倒栽葱送入地狱之火'的可怕时刻……多恩面临痛苦的抉择，而他选择了地狱"（Carey 25）。根据多恩的第一位传记作者沃尔顿所言，多恩在出任圣保罗教长后，还将年迈的母亲接来与自己同住，给了她很好的照顾，她的去世仅比多恩早两个月（Walton xxxviii），所以人们一致同意格厄尔森的看法，即多恩在思想

---

　　① 原文 a great visitor of ladies，a frequenter of plays，and a great writer of conceited verses，语出理查德·贝克爵士的《英格兰王编年史》，是作者对多恩离开牛津大学后在林肯法学院期间的生活的描写。根据沃尔顿的《多恩传》，多恩进入林肯法学院时 17 岁（Walton vi）。后人大多以此为据，以为年轻的多恩是个十足的"浪子"，皈依国教后则全然变成了一个圣人，故有"少狎诗歌，老娶神学"（杨周翰 107）的评语。部分批评家指责多恩的早期诗歌不顾韵律、算不得诗人，这种定位是重要的原因之一。

深处从来没有与天主教彻底决裂，这是其一。其二，多恩在自己的许多作品中，都有较浓的宗教思想，如《讽刺诗第 3 号》和《伪殉教者》。前者究竟写于何时，已不可考证，但其主题之明确则是已经得到公认的，那便是宗教取舍。对于到底是否放弃天主教，全诗始终没有明确回答，但其天主教的倾向却可以从他的《讽刺诗第 3 号》的下列诗行中看出。

> ……真理巍然
> 就在那崎岖险峻的大山之巅
> 想接近她的人，大概必须登攀。（79-81）

后者于 1610 年出版，一般认为是诗人公开承认对天主教的放弃（Abrams 1: 1061），但卡里却并不认为这就是多恩的真实意图。他举多恩本人在文章中的话"上帝让每个国家都有一个权力，犹如让每个人都有一个灵魂……谁也不该自寻本可避免的危险"为例，结合当时的政治和文章的实质，对《伪殉教者》做了深入分析，令人信服地证明了多恩的君权神授思想（Carey 31-33），因此也不能断之为对天主教的背叛，只是劝说天主教徒不该做无谓的牺牲，否则就算不上真正的殉教者，只能是"伪殉教者"。根据沃尔顿的《多恩传》，即便在《灵的进程》写成六年以后的 1607 年，莫尔顿爵士依然在劝说多恩改信国教，可多恩却婉言谢绝了，直到 1615 年，才最终正式皈依国教（Walton vii）。沃尔顿的《多恩传》，由于文字本身的优美，加之重心在于探究多恩的内心活动，所以给人的感觉是多恩尚未做好心理准备。但实际上，莫尔顿之所以规劝，从当时的政治环境和多恩的世俗追求看，是因为 1605 年当被问及自己的信仰时，多恩含糊其辞地回答"基督徒"，给人一种摇摆于天主教和新教之间的不置可否的感觉；而詹姆斯一世则认定一条，即多恩必须从教，别无其他任何选择。这在后来的各种《多恩传》中都可以明显看出。即便如此，也不大可能得出这样的结论，说多恩在这之前就对天主教抱有敌意，故而要对其加以讽刺。当然，这并不意味着诗人全然没有讽刺天主教的意思，这一点，笔者将在本书第四章结合多恩《依纳爵的加冕》详细分析。回归《灵的进程》本身，如果联系序言中所揭示的渴望理解的心情，那么诗人所希望的理解，更多的恐怕是对自己的才华。

这种才华，在今天看来，至少可以从两个方面加以认识：一是仕途理想，报效国家；二是文学理想，也就是后来弥尔顿的"立言"，而不是只满足于做一个"韵文大家"。多恩之立言的想法或抱负，至少可以从其给亨利·古德伊尔的一封信中看出："我留在身后供人评估的财产，应该是我可怜的声誉，望它能留在朋友们的记忆中，所以我会比较在意，并希望他们不会因为爱过我而感到后悔。"（Donne, *Major Works* 169）就仕途理想而言，当时的多恩已身为地区议员，所以并没有什么太大的问题；就文学理想而言，因为《灵的进程》如他所暗示的属于原创性作品，不被理解的可能性最大。或许正是这个原因，他才在序言中用了一半的篇幅谈论自己的创作信念，而另一半的篇幅则用来对诗的思想基础和主题作简要的说明，并在其中直言不讳地阐明了其叙述的严肃性。

> 请你（我将不会再有这样的读者可以言说）务必记住的是：毕氏学说里，一个灵魂能由人而人，由人而兽，也能淡然地由人而物：故此，若发现同一个灵魂居于帝王、马匹、蘑菇，毋庸大惊小怪，其所以然者，非是灵魂无备，而是器官不适。所以，灵魂是西瓜则虽不能走动，却有记忆；请说吧，它在哪家淫乱的大餐上。它是蜘蛛则虽不能说话，却能记忆；请说吧，谁把它用作毒药以获得尊严。躯体使她的官能愚钝了，但记忆一直是她的，故我才要这般严肃，给你叙述她的整个经历，从出生即夏娃的苹果开始，直到现在的她即他，这现在的生活，你会在书末找到。（*Complete English Poems* 403-404）

这里，"直到现在的她即他"（to this time when shee is hee）中的"他"在1635~1669年的版本中改为"她即她"（shee is shee），之后的版本又改回"她即他"。在这段话中，特别值得注意的是，首先，"灵魂"是个泛指的概念，其称谓包括"它""她"和"他"，在首先引用毕达哥拉斯的学说时，诗人用的是实词"灵魂"；当诗人转向西瓜或马匹时，灵魂也相应地演变成了"它"；而当灵魂进入人体时，又分别用"她"或"他"来指代。其次，这是一个永生的灵魂，并随着所附的躯体而改变，或见识"淫乱"、或变成"毒药"，不仅"马匹、蘑菇"如此，而且"帝王"也不例外。再次，之所以能够追溯灵魂的由来，在于灵魂本身的"记忆"；尽管一旦与物质结合，灵魂就"不能走动""不能说话"，甚至"愚钝了"，但其记忆却始终如一。最后，诗人是以严肃的态度来讲述灵魂的历程的，从故事的"开始"，经由整个作品，直至"书末"，都是如此。

这一切都说明，多恩所讽刺的，虽然也有灵魂本身的轮回，但更主要的则是灵魂在其轮回历程中所经历的包括人、动物、植物和矿物在内的整个物质界，因为处于泛指意义上的灵魂，已经突破了个体的限制，打上了"宇宙灵魂"的烙印。在这个意义上，诗人的创作意图，更多地表现为借灵魂的游历以鞭笞丑陋的现实，其背后则是诗人对真善美的思考、对生命价值的探究。或许正是由于这样的原因，所以帕特里治曾肯定地说，《灵的进程》之序显示着一种异教思想，认为多恩对之持怀疑的态度，"他怀疑新柏拉图神秘主义者们所宣扬的毕氏学说能否直接达至上帝"（Patridge 45）。帕特里治的评语可以用作参照，至于多恩是否怀疑"毕氏学说"则另当别论，对此笔者将在本书第四章做专门的探究与分析。回到多恩的序本身，其核心思想显示的是《灵的进程》所呈现的并非个体灵魂，而是"宇宙灵魂"。正因为如此，他才要"这般严肃"地以史诗的方式追述其"整个经历"；还是因为如此，《灵的进程》才更显示出其主题的宏大与严肃。

由此看来，《灵的进程》旨在用具有讽刺意味的故事，表达十分严肃的主题。其中的讽刺固然应该重视，但如若忽视作品的严肃性则恐怕只是一种误读。一旦消除这种误读就不难发现，第一，《灵的进程》是有主人翁的，但这个主人翁并非传统的"英雄人物"，而是多恩心中的"宇宙灵魂"；第二，多恩所关注的并非某个单一的"民族"，而是全天下的整个人类；第三，作品中强烈的历史意识、宗教意识、传说意识等，虽与崇高感相去甚远，却与严肃性密切关联；第四，多恩高超的叙事技巧、作品宏大的生死场面，都透出一种非传统的、跨越时空的使命感。这一切表明，灵的进程》确实具有史诗的性质，并与另外两部长诗有着密切的联系，并得出这样的结论：《第一周年》和《第二周年》同样是史诗。

对此，至少有如下五个理由：第一，三部作品都是诗人少有的长诗，且都有相同的主题，即对灵魂的歌唱。第二，《灵的进程》与《第二周年》的副标题"论灵的进程"具有明显的内在联系，而《第二周年》的主题又与《第一周年》相同，并一道发表，合称《周年诗》，所以三部长诗不仅主题相同、内容相通，而且标题也是相互关联的。第三，它们分别作于 1601 年、1611 年、1612 年，《灵的进程》追述灵魂从乐园到人世的漫长历程，《第一周年》用灵魂的伟大崇高对照世界的渺小卑贱，《第二周年》歌颂灵魂的告别世界和回归天国，所以它们不仅在时间顺序上、而且在思想走势上，都有着显著的连续性、明确的目的性和内在的一致性；而且从故事本身看，也正好构成一个出自天堂回归天堂的完整的圆。第四，三部作品都是专为发表而精心创作的，比其他任何作品都更能反映诗人的创作抱负和思想变化，也更能体现诗人的才华和成就，其中尤以《第一周年》和《第二周年》成就最高，是《仙后》和《失乐园》之间的两部最伟大的诗"（Tayler iv）。第五，《灵的进程》的副标题叫"第一歌"，表明诗人很可能有续写"第二歌""第三歌"的初衷，同时序言中"已经写成或将要写成"的表述也再次强化了这一初衷；而从内容到形式，能与之相提并论的，在多恩的全部作品中唯有《第一周年》和《第二周年》，这说明将三部作品作为一个统一的整体，也是符合诗人的创作意图的。事实上，作品中的许多细节也都显示着三部长诗的内在关系，对此笔者将在具体地方做具体分析。

　　遗憾的是，诗人的这种创作意图，尽管也曾为人所注意，却没能引起足够的重视，更没有对之加以深入研究。对这个意图有所注意的，根据集注版《多恩诗集》，共有 15 人(Stringer 6：355-361)①。而就笔者所掌握的现有材料而言，似乎还应该增加两人：一是威廉·沃伯顿，二是海曼·赫任鼎，因此当为 17 人。在这 17 人中，沃伯顿早在 1751 年编写《蒲柏诗集》时，就曾高度赞扬多恩的《灵的进程》，称之为"优秀的片段"，是没有完成的"高尚计划"(Smith, *Critical Heritage* 204-205)。他可能已经注意到多恩的续写意图，但由于是在注释蒲柏改写的多恩《讽刺诗第 2 号》和《讽刺诗第 4 号》时顺便提及的，所以并没有将之与其他两部长诗联系起来，而是满足于停留在《灵的进程》本身的层面，而且还只把它视为一首尚未完成的"片段"。此后，人们普遍接受了沃伯顿的看法，因此没有进一步加以深究。格罗萨特也是编辑，在他看来，《灵的进程》的序言的主题之一就是"生命"，亦即德鲁里小姐，因为多恩下笔时，其心中已经有了另一个"生命"作为参照，那便是德鲁里小姐，所以他后来的两部周年诗均是《灵的进程》的一种"坦率的延续"，因为它们都再现着诗人心目中的"生命"(Grosart 1：69)；他还认为三部作品都是挽歌，是以"理想女性"为基础来表现诗人的"想象之乐"的(1：98)。格罗萨特的阐释颇有见地，但却显然曲解了诗人的真正意图。梅森、钱伯斯、尼科尔森、艾伦、哈迪森、休斯、罗唯、米尔盖特、田代等都只注重《灵的进程》与《第二周年》的联系，而对《灵的进程》与《第一周年》之间的联系则重视不够。圣兹伯里虽暗示了三部作品的关联，但认为不值深究(Saintsbury 21-22)；而在斯彭斯和默里两人的眼中，三部作品的相关性只存在于某些片段之中，所以不能构成整体的关联。17 人中，只有威廉森认识到三部作品的紧密联系。他把《灵的进程》《第一周年》《第二周年》分别视为罪的缘起、罪的降临、人的缘起，是将三者的关联看得最深的人。他还认为三部作品都以存在链为背景，讲述灵魂的由来、本性和功能，而且也都受"毕氏学说"的影响，表现了恒变思想和数理之于人生的作用与意义(转引自 Stringer 6：360)。因为威廉森旨在

11

---

　　① 按时间顺序排列，他们是亚历山大·格罗萨特(1872—1873)、洛萨琳·梅森(1876)、E. K. 钱伯斯(1896)、乔治·圣兹伯里(1896)、珍妮特·斯彭斯(1909)、伊夫琳·辛普森(1924)、玛乔里·尼科尔森(1950)、卡麦伦·艾伦(1952)、威廉·默里(1959)、O. B. 哈迪森(1962)、乔治·威廉森(1963)、弗雷德里克·罗韦(1964)、理查德·休斯(1967)、韦斯利·米尔盖特(1967)、田代(1969)。

论证挽歌的功能，所以其研究范围只限于两部周年诗，对于《灵的进程》只是顺便提及；而且与格罗萨特一样，他也将《灵的进程》视为一个独立的"片段"。直到2001年，赫任鼎在《从乐园起航》的论文中，才提出了不同的看法，认为《灵的进程》并非什么"片段"，而是"完整的作品"；同时认为，要更好地理解《灵的进程》，就应该将其放在多恩的其他作品中加以比较(Herendeen n. pag.)。他也提到过《灵的进程》与《第一周年》和《第二周年》应该有点联系，可讨论的重点却转向了多恩的神学组诗《花冠》，认为《灵的进程》与《花冠》组诗才是统一的，因此同样没能注意到多恩本人的意图，也没能将三部长诗作为一个整体加以研究。

　　之所以如此，除前面已经提到的四个原因以外，另一个重要原因大概是多恩再没有将别的任何作品冠以"第二歌""第三歌"的称谓。那么，诗人为什么要续写"第二歌""第三歌"呢？《第一周年》和《第二周年》又为什么没有"第二歌""第三歌"的字样呢？至于第一个问题，从上面说到的三部长诗的五个联系中可以得到明确的回答，那就是，借灵魂的尘世之旅和回归天堂，以展示一个完整的生命历程，用以表达对生命价值的关注；这种关注，既是《灵的进程》的，也是《第一周年》和《第二周年》的。此外，三部作品的史诗特征，特别是下面将要分析的"吁请""正文""结论"的宏观结构，以及它们所共有的"自我""生命""恒变"和"爱"等四个基本主题，都是很好的证明。至于第二个问题，大概与诗人当时的处境有关。1601年，多恩与安娜·莫尔秘密结婚，不但失去了很好的工作，还招致了牢狱之灾，断送了自己的美好仕途。根据沃尔顿所言，多恩曾致信他的新婚妻子，其意味深长的署名预示着仕途的完结："约翰·多恩、安娜·多恩、完了多恩。"[①]（转引自 Walton xi）出狱后的多恩除了妻子和朋友可谓一无所有，一方面只能寄人篱下，另一方面虽经多方努力，工作之事仍是不了了之。在这样的背景下，追随德鲁里爵士，并借德鲁里女儿之死，重又回到灵魂主题，却又因事件本身的特殊性而不宜在《第一周年》《第二周年》中缀以"第二歌""第三歌"的字样。这样的做法，在无以为生的情况下，作为一种策略，应该是不难理解的，即便在今天也不乏类似现象。这种做法在文艺复兴时期乃是一种常规，多恩只是依规而行而已，将其看作一种讨好虽然也能说通，但过于强调则似无必要。

　　过于看重《第一周年》和《第二周年》的正面颂扬，可能也是导致人们将三部

---

　　① 多恩的原文为 John Donne，Ann Donne，Undone，其中使用了诗人特别擅长的双关手法，吴笛将其译为"约翰·多恩、安娜·多恩、全部毁灭"（吴笛274），虽译出了意义，但没有译出双关。

作品长期隔离的又一重要原因。这一点，自琼生以来就一直为人深信不疑。在琼生看来，多恩的《第一周年》和《第二周年》都过分夸张，其主人翁不过是一位从未蒙面的 14 岁的世俗少女，却被写得犹如圣母一般，全然是在亵渎神灵。到 20 世纪，为数有限的几个研究多恩作品的专家，如马茨、黎瓦斯基和泰勒，连同集注版《多恩诗集》，虽然并不认为多恩亵渎神灵，也用了略微不同的术语，但也都认为两部作品均是献给死者德鲁里小姐的赞美诗。这与多恩本人的表述截然不同。1612 年 4 月，多恩在给乔治·杰拉德的信中，曾针对两部作品的接受情况这样写道："我与这位淑女素不相识……人们不该认为我是在颂扬她，或任何别的什么人。"（Donne, *Selected Letters* 43）与此同时，他在另一封给好友亨利·古德伊尔的信中，也表达了同样的意思，对"借出版诗歌去赞扬某人"（63）作了否认。而更明确也更直接的，莫过于他对琼生之批评的回答。根据威廉·德拉蒙德的《琼生与德拉蒙德谈话笔录》，针对琼生对《第一周年》和《第二周年》的批评，多恩的回答是他所写的是"女人的理念，而不是现实的女人"（Drummond 3）。至于这个"理念"究竟指什么，笔者将在后文加以分析，但以灵魂为载体去传递这个"理念"，却是毋庸置疑的。同时，两部作品再次回到灵魂主题，并借灵魂的回归天堂，以对应《灵的进程》中灵魂的别离天堂，同样也是毋庸置疑的。此外，多恩的回答早已成为经典引语，而且泰勒就是以此为中心出版其《多恩之女人的理念》的，该书的绪论也因此而以亚里士多德为起笔第一句。爱德华兹也是针对这一点而出版传记《常人多恩》一书的。

　　在《第一周年》和《第二周年》中，赞美或颂扬无疑是无处不在的，然而我们却不能因此而轻易地忽视了蕴涵其间的辛辣讽刺。比如，在《第一周年》里，多恩曾对天文学提出过批评，在他看来，只需简单地利用子午线和平行线，

> 人已经编织出大网一张，这网一旦
> 扔上云天，高天便成了自己的霄汉。
> 既憎恶攀登山峰，又害怕付出努力，
> 我们不去天堂，而令天堂莅临自己。
> 我们催促群星，或用缰绳为其上套，
> 而它们的运动，却不从我们的步调。（278-288）

　　这些诗行，显然包含着对"新学"的无情讽刺，而且态度之鲜明、语气之从容、话语之刻薄，都是溢于言表的。而更重要的则是对人们不敢追求真理的批评，从中不难看出多恩对罗马天主教所持的正面立场，也不难看出对《灵的进程》所作的回

应。如果说这只是对现世的讽刺，那么当直接以灵魂为对象时，也并非总是正面的颂扬，如《第二周年》中的下列诗行。

> 她曾经发动战争，也曾经获得胜利；
>
> 理智没有打倒，反而矫正她的意志；
>
> 她曾经赢得和平，那是这样的和平，
>
> 美和贞节的接吻，实在是前所未闻；
>
> 她曾经就是公正，在十字架上钉死
>
> 了反叛、傲慢和每一个最初的激情；（361-366）

玛乔里·尼科尔森的《圆的突破》第三章和马里厄斯·比利的《多恩诗中的宗教犬儒主义》都曾引用以上诗行，但由于其中的讽刺难以和颂扬画等号，所以认为这里的"她"是指向伊丽莎白女王的（Nicolson，*Breaking of the Circle* 88；Bewley 619-646）。后来也有人从不同角度理解"她"，比如，马茨为了避开可能出现的不必要争论而称之为"中心意象"（Martz，*Poetry of Meditation* 355）。然而，无论作何理解，就两部作品本身而言，诗中的讽刺，或指向人，或指向灵魂，或指向世界，都是客观的存在。

从上面的简要分析可以看出：三部长诗都有讽刺，又都是严肃的作品；忽视其中的任何一个，都有导致误读的可能，从而将它们割裂开来，分别对待，分别研究。比如，马茨曾清楚地认识到《第一周年》中的讽刺，他列举了该诗第 91~376 行有关的讽刺与赞扬，发现二者的比重于第 91~190 行为 80：12，于第 191~246 行为 28：18，于第 247~338 行为 62：16，于第 339~376 行为 20：10，所以他得出结论说"一旦回过头去看整个的《解剖》，那么很快就会清楚地发现，讽刺的比重在诗中是压倒多数的"（Martz，*From Renaissance to Baroque* 55）。

马茨所谓的《解剖》即多恩的《第一周年》，这意味着，《第一周年》与《灵的进程》有着内在联系。他关于该诗的划分，笔者将在后面做更具体的分析。而从多恩研究的历史和现状看，主要的问题在于忽视了其主题的严肃性。这种忽视，具体到《灵的进程》表现为否定，具体到《第一周年》和《第二周年》则表现为误解，比如，琼生关于两部作品亵渎神灵的指责就是一个典型例子。这种否定，在相当程度上，乃是对三部长诗的一种误读，但却似乎已俨然从可能变成了现实，因为由此而来的一系列的严重误读，已经使三部作品的诸多内在联系丧失殆尽。这就要求我们回归作品本身，将三部作品作为多恩全部诗作的有机组成部分加以分析。而一旦将三部作品联系在一起就会发现，如同《灵的进程》一样，《第一周年》和《第二周年》所展示的都是灵与肉的关系，也都是以灵魂为叙事主体，并涉及整个存在链的，因而其中的灵魂并非任何具体的个人灵魂，而是超越了狭隘的个体属性，已然成为能够左右整个生物界、具有普遍意义特征的"宇宙灵魂"。

第三节　《第一周年》《第二周年》的"宇宙灵魂"

在《历史的星空》中，胡家峦先生从多恩《告别辞：节哀》入手，详细分析了英国文艺复兴诗歌中的"圆规"意象，并从哲学、神学、诗学、宇宙、建筑等角度作了精辟论述，以探究"文艺复兴时期充满理想的诗人们为何对'圆规'的意象如此情有独钟"（71-91）。多恩的《告别辞：节哀》共九节，每节四行，由相互关联、各有侧重的三个部分组成，其中圆规的意象见于第三部分，即第 7~9 节。这里，诗人以圆规双脚的一体性比喻恋人的长相厮守，加之间韵的使用，使忠贞不渝的爱情主题表现得极富哲理而又意味深长。学界普遍认为，只要把恋人比作圆规，就已不再是一般意义上的比喻，而是独具匠心的玄学奇喻了；然而多恩却用了三节的篇幅，对这个奇喻加以淋漓尽致的发挥，留下了史无前例的"扩展奇喻"。时至今日，每当提及诸如"玄学奇喻""玄学奇想""玄学诗"等术语时，人们首先想到的便是多恩，是他的《告别辞：节哀》，是圆规的比喻。在相当程度上，《告别辞：节哀》已然成为玄学诗的范本，而圆规则成了多恩诗的标志。大概因为如此，胡先生才决定从这里入手，将圆规用作一个基本象征，进而探索文艺复兴英国诗人的宇宙观。

就《告别辞：节哀》本身而言，笔者认为更加重要的一是圆规这个玄学奇喻之本体和喻体的关系，二是诗歌的圆形意象本身。在作品中，圆规只是一个喻体，其本体则是灵魂。在第二部分，即第 3~6 节，诗人首先借"地球的运转"（9）与"诸天的震荡"（11），亦即"新学"与"旧学"的既对立又对应的关系，论证了水晶天的震荡因为平稳、有序、和谐而"虽然更加巨大，却丝毫无害"（12）；接着论证了世俗情的乏味，就在于将灵魂等同于感官，因而不能承受彼此的离别（13-16）；随后又将感官之爱与灵魂之爱进行对照，肯定真诚的爱不在肉体，而在心灵的彼此验证（17-20）；最后依托传统的天人关系，借个人小宇宙与自然大宇宙的对应，揭示了人与自然、人与人的一体性："我俩的灵魂，于是便浑然一体／虽然我必须走，但经受的／不是诀别，而是延展／好比把金锭打成极薄的金箔。"（21-24）圆规的比喻就是以

15

此为铺垫的，其一体二脚的关系就是"浑然一体"的"两个灵魂"的关系；故此，诗中的本体是灵魂，喻体是圆规，而喻词就是"好比"。

> 即便是两个，也好比
> 圆规的双脚形影相伴，
> 你的灵魂是定脚，看似不移，
> 却也转动，只要另一脚旋转。（25-28）

可比喻并没有到此为止，因为相对于诗的第一部分，灵魂本身也只是一个喻体，其本体是面对生离死别的一对现实的夫妻，这在标题中已经作了明确交代。本诗以劝慰妻子节制悲哀为契机，以喻论喻为谋篇走势，使人与灵互为本体和喻体，在告别与节哀的强烈悖论中，生与死、别与聚、灵与肉、出与归等的对立统一，获得了全方位的照应，而这一切都集中体现在末节，并在结束行达到高潮。

> 你对我也是如此，我就像
> 那另一只脚在绕着你在跑。
> 是你的坚定使我的圆正确，
> 让我结束于我开始的地方。（35-36）

除本体与喻体的互换，诗的另一特点是其圆形意象。首先，诗的谋篇布局是圆；其次，诗的每个部分是圆；最后，诗的基本物象是圆。所有的圆都处于动态关联中，前后呼应、一气呵成，而最终都包容在圆形框架所卷定的宇宙之中，所以可以从运思和文化两个方面，对圆的结构进行分析和归纳，从而在物质、精神和结构三个层次上，去理解诗人的创作意图，还能进而理解诗人其他作品中的意象塑造及其功能作用。对此，拙文《爱的见证》曾对此作过专门分析（晏奎 39-45），这里不再赘述。需要特别指出的是，圆形和灵魂也同样是三部长诗的最为显著的特征。三部作品的主人翁都是灵魂，这个灵魂从天堂出发，经由尘世之旅，最后回归天堂，同样呈现为一次圆形的历程，也同样结束于开始的地方。不同之处在于，《告别辞：节哀》只是"我"的个体灵魂的尘世之旅，而三部长诗则是以"她"为具象的"宇宙灵魂"的完整的生命之旅，有着鲜明的"宇宙灵魂"的特征。

在英语中，"宇宙灵魂"叫作 the World Soul，也叫 the Soul of the World，源自拉丁语 anima mundi，其源头，按多恩的理解，可上溯到"毕氏学说"。在"毕氏学说"中，灵魂就是和谐，其本质存在于完美的数，而完美的数又是宇宙的原则，是天体的音乐。换言之，"毕氏学说"中的灵魂，是与宇宙的生成联系在一起的，因而是一种"宇宙灵魂"①。后来，柏拉图将其与认识论结合起来，在《蒂迈欧篇》提出了"宇宙灵魂"的创造说，认为"宇宙灵魂"是一种创造物，其创造凭借两条规律：一是数学对称，二是音乐和谐（《柏拉图全集》3：284-287）。与此同时，柏拉图还区分了"宇宙灵魂"的两个构成要素：一是"同"（tauton），二是"异"（thateron）。前者对应于普遍和理性的真理，后者对应于感官和个体的存在（286-294）。在《斐多篇》中，柏拉图在毕达哥拉斯之灵魂三部分的基础上，提出了"三重灵魂"的概念：理性灵、情感灵和食欲灵，认为三者分别居于脑、胸和腹三个部位，这就确定了灵魂与肉体的对应，同时也引出了大宇宙(世界)与小宇宙（人）的对应（《柏拉图全集》1：52-133）。在《理想国》中，柏拉图还提出了灵魂的三要素说：欲望、意气、理性（189-205），并特别强调了灵魂的永恒性质（484-485）。

17

那么多恩为什么不言柏拉图而言毕达哥拉斯呢？我们知道，在毕达哥拉斯时期，天文学、哲学、神学、物理学、认识论等并没有全然分开，具有《告别辞：节哀》所说的"浑然一体"性。这种"浑然一体"，在多恩的长诗中也有明显的再现，如匀称、和谐、永恒、三重灵魂、大宇宙、小宇宙等，都是借灵魂的概念加以传递的。另外，柏拉图"宇宙灵魂"的观念本身就包含着"毕氏学说"，恰如科尔内留斯·阿格里帕所说"毕达哥拉斯和柏拉图都宣称 [宇宙灵魂]②是不朽的，它离开肉体回归自身的所属"（转引自 Jordan 66），因此与多恩之坚持"毕氏学说"没有本质的冲突。

那么又为什么要从"宇宙灵魂"的角度来解读其灵魂三部曲呢？微观的回答是，三部作品的灵魂，如前所说，都打上了"宇宙灵魂"的烙印；宏观的回答则是，多恩诗最显著的特征之一，是其无所不在的悖论，而悖论的核心便是神与俗的互动，亦即"以神的眼光去审视人，以人的情感去热爱神"（晏奎，《互动》141），这一切贯穿于他的全部创作，包括爱情诗、宗教诗和布道文。所以从"宇宙灵魂"的角度，不但最能看出多恩的一致性，也最能回答前面所提出的一系列问题。进一步说，犹如其他文艺复兴诗人一样，多恩也生活在新柏拉图主义的影响之中(胡家峦 138；Jordan 64-69)，所以他之所以特别在意"毕氏学说"，恐怕在于回归万物的"浑然一

---

① 关于灵魂的论述是毕达哥拉斯哲学的一个重要内容。什么是灵魂？他说："热的蒸气产生出灵魂"、"灵魂是由热元素和冷元素组成的一个部分"。他还把灵魂分成三个部分：生气、表象和心灵。生气部分最低，植物便具有；较高一级是表象，即感觉的部分，为动物所具有；最高级的是心灵，即关联理性的部分，只有人才具有。他认为灵魂的理性部分是不会死的，其余的部分则会死亡。

② 方括号里的内容为笔者所加，下同。

体"性。或许这也是琼生等批评多恩《灵的进程》写异教，而《第一周年》和《第二周年》"亵渎神灵"的原因之一。再进一步说，在文艺复兴时期，人们普遍信奉的美学原则是寓教于乐，但与此同时，"复兴人"的概念已经深入人心，诗人作为创造者的地位得到充分肯定，而除十四行诗和用无韵体创作的戏剧之外，象征性史诗创作也不可忽视，比如，斯宾塞和弥尔顿都创造了全新的史诗世界，而且也都具有"宇宙灵魂"的所指。正如乔丹所说："斯宾塞、多恩、弥尔顿和乔伊斯，每人都创作了一个重要的'被动'英雄，其角色相对而言并不具备戏剧性，但却充满着英雄气概、充满胜利，这种胜利远远超越了个人界限。"（Jordan 7）所谓"超越了个人界限"，按乔丹的看法，就是因为进入了"宇宙灵魂"的领域，并将其当作"象征性寓言"（5）。乔丹的所谓"被动英雄"乃指斯宾塞《仙后》中的盖恩、多恩《第一周年》和《第二周年》中的伊丽莎白·德鲁里、弥尔顿《失乐园》中的基督、乔伊斯《尤利西斯》中的利奥波德·布卢姆。这一切表明，从"宇宙灵魂"的角度出发，这也是符合文艺复兴诗人的普遍观念的。

多恩的"宇宙灵魂"，如同《告别辞：节哀》一样，其最为显著的特征之一，就在于借灵魂的尘世之旅和天堂回归，构成了一个完整的圆形历程。这个圆形的历程，在笔者看来，就是诗人所宣称的"整个历程"。尽管这一宣言式的表白只出现在《灵的进程》的序中，但《第二周年》对点与线、圆与方及数、稳、元素、黏液等的沉思，却无不体现着与《灵的进程》的内在联系。路易·马茨是研究《第一周年》和《第二周年》的最有成就的专家之一。在他看来，多恩显然忘记了《灵的进程》，所以在创作《第二周年》时，一是用了与前者相似的副标题"论灵的进程"，二是前者的许多用语都进入了后者[1]。而笔者却宁愿认为，之所以如此，正好体现了诗人的运思走向，是以"宇宙灵魂"为主人翁，将三部长诗统一为灵魂三部曲的最直接、最明确、最有说服力的证据。

"宇宙灵魂"的概念，借用汉语表达，就是"天人合一"的概念，而这也同样可以追溯到毕达哥拉斯。根据赫尼格尔的观点，第九世纪的拜占庭辞学家福提乌斯曾在毕达哥拉斯条目下这样写道："人体现了大宇宙的全部特质。大宇宙有神，有四

---

① 来源于马茨《冥想诗》。为此，他在整部书中，干脆把《第二周年》称为《进程》（Progress）。他的根据是，多恩对出版《灵的进程》曾经有过后悔。但是，根据读者反应理论，任何作品，一旦问世，便有了独立的生存权利，不再受制于作者的控制了。此外，多恩为自己的诗加序，《灵的进程》是仅有的几首之一（另二首是《圣颂》与《致贝德福德公爵夫人》），说明有出版的企图，否则就无从理解序的存在。更何况"后悔"也不足以证明"销毁"，所以"忘记"之说显然难以成立。

种元素，有植物和动物，人则具有所有这些事物的全部潜能；人通过与神相似的特质而有理性；人又通过四种元素的自然功能而有行动、生长和繁殖的能力。"（转引自胡家峦 194）换言之，在毕达哥拉斯那里，大宇宙与小宇宙，即天与人，有着两种对应关系；一是人与自然的对应，二是人与神的对应。就前者而言，人好比动植物，是可朽的；就后者而言，人有如神一样，是永恒的。这两种对应，在多恩诗中都有明显的再现，如《致亨廷顿公爵夫人》的第 1 行 "男人是神的肖像；夏娃是男人的肖像"、《致贝德福德公爵夫人》的第 34~35 行 "我们的生长灵和感觉灵 / 对理性灵拥有长子继承权" 及《挽马卡姆夫人》的第 1 行 "人是世界，死是海洋"。而最为集中的再现，当数《神圣十四行诗第 5 号》的开篇。

> 我是一个小世界，巧妙精细，
> 铸就于诸元素和天使的灵气。（1-2）

正是由于 "宇宙灵魂" 的理念及其所包容的 "天人合一" 思想，所以，多恩的三部长诗才有着天然的内在联系，才处处表现着高度的物我统一，也才得到生前好友的推崇。从这个意义上说，理性主义以来的多恩研究，在理论意识、时代意识和个人意识等方面，都有了进一步的增强，但三部长诗的内在统一性却反而因此受到了削弱。这不能不说是一个很大的缺憾。导致这一缺憾的根本原因，如前所述，在于将它们割裂开来、分别看待，而之所以如此，如这里所述，在于忽视了它们的共有主人翁："宇宙灵魂"。

关于 "宇宙灵魂" 的来龙去脉，古今中外多有论及，所以不再赘述。需要特别强调的是，借助 "宇宙灵魂" 的理念，我们便可以更清楚地看到，多恩三部长诗的主人翁都是 "宇宙灵魂"；诗人以史诗的手法，借 "宇宙灵魂" 的尘世之旅，展现了一段出自天堂而又回归天堂的圆形的心路历程，借以表达具有神本主义色彩的基督教人文主义思想，是一支严肃、完整、特殊的灵魂三部曲。其严肃性体现在创作态度上，始于《灵的进程》，经由《第一周年》而结束于《第二周年》；其完整性就体现在 "宇宙灵魂" 本身的心路历程中；而其特殊性则在于将 "宇宙灵魂" 直接展现在我们面前。上面的简析已经阐释了多恩何以将其创作上溯到毕达哥拉斯；而要说明 "宇宙灵魂" 在多恩史诗中的再现，则需要从作品结构的宏观角度，对三部作品逐一加以考察，而且也只有在这个考察的基础上，再回归 "宇宙灵魂" 的完整历程，才更有助于对多恩灵魂三部曲的认识。

第二章　三部曲的宏观结构

自荷马以降，从吁请开始，而后进入故事，便成了人文史诗的传统惯例。斯宾塞的《仙后》、弥尔顿的《失乐园》等都是依此而行的。帕特里德斯注释《灵的进程》，说首行以下用了史诗的形式，主要就是针对史诗的吁请而言的。事实上，三部作品都是由三个部分构成的，即吁请、正文和结论，而且正文部分还同时具有各自的承、接、转、合，并且都有明确的语言标记，亦即语用学所说的"标记语"。这些标记，在《灵的进程》中是为过渡词语，在《第一周年》和《第二周年》中则为旁注。根据这些标记，结合作品的故事本身和基本思想，便可找出三部作品的宏观结构，从而进入诗人的运思过程，理解其"宇宙灵魂"在三部长诗中的具体再现及其特点。

第一节　《灵的进程》："宇宙灵魂"的尘世之旅

《灵的进程》凡 52 节，每节 10 行，共计 520 行，用英雄双韵体和斯宾塞体写成。史诗与戏剧是西方古典文学最为重要的两个基本类型，它们的基本载体分别为叙事与舞台。作为以叙事为主的文类，史诗一般都应该为读者提供故事，所以故事情节就成了确定史诗结构的一个基本参数。《灵的进程》远非鸿篇巨制，虽然比丁尼生的《尤利西斯》长些，也只能算是一个小小的短篇。尽管如此，其第 1~60 行却并没有出现序中交代的故事内容，直到第 64 行才出现"其故事"的字样。

> 那伟大灵魂的居所就在我们中间，
> 在推动着双手、眉梢、还有舌尖，
> 在推动我们，恰似月亮推动海洋；
> 听其故事，要悠长的耐心和渴望；
> （那就是王冠，是颂歌的最后张力）
> 路德和穆罕默德不过肉体的监狱；
> 这个灵魂再三撕裂又缝补的碎片，
> 都是整个帝国，还有罗马的昨天，

面对次次的巨变，仍将生命安享，

起初也有低下不幸的陋室在天堂。(61-70)

"故事"一词在这里首次出现，表明正文由此开始；同时灵魂最初在天堂有"低下不幸的陋室"，也与第 57 行(即第 6 节)的"我从乐园天堂出发，向着家乡起航"相呼应。在第 51 节，诗人仍在讲述灵魂是如何变成该隐的妻和妹的，而到第 52 节，诗人却写道：

不论你究竟是谁在读这忧伤的歌，

不论它和你的相互吸引何其的多，

请让我停下思绪；同我一道思索，(511-513)

这就意味着诗人将笔锋转向了诗的寓意。换言之，第 52 节是对这之前的故事的小结，或者说《灵的进程》的正文部分就在第 7~51 节，即第 61~510 行。据此便可发现《灵的进程》的基本结构框架：第 1~60 行为吁请，第 61~510 行为正文，第 511~520 行为结论。

无论是《仙后》还是《失乐园》，吁请的对象都是缪斯；但《灵的进程》所吁请的却是自己。如果说因斯宾塞体的运用，或多或少能看出《仙后》对其的影响，那么多恩把自己俨然等同于缪斯，则显示了与传统史诗的决裂。甚至还可以进一步说，这一原创性尝试，不仅是序在作品中的有益实践，而且还在一定层次和意义上，开启了以惠特曼为代表的现代自我史诗的先河。这种富有浓厚的自我色彩的吁请，同样体现在《第一周年》和《第二周年》中。其所蕴涵的意义，在笔者看来，已经超越了纯粹的形式或特色，成了多恩史诗的一个重要主题，因此将在本书第三章加以讨论。

《灵的进程》与《第一周年》和《第二周年》有一个很大的不同：前者没有旁注，其承、接、转、合均隐藏在诗歌本身之中，所以要分析诗歌的层次结构，《灵的进程》难度更大。加之始终被视为"片段"，因此在笔者所掌握的资料中，迄今还没有人对《灵的进程》做过结构分析。但是，根据诗中的故事情节、蕴涵寓意、语言标记，结合另外两部长诗的旁注，仍然可以梳理出诗人的运思结构及其在作品中的再现，从而清理出其如下的结构①。

---

① 为了保持原诗的特点，笔者将用"标记"一词指称《灵的进程》，而用"旁注"指称另两首作品。凡引号之内的文字，皆为多恩诗的原文；下面对《第一周年》和《第二周年》的分析亦同。

吁请（第 1~60 行）："我唱的历程属于那永生的灵魂"

正文（第 61~510 行）：从天堂到人间

 第一部分（第 61~130 行）：标记："放纵的灵魂……去往那黝黑的沼泽之地"

  故事：乐园的王子，"壮丽如朝阳东升"，在"法的围墙内"与夏娃享受幸福生活，直到"直立的蛇"诱他们吃下禁果；上界堕落，下界也遭殃，至今他们的女儿还在将人引入歧途。

  寓意："她犯下罪戾，我们承担"

 第二部分（第 131~170 行）：标记："他短命而亡，用死成就善"

  故事：曼佗罗成了"灵魂的第二驿站"后，瞬间充满活力，做起"爱的买卖"，俨然帝王一般；对其短命，"好色的女人"并不像夏娃忧伤，她"襁褓中的孩儿"从此"不再合拢血红的双眼"。

  寓意："第二个驿站"里"夏娃的罪带来一切的脆弱"

 第三部分（第 171~220 行）：标记："灵魂飞走了，薄如青烟"

  故事：因"她的命运"，她选择了麻雀作为"流动的驿站"，"万物在快速成熟"，家禽在乱伦；人没有"律法"，也不知"黏性的血液"，任凭"恶的领航"，为"延续自身，筋疲力尽"。

  寓意："移动的驿站"里"生命的青春追赶智慧的自然"

 第四部分（第 221~300 行）：标记："灵魂离开她过于主动的器官，飞向溪流"

　　　　　　　　　　　　故事：鱼群"嬉戏而过"，灵魂寄身一无
　　　　　　　　　　　　　　　名小鱼，在经历了天鹅的"狱中
　　　　　　　　　　　　　　　之狱"后，又进入另一小鱼，且
　　　　　　　　　　　　　　　躲过了人所设的"两次死亡"；人
　　　　　　　　　　　　　　　啊，靠"不义的手段为生"，而"四
　　　　　　　　　　　　　　　旬斋则成了他们的毁灭"。

　　　　　　　　　　　　寓意："双层墙壁"里"自主的命运不再
　　　　　　　　　　　　　　　自主"

第五部分（第 301~370 行）：标记："朝着褐色的鱼，灵魂被扔了过去"

　　　　　　　　　　　　故事：巨鲸有如"从希腊脱缰的摩里亚"，
　　　　　　　　　　　　　　　却是"高官在宫廷"，而"所有的
　　　　　　　　　　　　　　　追求者都自甘奴役"，灵魂就"漂
　　　　　　　　　　　　　　　浮在这大屋中"，直到长尾鲨和剑
　　　　　　　　　　　　　　　鱼"密谋造反"，将"暴君"变作
　　　　　　　　　　　　　　　水族的"食粮"；人世间，"国王
　　　　　　　　　　　　　　　被谋杀"，其"子嗣忘了复仇"，
　　　　　　　　　　　　　　　反"高兴于自己的所得"，而一些
　　　　　　　　　　　　　　　"恶王"见"臣民爱死君"便觉
　　　　　　　　　　　　　　　"自己有失"。

23

　　　　　　　　　　　　寓意："伟大有着期限，没有永恒"

第六部分（第 371~400 行）：标记："灵魂出了监狱，以小小的老鼠
　　　　　　　　　　　　　　　为家"

　　　　　　　　　　　　故事：大象乃"自然的杰作""万兽的巨
　　　　　　　　　　　　　　　人""自食其力"，小小老鼠经由
　　　　　　　　　　　　　　　象鼻"漫步到大脑"，"啃断生命
　　　　　　　　　　　　　　　之绳"，大象"有如城池，轰然
　　　　　　　　　　　　　　　倒毙"，"受嫉妒驱使的老鼠"也
　　　　　　　　　　　　　　　同归于尽；而"卑劣的人"也如
　　　　　　　　　　　　　　　老鼠，"大凡义无反顾的，哪儿
　　　　　　　　　　　　　　　都可能出现"。

　　　　　　　　　　　　寓意："小铁锤能击垮大城堡"

第七部分(第 401~450 行)：标记："之后，灵魂居住于狼的待生的幼崽"

故事：他"出生便能猎杀"，目标是"亚伯的羊群"，并以死"开始了新生"，因为与"亚伯的母狗""浪荡"，已将生命注入"她的血块"；"有的人得妻，有的人得妹"，可帝王们的生活，也不能比拟这"谜样的欲望"，甚至学究们也都找不到"适当的名"，因为"说狗他却是狼，而说狼他却是狗"。

寓意："狡猾的奸细两不忠实，终于灰飞烟灭"

第八部分(第 451~510 行)：标记："之后很快去了猿的身上"

故事：他"与儿童玩耍"，成为"亚当第五个女儿"的"真爱"，并"轻易犯罪"；人是"多么低劣又多么高尚；禽兽和天使集于一身"，这次改变，她养育了它，而她已成了女人，是该隐的妹和妻。

寓意："大自然没有目标，只有律法"

结论(第 511~520 行)："唯一的尺度哦，存在、评价、判断"

这样的框架结构显示，诗人所在乎的与其说是故事本身，不如说是其寓意。而这一切又都基于这样一个基本思想：灵的轮回。尽管现行各版本都用 The Progresse of the Soule 为题，但其原文却是 Metempsycosis，义为"灵魂转世""转生""轮回"。事实上，诗中那"永生的灵魂"，其每一次"进程"都是以其所依托的万物之死为前提的，因此就故事层面而言，诗人所用的当是 Metempsycosis。但是，Metempsycosis 更多的却是用来指称古代宗教所信仰的"灵魂轮回"，从基督教角度应该属于"异端"。于是就有了这样的问题：多恩为什么会选择"异端邪说"呢?

在 17 世纪，人们似乎更倾向于把它看作"巧思"，而不是"异端邪说"。比如，琼生就持这样的看法，并直言不讳地说，这个"巧思就是寻找夏娃所摘取的那个苹果的灵魂，然后使其成为母狗的、母狼的、再成为女人的灵魂；其目的是要引入自该隐以来的种种异端的躯体，并最终将其放在加尔文的身体里。这个主题他只写了一篇，而现在做了[神学博士]，便十分后悔，想毁掉他的全部诗歌"（Jonson 1：136）。帕特里德斯在《多恩英诗全集》中，除引用琼生的上述评语之外，还提供了另外一种说法："然而也有人认为，灵魂的轮回经由整个自然界之后，停在了伊丽莎白一世身上。"（Patrides 402）帕特里德斯的所谓"有人"，大概指的是格瑞厄森，因为格瑞厄森在其标准版《多恩诗集》中也提到琼生，认为琼生一方面是在转述多恩的原话，另一方面又是凭记忆在转述，所以并不十分准确，而且"从作品本身可以清楚地看到，他 [多恩] 的初衷是将伊丽莎白女王当作这个灵魂的最后主人"（Grierson, *Poems of John Donne* 2：219）。

无论最终是加尔文还是伊丽莎白，都是把它视为讽刺的，区别只在于究竟讽刺宗教还是政治。或许两者都有可能（W. Mueller 178-194），但都不是诗人的真实意图。对此，除前面已经说到的原因，还有如下理由。首先，多恩在序中明确反驳过对他的有关指责，其"好似都兰会议，能容下书却容不下作者"的告白，便是最好的证明。因此讽刺加尔文教而非加尔文本人似乎更有说服力。其次，多恩如果公开讽刺伊丽莎白一世，则无异于自断仕途前程，而这对于热衷于入世的诗人，更是绝不可能的。最后，英语的"讽刺"和汉语的"讽刺"并不是一回事。而且，在文艺复兴时期，"讽刺诗"更多的是作为一种体裁，而不是内容，在多恩这里更是如此。《诺顿英国文学》说：

25

> 讽刺的本质在于态度：作者举出其对象，或为开怀，或为叱责。很多散文和诗歌都有这样的态度，而这些作品，总体上说，都不具讽刺性，比如乔叟和兰格伦的作品，甚至荷马《伊利亚特》中的特耳西特斯的形象……英语中的讽刺性诗歌直到 16 世纪 90 年代仍然十分罕见；其在 16 世纪末 17 世纪初的凸现，明显标志着怀疑、不满、忧郁等情绪的蔓延。
>
> 多恩的第三号讽刺诗，并非讽刺诗中的常规作品，因为它没有站在高处去嘲讽对象；事实上它根本就没有什么嘲讽对象。（Abrams 1：1085）

《灵的进程》不是"没有什么嘲讽对象"，但也"并非讽刺诗中的常规作品"。其故事本身是滑稽可笑的，按"或为开怀，或为叱责"的标准，很难划归后者，只能勉强划归前者。所谓"勉强划归"，一是因为从诗的寓意中看不出"怀疑、不满、忧郁等情绪"；二是因为全诗的体式为英雄双韵体和斯宾塞体，斯宾塞体乃英诗中最难的一种体式，其见于讽刺诗还是后来的事，而英雄双韵体则是一种十分严肃的体式；三是因为讽刺，在多恩心中，本身就是一种智慧的传递方式，所以他说："我们作讽刺，并希望听到世人把它叫做才智。"（Donne，*Major Works* 381）

更重要的是，作品所讲述的是"灵魂轮回"，用多恩本人的话说，也就是"毕氏学说"，但这个学说，正如前面所分析的，远不能构成诗的理论基础，所以从来没谁对其作过考究。严格地说，基督教只是文艺复兴三大文化之一，另一个是古典文化；而文艺复兴首先就是对古典文化的所谓"再发现"，其直接结果之一便是基督教的世俗化倾向，因为"人文主义者并非觉得他们所发现的是一个僵死的过去；希腊罗马的古典文化是他们鲜活的过去，从中他们能够建设起有益的现在。……他们坚信古典文化代表着现世的最大光荣，并且还认为基督徒的特权，就是要仿效这种壮美，用以显示神的无上光荣。所以大凡受宗教改革影响最深的人，通常都是那些对古典文化反应最为热烈的人"（Gillie 293）。多恩显然是把他的"毕氏学说"看作古典文化的一个部分，对其作"最为热烈"的反应的，但其"显示神的无上光荣"的使命，直到《第二周年》才得以充分展示。这也说明，只有将三部长诗统一起来，才能最终理解诗人的创作意图。同时也说明，仅仅局限在基督教的角度，将其他文化的影响排斥在外，恐怕难以对三部长诗作出令人信服的解释。

就《灵的进程》本身而言，笔者更倾向于把它看作"开怀"式的爱情史诗，因其借灵魂的尘世之旅而非天堂之旅加以表现，而灵魂的追求本该向上而非向下，这里却反其道而行之，故为"讽刺"。一个很有说服力的例子是多恩的《致亨利·古德伊尔》，在这首诗的第 8 节，诗人写道：

> 我们灵魂的家园是美妙的天堂，
> 连同父神，她被派到这个世界，
> 虽然堕落辛苦，但却获益良多，
> 待到回归故里，越发聪慧雅娴。（29-32）

在《灵的进程》正文伊始处，诗人连用三个"推动"（move），使人不禁想到亚里士多德的"第一推动力"。在《形而上学》第 12 卷中，亚里士多德首次提出了"第一推动力"的概念，用以指称一切事物最后的目的和运动的最终原因。不过在多恩这里，灵魂所推动的并非形而上的理念，而是"双手""眉梢""舌尖"，以及"月亮""海洋"；而这一切，在多恩的《歌与十四行诗》中，又都是表示爱情的意象。这就意味着"宇宙灵魂"及其相关意象，也都暗示着爱的主题。问题是，这个灵魂何以具有如此特性呢？对此，多恩本人并没有忽视或回避，而是直面以对，称灵魂本是天堂里的造物，是伴随人的原罪而出世的，其所以走入尘世，条件在于自由，而目的则在于感官。

> 就在蛇的手柄用力抓住的那个瞬间，
> 纤细柔嫩的纹理和叶管，迅疾裂断，
> 那都是灵魂从树根吸取生命的通道，
> 苹果赖以成长，全靠它们提供养料，
> 放纵的灵魂从而逃脱，她日渐老迈，
> 快如闪电，谁也不敢说曾亲眼目睹，
> 她迅速消失，要去验证那感官法则，
> 而不是信仰的需要，即刻翻身飞起，
> 去往那黝黑的沼泽之地；她的命运，
> 投进地球毛孔，植物体内再度安身。（121-130）

这节诗行颇为特殊，几乎可以看作多恩的《失乐园》：撒旦摘取禁果，禁果的灵魂瞬间逃离，飞往遥远的地球。失乐园的故事人所尽知，是为"幸运的坠落"，因为亚当夏娃违背禁令、犯下原罪、祸及千秋，却让人获得了知识，成为真正意义上的"人"。但禁果拥有灵魂之说却只能算作诗人的想象，将其称作"夏娃的苹果"也显然是多恩的命题。对此，琼生看得非常透彻，所以才从"象"的角度，把《灵的进程》叫做"巧思"。不过，这个"巧思"，与其说是琼生所指的在于讽刺加尔文，或格瑞厄森所指的在于讽刺伊丽莎白一世，不如说是诗行所说，"要去验证那感官法则"，亦即通过尘事之旅而对爱加以证明。

首先，从本质上说，这个永生的灵魂，恰如《灵的进程》开篇所界定的那样，乃是"上帝的造物，享有自由的命运"（2）。正是这种自由，使其可以选择自己的存在方式和行为方式，为其出逃乐园和尘世之旅埋下了伏笔。其次，也是与史诗关联最为密切的，这个永生的灵魂乃"放纵的灵魂"。其之所以离开天堂，并非像亚当夏娃一样是被驱赶出去的，而是一种自主选择，其初衷也"不是信仰的需要"，而是"要去验证那感官法则"。这个感官法则就是爱，就是推动力。从曼佗罗到飞禽，再到其他动物，穿越了整个自然界，最后"做了女人。／她叫迪莫恪，是该隐的妹和妻"①（《灵的进程》509-510）。

　　我们知道，16 世纪末 17 世纪初，英国社会蔓延着的"怀疑、不满、忧郁等情绪"，曾影响了一大批年轻人，其中包括罗伯特·伯顿。罗伯特·伯顿（1577—1640）比多恩小五岁，和多恩一样也是牛津大学的学生。在《忧郁的解剖》中，伯顿依据柏拉图的灵魂理论而把生命分为三个等级：低等的植物灵、高等的人类灵魂、介乎二者之间的动物灵。多恩没有提出过划分过生命等级，但从他的众多作品中，不但可以看出生命等级，还可以看出对柏拉图"三重灵魂"的认可，比如，他在著名的《应急祷告》第 18 章就曾这样写道："人在不朽灵之前有感觉灵，再先有植物灵。不朽灵从不妨碍其余二灵先入，但它一旦离去，就会带走一切，不再有植物灵，不再有感觉灵。"（Donne, *Devotions* 116）此外，还可以看出他对三种生命等级和三重灵魂之关系的理解。在他看来，三重灵魂各有所司：植物灵主生长，感觉灵（即伯顿的"动物灵"）主感觉和运动，不朽灵主理智，分别对应于伯顿所解剖的肝、心和脑。人以感觉灵和不朽灵区别于植物，以不朽灵区别于动物。一方面，三重灵魂使人具备两种可能性：向上的信仰和向下的坠落。前者提升人的理性和神性，后者使人堕落成动物和植物。正因为如此，《灵的进程》第八部分才直言不讳地说：人是"多么低劣又多么高尚；／禽兽和天使集于一身"（471-472）。另一方面，人又不可能祛除植物灵和感觉灵，所以多恩并不以植物灵为耻，正如他在诗信《致萨里斯伯爵夫人》中所说：

> 我对最初的灵魂充满不尽感激，
> 它们为我最后的灵魂铸定土坯。（65-66）

然而不朽灵才是诗人所要强调的，如《致萨里斯伯爵夫人》中的下列诗行：

> 我们先有的灵魂是生长是感觉，
> 待最后的永生之灵姗姗到来时，
> 便会融入其中，名字于是丢失。（52-54）

　　回归《灵的进程》，其所展示的，恰好就是一个从植物灵到不朽灵的历程：原本位于伊甸园的灵魂，因亚当夏娃偷吃禁果而失去了自己的栖所之后，便离开乐园、飞往人世，先后寄身于植物、飞禽、水生动物、陆生动物，又因这些生物或死于淫

---

① 迪莫恪（Themech）是多恩诗中亚当和夏娃的女儿之一。在该诗中，多恩还描述到亚当和夏娃的另外两个女儿摩芭（Moaba）和西筏忒西娅（Siphatecia），以及三个儿子该隐（Cain）、亚伯（Abel）和塞特（Seth）。

乱、或死于非命，而最终寄居于女人，从而成为人的灵魂。换言之，诗的结构是与"三重灵魂"的理念紧密联系的。第61~170行写植物灵，包括乐园里的苹果树和尘世间的曼佗罗；第171~490行的大量篇幅所展现的是动物灵，其基本走向是先空中、后水中、再陆地；第491~510行则写人的灵魂，包括主生长的植物灵所在的肝、主感觉的动物灵所在的心、主思维的理性灵所在的脑，以及三重灵魂的统一[①]。作为"第一歌"，《灵的进程》只写到动物灵，对人的灵魂的具体描述便顺理成章地成为《第一周年》的主要内容。

第二节　《第一周年》：对现世的理性解剖

前面说过，《第一周年》原名为《世界的解剖》，全称《世界的解剖，借此：因伊丽莎白·德鲁里小姐之青春早逝，整个世界的脆弱与腐朽得以再现》，1611年与《第二周年》同期刊行时改为现名。现行各版本的《第一周年》均由《赞死者，并解剖诗》（48行）、《世界的解剖》（474行）和《挽歌》（106）三首诗组成，共计628行。其中《赞死者，并解剖诗》和《挽歌》就是全诗的吁请和后记，《世界的解剖》则是其主体。

关于对本诗的结构的研究，影响最大的当数路易·马茨教授。爱德华·泰勒在评价马茨的贡献时写道："他的成就，恰当地评估的话，应该能改变我们对多恩其他诗歌的理解；并且还可能提供一些不同的策略去解决整个文艺复兴文学。"（Tayler 76）的确，后来的一些很有影响的批评家，如莱班斯教授和黎瓦斯基教授，都是针对马茨的划分的。鉴于其特殊的重要性，有必要将马茨的划分作一简评。

马茨认为，《第一周年》虽然写了一个少女，但其意义却不在所歌颂的对象，而在结构本身，即天主教耶稣会的"精神冥想"。他因此对诗歌结构作了如下的划分：导论、正文和结论。其中正文共五个部分，每个部分进一步细分为三个层次，

---

① 关于灵魂的三重属性，以及每一属性在人体某个器官的位置、三重灵魂与文学传统的关系等，参见胡家峦《历史的星空》第91~110页。《灵的进程》直接用"肝""心""脑"的，分别在第496~498、499~500和502行，三者的统一见第506行。值得特别注意的是，多恩诗中的灵魂走向，看似接近达尔文的进化论，但《物种起源》出版于1859年11月24日，比《灵的进程》晚258年。而荷兰画家博斯（Hieronymus Bosch）的三联画《世间乐园》（The Garden of Earthly Paradise, 1510？）与多恩诗的年代接近，应该可以参照，因为三联画的内容和走向，都与多恩的灵魂三部曲具有异曲同工之妙。多恩是否见过该画已经无从考证，如果没有则另当别论，而如果见过则其三部曲为其翻版也似无不可。

即冥想、颂词和叠句。冥想意在对现世的脆弱和腐朽进行沉思，颂词是把德鲁里小姐看作人之完美的理念和希望的源泉，叠句旨在引入一种道德观念。具体到作品本身，则导论从开始至第 90 行，中心是世界病了、死了、烂了，因为其最初的美德已经死了。正文第一部分到第五部分的冥想、颂词和叠句分别如下。第一部分(第 91~190 行)冥想：因为始祖的原罪，人的生命和智力都毁了。颂词：少女伊丽莎白乃完美的品德，净化了自己，并能净化他人。叠句：我们唯一的希望在于宗教。第二部分(第 191~246 行)冥想：因为天使的坠落，世界的榫被毁坏了，从宇宙到王国再到家庭，一切都已混乱不堪。颂词：唯有少女伊丽莎白才可能整合这破碎的世界。叠句：要蔑视和避免这个病入膏肓的世界。第三部分(第 247~338 行)冥想：均衡乃是美的首要因素，可宇宙中再也没有了均衡。颂词：少女伊丽莎白就是对称的标准，就是和谐。叠句：人类行为必须适当，必须符合均衡原则。第四部分(第 339~376 行)冥想：色彩乃是美的另一要素，可也是所剩无几、难以寻觅了。颂词：少女伊丽莎白有着完美的色彩，并赋予我们的地球以色彩。叠句：丑陋的世界没有快乐可言，用虚假的色彩是一种邪恶。第五部分(第 377~434 行)冥想：天地对应已经受到削弱。颂词：少女伊丽莎白的美德于我们已是微乎其微，因为堕落的世界已在她身前就削弱了她的作用。叠句：一切都不值为之辛苦、忧伤，唯有宗教欢乐才值得铭刻于心。马茨在冥想、颂词和叠句之外，还给出了每个部分的主题，并用原诗的话语加以表述，从第一到第五部分的主题分别是："人是多么微不足道的一样东西""世界是多么趔趄摇晃的一位跛子""世界是多么奇丑不堪的一个妖怪""现世是多么苍白病态的一方幽灵""现世是多么枯竭干燥的一堆渣滓"①(Martz, *Poetry of Meditation* 222-223)。

马茨并没有称自己的划分是根据什么理论，只是简单地称之为阅读发现，可这个发现却产生了极为巨大的影响，成为 20 世纪最为重要的多恩研究成果之一。但马茨的最终结论却是：一方面是严谨完美的结构及其浓郁的宗教寓意，另一方面是 14 岁的少女德鲁里，二者存在巨大反差，因为后者无以承担前者的寓意，所以作为一个整体，

---

① 马茨在《冥想中的多恩：〈周年诗〉》（"John Donne in meditation：The Anniversaries"）的文章里，首次提出了上述划分，该文发表于 1947 年 10 月的《英国文学史杂志》上。随着研究的深入，他意识到"冥想"不仅是多恩的也是许多其他作家所用的一种创作形式，于是将 17 世纪的另一些诗人也一并纳入，同时将所用术语由"冥想风格"(meditative style) 更名为"冥想诗"(meditative poetry 或 poetry of meditation)，于 1954 年出版了《冥想诗：十七世纪英国宗教文学研究》，其中收入了《冥想的多恩：〈周年诗〉》，列为第 6 章。该书 1862 年再版，修改增加了部分内容，到 1978 年已经印刷 9 次之多，其影响由此可见一斑。

全诗缺乏应有的统一主题，只能算是"失败之作"①（Martz，*Poetry of Meditation* 233）。

马茨的划分，基本以多恩的原话为根据，因而显得十分真切。对此，泰勒曾从阐释学结构主义角度，作过这样的总结："这样夸张的结构，那么仔细，那么清楚，给我们提供了一个很好的切入点去解决那复杂的两难命题，即要充分把握细节的重要，必须首先领会整体的结构；要充分领略结构的重要，必须首先理解细节的功能。"（Tayler 77）泰勒的评价不可谓不高，但在笔者看来，马茨似乎过于看重形式，因为他给出的基于"精神冥想"的结构，直接决定着他对诗歌内容和细节的作用与走向的解释，而不是相反。于是我们不禁要问：以一个外在的概念去寻觅作品的潜在结构，进而又以先入为主的形式发现，去判断诗人所创造的艺术世界，是否会割裂形式与内容的关系？读者所发现的形式和作家所运用的形式，究竟在多大程度上是吻合的？如果不是全然吻合，又该如何看待作品的意义与形式之间的关系？具体到多恩研究中，这种发现是否会混淆宗教与艺术的界限？

要回答上述问题，涉及许多方面。就《第一周年》而言，人们已经普遍接受了马茨的划分，后起的研究大多以此为基点，寻求诗的意义，用以对马茨的结构进行内容的填充。比如，哈罗德·洛夫和帕特利克·马尔奥尼他们的共同特点是往马茨的结构中加入意义，前者加入的是论据，恰似司法官一样具有说服力的论据；后者加入的是色彩，亦即夸张藻饰等的巨大心理作用力。与此同时，由于马茨教授没有给出"结论"的主题，尤其是"失败之作"的最后判断，也引起了人们对上述问题的思考，出现了针对马茨的不同的划分，其中较有影响的是莱班斯和黎瓦斯基。1972年，莱班斯发表专文，认为《第一周年》并非耶稣会的"精神冥想"，而是传统的"古典挽歌"，所以它必然包括古典挽歌的三个要素：哀悼、颂扬和安慰（Lebans 545-559）。芭芭拉·黎瓦斯基则根据诗的标题《世界的解剖》，从主题角度加以研究，认为诗走出了三段论的框架，呈现为"四点论"的解剖，其结构也相应地包含四个部分，而不是马茨的五部分冥想。她于是将马茨的第三和第四部分合并为一，因为这两个部分都有一个共同主题：美（Lewaski 284-286）。黎瓦斯基的做法遭到了泰勒的强烈批评，泰勒的理由之一是，作品的论点和结构不一定非要吻合；理由之二是，既然承认受马茨的影响，又怎么可能增加作品的引入部分从而失去了第一部分的三个层次划分呢？（Tayler 173）

31

---

① 1990 年，马茨重新审视了各种评价，改称《第一周年》"非常成功"，因为它缺乏统一的主题，所以正好符合"解剖"的原义。

上述争论，究其原因，用泰勒的话说就是："我们所赋予诗歌的各种意义都取决于我们所发现的诗的结构……结构成为价值，价值成为结构。"（Tayler 81-82）但是，诗的结构、意义和价值三者并不是等同的。比如，汉语中的五律或七律，或英语中的十四行诗，在不同的诗人笔下，或者同一诗人笔下，尽管结构也有细微差别，但意义和价值都是相去甚远的，很难做到同日而语。就泰勒本人的推论而言，因从诗开始而以宽泛的结论结束，也缺乏严谨性，如狄更斯的《雾都孤儿》和乔伊斯的《尤利西斯》，虽然结构差别巨大，但意义和价值几乎完全可以相互匹敌。泰勒的话显然不符合具体实际，也经受不住逻辑的考验。

回归《第一周年》，泰勒在极力为马茨辩护的同时，也提出了不同于马茨的划分基础。在他看来，必须把两首周年诗联系在一起，才能更好地解释作品；而要做到这一点，就应该借鉴"所罗门方法"，即把现世的爱直接转到下世。因为他不同意马茨对《第二周年》的划分，所以反其道而行之，以《第二周年》的结构来对应《第一周年》，得出了自己的五部分划分①（Tayler 96）。这样做的缺点是显而易见的，因为它无异于肯定先有后来的结构，后有已写成的作品。但他也至少有两个显著高于马茨的地方：首先，他注意到了诗的旁注，尽管只局限在第一个旁注上；其次，他对诗的情节作了很好的简明扼要的说明，从而克服了内容与形式脱离的一贯倾向。可他没有断行，所以从所给"结构"中，却看不出结构的存在，反倒更像一个故事概要。

这一切，本质上只反映出一个问题，就是 20 世纪的多恩研究，由于理论的拓展，人们的切入点也随之呈现出多样化的趋势。换言之，多恩研究已经在一定程度上，成为各种理论和视角相互交锋的舞台。应该说这是一种良好的趋势，显示着多恩研究已经走出了狭隘的个人好恶，具有了理性的多元思考②。不过，一系列的所谓多元思考往往是基于某种理论的，所以对多恩研究，正如梅里特·休斯所说，通常都有

---

① 泰勒的用词虽然不同于马茨，但他全然是依据马茨才做这样的划分的，对此，他在字里行间多有明确表示。但正因为如此，所以尽管在具体断行上仍然有些不一样，他却将之掩盖在描述中，没有放在结构图里。而放在结构里的却又自相矛盾，比如第三部分，他加了个括号，说"本部分讲'均衡'，下部分讲'色彩'"，究竟算一个还是两个部分呢？他没有明说，但在马茨那里却同属一个部分。

② 这样说，并不意味着否定个人好恶，无非想强调理论拓展的意义，因为文学研究很难脱离个人因素，一个典型的例子是萨拉·特里格斯（Sara Triggs）。她的网页显示，她年轻时读到多恩的《歌：上床》时倍感恶心，后来重读多恩诗集则改变了看法，加之懂得了爱，于是自费开办了一个专门网页，上传多恩诗，以"补偿原来的恶感"，并向所有人免费开放。其网站域名为 http://www.global-language.com/donneframe.html。

"绑架多恩"(Hughes 37-57)的嫌疑。这表明,无论什么样的视角,终究应该回归文本,因为离开了文本,就只能是理论研究,而不是作品研究。那么作品本身究竟怎么样呢?

从第一行开始,《第一周年》就给出了十个旁注:"导入""尚存的现世生活""无可救药的世界""生命的短促""人生的渺小""大自然的腐朽""各部分的解体""世界的无序""缺乏天地对应导致的脆弱""结论"。非常明显,诗的正文部分就是中间八个旁注所囊括的内容,而且也是与《灵的进程》完全吻合的。据此也可以看出诗人旨在将三部作品联为一个整体的运思企图。一般认为,多恩没有发表《灵的进程》的意思,否则就不会将《第二周年》冠以"论灵的进程"的标题。这样的意见缺乏事实根据,充其量只能算猜测,因此值得商榷。首先,正如前文所述,《灵的进程》虽在多恩生前没有正式出版,但1605年前已至少有两个抄本在友人间传阅却是公认的事实,而且多恩为该诗所作的序也显示他应该是有发表的企图的。其次,《灵的进程》与"论灵的进程",标题本身并不重复,而且一个写灵魂向着世俗而来,另一个写灵魂向着天国而去,内容走向不是相似而是相反。

回归作品本身,笔者认为其旁注才最能体现其所希望的划分,因为旁注在《第一周年》和《第二周年》中的作用,恰似中国章回小说的标题,又与英语史诗的惯用分卷一致。综合以前的各种划分,特别是马茨的发现,再结合《灵的进程》和《第二周年》,并从《第一周年》的主题和运思角度考虑,笔者以为该诗的结构大致如下。

> 导入(第1~62行):灵魂已经离去,世界犹如一具僵尸。
> 正文(第63~435行):枯朽的世界与伟大的灵魂
> 　第一部分(第63~90行)旁注:"尚存的现世生活"
> 　　　　　　　　　内容:因为她的"幽魂还在行走",世界尚
> 　　　　　　　　　　　　有"爱""善"和"记忆"。
> 　　　　　　　　　寓意:没有灵魂,人就失去了"行为模式"。
> 　第二部分(第91~110行)旁注:"无可救药的世界"
> 　　　　　　　　　内容:从出生到结婚到生子,人间充满着
> 　　　　　　　　　　　　不尽苦难。
> 　　　　　　　　　寓意:没有灵魂,世界已"病入膏肓"。

第三部分(第111~134行)旁注:"生命的短促"

　　　　　　　内容:以前的人可以和"太阳"比寿数;
　　　　　　　　　现在的寿数却短得连"钟摆是否
　　　　　　　　　准确"都不得而知。

　　　　　　　寓意:没有灵魂,时空都已经不再"广
　　　　　　　　　博"。

第四部分(第135~190行)旁注:"人生的渺小"

　　　　　　　内容:人曾是"世界的副督统",敌得过
　　　　　　　　　大象和鲸鱼;而现在,身材和能
　　　　　　　　　力都已归无用,因为没有宗教的
　　　　　　　　　"食粮",人就"不敌蚂蚁一只"。

　　　　　　　寓意:没有灵魂,"人是个多么渺小又可
　　　　　　　　　怜的东西"!

第五部分(第191~246行)旁注:"大自然的腐朽"

　　　　　　　内容:"世界的框架已经脱榫","新学将
　　　　　　　　　一切怀疑","一切都支离破碎";
　　　　　　　　　只有她才能将碎片吸引在一起,
　　　　　　　　　因为她是"美的原质"和"命运
　　　　　　　　　的舵手"。

　　　　　　　寓意:没有灵魂,"世界这跛子是多么瘸
　　　　　　　　　朽"。

第六部分(第247~299行)旁注:"各部分的解体"

　　　　　　　内容:上天让人困惑,人便将"经纬网"
　　　　　　　　　抛向太空,以解释天象,作"很
　　　　　　　　　多古怪"发现,因"不愿意攀登",
　　　　　　　　　便"叫天堂走向自己",将一切置
　　　　　　　　　于"魔鬼的拱顶下",则"坚实和
　　　　　　　　　圆就没有位置"。

　　　　　　　寓意:没有灵魂,世界就不再有"色彩
　　　　　　　　　和均衡"。

第七部分(第 300~376 行)旁注："世界的无序"

内容：她是"一切对称的标尺"，是"和谐"，是"方舟"；她走了，"均衡随之扭曲"，留存我们内心的"唯有忧伤"。

寓意：没有灵魂，"世界这妖怪是多么丑陋"，变成"多么苍白的幽魂"。

第八部分(第 377~434 行)旁注："缺乏天地对应导致的脆弱"

内容：她的死切断了天地对应，导致"父母无果"①"云彩无雨"，谬误充斥，妖术横行，"世界犹如将死的天鹅"在唱"最后的哀歌"；就连她也无从施加其作用，因为尘世已削弱了她的能力，她已"完成了该做的一切"。

寓意：没有灵魂，"这个渣滓的世界是多么干枯"。

结论(第 435~474 行)：死将她引向天堂，这鳏寡的世界将庆贺她的再生。

《第一周年》的主题，正如标题所示，在于揭示"整个世界的脆弱与腐朽"。在琼生看来，这个主题过于恢弘神圣，以一个从未蒙面、鲜为人知、一事无成的 14 岁少女的"青春早逝"，是断难得以表现的，也是断难让人接受的，于是才有了那段著名的批评，说该诗卖弄巧智、"亵渎神灵"。这个批评的真实性究竟如何，至今争论不休。如果不实，则另当别论；如果属实，那么至少有两点可以肯定。首先，琼生对多恩的恢弘主题是完全认可的，他反对的只是不该借一个世俗少女加以表达；其次，多恩所借用的并不是一个真实的少女，而是"女人的理念"。后人研究该诗，一个中心内容就是企图找出这个"女人"到底是谁。对此，既有说伊丽莎白一世的，

---

① "父母无果"原文作 The father, or the mother barren is. 帕特里德斯注曰："'父'是诸天体的统称，'母'指地球。"(Patrides 261) 另外，barren 是个多义词，有"不毛之地""不育""单调""无聊""荒芜"等义。此为双关辞格，既可以指天地对应，也可以指人际关系，属典型的"玄学奇想"。

也有说伊丽莎白·德鲁里的。前者比较普遍，根据之一是多恩在"导入"中明确写道"女王结束了此在的巡游时光"，根据之二是对女王的讴歌乃当时的风尚；后者则以琼生的批评为原始根据，从多恩与德鲁里爵士的关系入手，证明多恩写德鲁里小姐的各种可能性，其中最为详细的当数鲍尔德的专著《多恩与德鲁里一家》。而笔者更倾向于把她看作"宇宙灵魂"，因为作品中的用词大多超越了个体属性，带上了玄学奇想的特性，甚至一些日常用语也不例外，如第八部分中的"父母无果"。小词如此，大词更是如此。所以只有从"宇宙灵魂"的角度才能吻合诗的主题。也只有从这个角度，才能解释每个部分的寓意。更为重要的是，作品本身就多次传递出"宇宙灵魂"的信息，而不是某个具体的伊丽莎白，比如：

> 她的离去已经很久很久，却无人
> 能够告诉我们那离去的到底是谁。(41-42)

纵观全诗可以看出，在诗人心目中，他所歌唱的并不是现实的人，更多的的确是一个理念，那既是一个"女人的理念"，也是一个"宇宙灵魂"的理念。这个理念所包含的，既有具体的个人，又超越了具体的个人；其赋予世界以生机与活力的性质，决定着它更多地倾向于后者，所以诗人才直言不讳地告诉地球：

> 她的名界定你，给你框架和身形，
> 而现在的你，却忘了庆贺你的名。
> ············
> 想要给你一丝安慰已经太晚太晚，
> 世界哦，你已病去、死去、腐烂，
> 只因为你的香脂树，你的防腐剂，
> 她已不能更新，你永远不能生息。(37-38，55-58)

在诗人笔下，这个"宇宙灵魂"恰似一把锋利的手术刀，而诗人也正是借助于此，对行将灰飞烟灭的僵尸般的世界进行解剖的。解剖的结果就是八个部分所揭示的寓意，而这一切又都是服务于主题的。正如标题把诗的主题圈定在世界的"脆弱"和"腐朽"两个层面一样，诗的寓意也可以归纳为"生"和"美"两个基本范畴，并贯穿全诗。诗人正是以"宇宙灵魂"的"生"与"美"去把握解剖对象的"死"与"丑"，并借以揭示世界的"脆弱"与"腐朽"这一主题的。

说"生"与"美"贯穿全诗，是因为从旁注的文字表面来看，似乎除第七部分外，其余都是"生"的对立，但实际情况并非如此。比如，在第五部分，诗人从世界已全然脱榫入手，无疑旨在点明"大自然的腐朽"，可恢弘的主题和史诗的手法却使诗人走向整个宇宙，得出了"宇宙灵魂"就是"美的原质"的推论。

> 她就是善良，就是美的最初原质，
> 其余一切的美，都不过她的副本，
> 她还是总舵，摆渡着世界的命运；（227-229）

所以

> 她死了，她死了，把这一点认识，
> 你就知道世界这跛子是多么腐朽。
> 借助我们的解剖，获得几多收益，
> 疾患不在某个部分，或某一黏液，
> 正如你所已经得到的种种的收获，
> 感染万物的疾患啊，在心的堕落。（237-242）

由此不难看出，"生"与"美"都是"宇宙灵魂"的本质特征，所以随着灵魂的离去，"生"与"美"已荡然无存，唯有"死"与"丑"的现世尚存，从而给诗人提供了实在的解剖对象。而"死"与"丑"又与《灵的进程》有着千丝万缕的联系，因此也不难看出两部作品在主题思想上的内在关联。

如果说《灵的进程》以物的死衬托了灵的永生，那么《第一周年》则以整个世界的死而赞美了灵的伟大；如果说《灵的进程》因一次次的轮回而揭示了物欲之丑，那么《第一周年》则因一层层的解剖而撩开了没有灵的世界那苍白的丑。这也恰好彰显了《灵的进程》与《第一周年》的共同之处：它们都以"生"与"死"、"美"与"丑"，作为自己的终极关怀，因此诗中的灵魂都突破了个体属性，成为"宇宙灵魂"的代表，象征着对"死"的超越，更象征着"生"的永恒，象征着对"丑"的摈弃，更象征着对"美"的向往。这是多恩之所以要用史诗形式创作其长诗的原初动机，也是我们之所以要将两部作品视为一体的一个重要依据。

诗人的这种创作动机，在两部作品中的体现几乎可以说是全方位的。《第一周年》起始第 1 行"当那丰硕的灵魂向她的天堂而去"开宗明义地点明了"灵的历程"这个主题；而第 4 行"看见、判断、并跟随"①、第 6 行"迁移的灵魂"、第 7 行"结束了此在的进展"、第 28 行"失去了感觉和记忆"、第 48 行"等同于律法"等，不仅都是《灵的进程》中反复出现的词语，而且所指也都完全相同。事实上，《第一周年》的许多诗行，都重复着《灵的进程》，如前者将世界比作等候洗礼的婴儿的下列诗行。

> 好比一个婴儿，隔离在圣水旁边，
> 直到一久盼的王子前来完成盛典，
> 你就这样静静地等着，卧而无名，
> 除非她莅临，让你成为她的宫廷：（33-36）

就与《灵的进程》中那些等候灵魂莅临的动植物具有异曲同工之妙，因为在《灵的进程》中，一切都在等待灵的莅临，都是灵的宫殿，也都在接受了灵的莅临后才有了自己的名。这说明《第一周年》的"导入"从主题到用词都是《灵的进程》的延伸。到"结论"部分，两部作品也同样显示着主题与用词的呼应，如《第一周年》第 36 行"肉体不会延续下去"、第 339 行"世界的僵尸"、第 452~453 行"尽管人在出生时就获得灵魂，／但其出生不过只是死"、第 466 行"这支歌仍然保留在记忆中"等。

除首尾以外，《第一周年》的正文也同样呼应着《灵的进程》。比如，离别与创造的故事在《灵的进程》中表现为：原本封闭于禁果之中的灵魂，因原罪而出世，去往地球，从此走上全新的历程。这在《第一周年》第一部分再次得到重复。

> 尽管她已将光芒关闭了一个昼夜，
> 但她那缕记忆的霞光已留下无疑；
> 它已自由地摆脱了旧世界的尸骸，
> 创造了新的物种；一个新的世界：
> 所用的物质和材料便是她的美德，
> 而所模拟的形态则是我们的实践；（73-78）

这里，诗人不过将"天堂"改成了"旧世界的尸骸"，寓意却因此而发生了根本性的倒转。这是因为《灵的进程》旨在离别天堂，去往尘世；《第一周年》则旨在离别尘世，回归天堂。但诗人所保留的灵魂的创造力特征，在两部作品中却是相通的；

---

① 比较《灵的进程》末行"存在、评价、判断"。人们普遍认为，"看见、判断、并跟随"表达着多恩的三位一体思想。这种思想并非局限于三位一体的上帝，还涉及其他许多方面，其中之一便是话语，而"看见、判断、并跟随"则是理性的一种三位一体。理性的另外一种三位一体就是"存在、评价、判断"。

同时，灵魂的创造力又都是有限的，都局限在灵与人的层面，这在两部作品中同样是相通的。对《灵的进程》的更为直接的回应是《第一周年》第二部分的下列诗行。

> 那最初的婚姻就是我们的葬礼：
> 我们全被杀戮，只要女人出击，
> 这样的猎杀至今也在一一进行，
> 可我们人人心甘情愿，把自身
> 交给那无度挥霍，都有眼无珠，
> 杀死自己，以延续我们的种族。（105-110）

这里不仅有《灵的进程》的荒淫与自耗，而且其讽刺也都溢于言表，同时也暗示了现世生活的丑陋、空无、毫无价值。一般地，写到这个程度，要转入灵魂对尘世的摈弃，已是顺理成章之事。可诗人并未就此掉转笔锋，而是引申开去，将整个宇宙纳入视野，比如，《第一周年》第三部分的下列诗行就表现出一种"笼天地于形内，挫万物于笔端"的气势。

> 整个的世界啊，已经全然脱榫，
> 好比人类，天生就是瘸子一堆：
> 因为，早在上帝创造一切之先，
> 腐朽就已侵入，并将精华作践：
> 天使不能幸免，世界首当其冲，
> 她的堕落哟，起始在摇篮之中，
> 她掉转头颅，一切便遭致废黜，
> 宇宙的每根榫头啊，全都接错。（191-198）

在第 236 行，亦即诗的中间，诗人用了"小宇宙"一词。小宇宙（microcosm）是大宇宙（macrocosm）的对立，前者指"小我"、个人，后者指"大我"、宇宙，在多恩时代乃是通行的说法①。使用"小宇宙"不但确立了灵魂的双重属性，即"小我"与

---

① 作为文艺复兴时期的一对常用术语，"大我"与"小我"就是"大宇宙"与"小宇宙"的另一种说法，其核心观念是"天人对应"（而非中文的"天人合一"）。在多恩笔下，"大我"与"小我"既是对应关系，也是包容关系。前者与天人对应一致；后者则指整体与部分的关系，最典型的例子是《应急祷告》中名句："没有谁是一座孤岛，只有自己。每个人都是大陆的一块，是整体的一个部分。如果一个泥块被海水冲走，欧洲就会因此变小，就像一个海岬，就像你朋友或你自己的庄园。任何人的死都是对我的消减，因为我就在人类中，所以，不用打听丧钟为谁而鸣，它为你而鸣。"

"大我",而且深化了作品的两个解剖对象,即个人与宇宙。正是在这样的宏观背景下,渺小、短促、可怜的人生,连同堕落、腐朽、僵死的世界,一并成为诗人解剖的对象,化作灵的对立,是为另一个理念,象征着"丑"与"死"。还是在这样的背景下,诗人才在《第一周年》中自然而然地将"女人的理念"拓展升华开去,使其同时成为"宇宙灵魂"的理念,于是才有了一系列反复吟唱的叠句。

> 她死了,她死了,把这一点认识,
> 你就知道世界这跛子是多么瘸朽。
> ⋯⋯⋯⋯⋯
> 她死了,她死了,把这一点认识,
> 你就知道世界这妖怪是多么丑陋。
> ⋯⋯⋯⋯⋯
> 她死了,她死了,把这一点认识,
> 你就知道世界这幽灵是多么苍白。
> ⋯⋯⋯⋯⋯
> 她死了,她死了,把这一点认识,
> 你就知道世界这渣滓是多么枯干。(237-238,325-326,369-370,427-428)

这里的四个叠句,连同第 169~170 行的另一个叠句"她死了,死了,把这一点认识,/你就知道人这东西多么可怜",就是马茨五个部分划分的根据,也是泰勒所谓"复杂的两难命题"的根本所指。

很多人认为,诗人在歌颂一位少女,但从一系列叠句可以看出,这完全是一种误解,因为诗人的确是在"解剖"世界,是借一个少女之死,对世界作了全方位的解剖。那么这样的解剖,其意义何在呢?面对所得到的结果,人究竟有没有希望呢?这些也是诗人所关注的问题,同时也是《第一周年》企图回答的问题。对于前者,诗人对世界说"因为你病入膏肓,无以医治,所以我/将你来解剖,看能有什么收获"(《第一周年》59-60)。对于后者,诗人不但暗示着灵魂即"生"即"美",而且还明确肯定说"一切在于宗教"(《灵的进程》214),并将自己的歌比作摩西的歌(《灵的进程》461-464),从而引出了以宗教信仰为终极希望的思想。这意味着,不仅从标题上,而且从目的和意义的双重角度上,《第一周年》又和《第二周年》是相通的,因为以宗教信仰为终极希望恰好是《第二周年》的基本思想。

第三节 《第二周年》："宇宙灵魂"之天国回归

《第二周年》全称《论灵的进程，借此：因伊丽莎白·德鲁里小姐的宗教之死，灵之不适于此生及灵之净化于下世，得以沉思》，由《报信者》（42 行）与《论灵的进程》（528 行）组成，共计 570 行，前者是吁请，后者是主干。标题本身明确告诉读者，首先，两部作品都以德鲁里小姐为契机。其次，两部作品的重心各不相同：《第一周年》写"青春早逝"，借以"再现"尘世的"脆弱与腐朽"；《第二周年》写"宗教之死"，借以"沉思""宇宙灵魂"的"净化于下世"。

就结构而言，从"精神冥想"角度加以研究，当属诗人的运思使然，也是理解的重要途径之一。在这一意义上，马茨的成就应该充分得以肯定。在他看来，该诗除"导入"（第 1~44 行）和"结论"（第 511~528 行）外，正文由七个部分构成，其中，第一部分（第 45~84 行）和第二部分（第 85~156 行）均有三个层次：冥想、颂词、寓意。而其余部分（第三部分：第 157~250 行；第四部分：第 251~320 行；第五部分：第 321~382 行；第六部分：第 383~470 行；第七部分：第 471~510 行）则只有两个层次，即冥想和颂词，没有寓意（Martz, *Poetry of Meditation* 237）。这样的形式变化，马茨称之为"创造自由"，较之于《第一周年》之精神冥想形式，既是一种"吸收"，也是一种"超越"（237）。马茨的基本看法是：前两个部分是《第一周年》那"精神冥想"的延续，表明两部作品的联系，因而是"吸收"；后五个部分集中于"宗教之死"，无需对现世进行解剖，因此省去了寓意，只留下颂词，所以是"超越"。这种"超越"使各部分之间的过渡更为方便，因为无需对伊丽莎白进行过度的皮特拉克式的夸张，只需使用皮特拉克式的意象，把她看作神的象征，就足以表达"宗教之死"的主题了（237-240）。因此他对这种超越做了高度评价，认为七部分的划分，比起五部分划分来更有意义、更具重要性，因为在全欧洲，每日两次的冥想正好延续七天，而且诗歌本身的内容与之对应，所以"七是划分宗教冥想的最佳数……是灵之向着出神和与神结合的历程"（247）。

在泰勒看来，马茨的划分是不能令人信服的，因为他忽视了第一部分的叠句，也忽视了第三至第五部分的叠句和寓意，而第六和第七部分则全然是"假定"（Tayler 80-81）。泰勒于是以马茨对《第一周年》的划分为蓝本，仍将《第二周年》的正文划分为五个部分。但是一如对待《第一周年》一样，泰勒并没有给出《第二周年》之每个部分的行数。不过从他所用多恩原诗的情况来看，各部分应该分别是第 41~84、

41

85~156、157~253、254~320、321~510 行。换言之,他把马茨的第四部分后移三行,把其第五到第七部分整合在一起,从而成为五部分划分。相对于《第一周年》只将第二部分后移两行,泰勒对《第二周年》的修正之大是毋庸置疑的,也是他赖以自豪的核心。

比较而言,笔者认为马茨和泰勒各有可取之处。首先,马茨的划分与诗的旁注是基本吻合的,因为在原诗的 10 个旁注中,马茨用了 7 个,只忽视了 3 个,这与他对《第一周年》的划分完全不同,所以更符合作品的本意;而泰勒则对旁注的地位和作用给予了根本否认,转而从"传教士多恩"的角度去连接"所罗门方法",用以批评马茨的"假定",结果必然是三个部分的合一。然而《第二周年》出版时,根本没有什么"传教士多恩",因为那是五年之后的事,所以泰勒对马茨的批评,实际上是用一种假定取代另一种假定。其次,马茨没能分辨诗中的颂词和寓意;而泰勒则不然,所以他批评马茨忽视了作品的一个重要内容,即灵的三重属性(Tayler 85)。弗兰克·曼利曾在马茨的基础上得出了《第二周年》的三个命题:记忆、理解、意志(Manley 8-12)。泰勒对马茨的批评可谓非常到位,因为忽视了灵的三重属性也就等于忽视了三个命题与五个部分中每个层次之间的内在联系。

另外,泰勒还有一个特点,即把前 383 行看作一个更大的部分,认为它正好划分成五个主要层次,每个主要层次又包含三个次要层次,这种结构中的结构显示着《第二周年》与《第一周年》的运思关系(Tayler 99-103)。应该说,两部作品的联系已是毋庸置疑的,但逐一加以对应、并用作品本身说话的,泰勒还是第一人。但在对两部作品进行对比时,他却将"五个主要层次"等同于"五个部分"了。比如,作品《第二周年》中的下列诗行:

> But pause, my soule; and study, ere thou fall
> On accidentall joyes, th'essentiall. (383-384)

这里,第 383 行只是一个跨行,而不是结束行,其最后一个字(fall)与下行第一个字(on)正好是一个短语(fall on),尽管该行中也有分号,但以"并"(and)连接,又是不能分离的,因此以第 383 行为界是决然不可能的。但泰勒却偏偏在这里作了分离,尽管在语义上说得过去,但在形式上却是说不过去的。于是就有了这样的问题:第五部分究竟在哪里?泰勒没有给出答案,也许他根本没有意识到问题的存在,也许他过于注重两部长诗的一致性,也许他在第 383 行以后找不到近似的对应,所以他说第五个"主要层次"一结束,作品就表现出"诗性的魔术",这使得"很多人都感到莫衷一是"(103-104)。泰勒提到的批评家包括黎瓦斯基等"很多人",但他之所以特别针对马茨,其用意是要把马茨的后三个部分合一。然而当他本人在这样做过后却发现自己也找不到强有力的根据,所以他把前383行看作一段,而把后面的部分统统划归"变体",视之为从"常规"到"变异"的"离析"。但他最终还是回到了马茨的耶稣会"精神冥想"的旧路(105-107),而他用以区别于马茨的便是他自己的新视角,即"美之最",并用以串联《第一周年》和《第二周年》。这个"美之最"就是"均衡"。

依笔者看,泰勒本人就是这"很多人"中的一员。他们的共同特点在于无视作品的旁注,从而失去了一个极为重要的参数。所以笔者依然认为应该从旁注入手,将其视为次标题,用以解释所辖的内容,最后确定表现形式。依据这样的思路,结合作品的语言,笔者倾向于对《第二周年》的结构作如下的划分。

导入(第 1~44 行):"人不过消失,并未亡去",因为还有"上帝的伟大莅临"。

正文(第 45~510 行):现世的世界与下世的灵魂

第一部分(第 45~84 行)旁注:"对现世的公道藐视"

　　冥想:"无餍的灵魂"啊,请"忘却这腐烂的世界"吧,就像忘却"早已破旧的衣服"。"向上看吧",她以"宗教圣火"点燃了"美德",而她已经去往天堂。

　　寓意:"她去了,去了,这个世界多么像垃圾。"

第二部分(第 85~156 行)旁注:"临终对现状的沉思"

　　冥想:我的灵魂啊,请想象你"躺在临终的床上","丧钟"在"传你去教堂",朋友在替你"裹上尸布"。请想想"她的面容"吧,那么"均衡","一切聚会一堂","善人进天庭,凭借信仰"。

　　寓意:"死是开门引路的人。"

第三部分(第 157~178 行)旁注："灵魂的不适于肉体"

冥想："再想吧，我的灵魂"，想你"在堕落中"出生，"在监狱里"生活，"一团肉身"就能使你"背负原罪"。

寓意：肉体不过是"可怜的驿站"，受制于"病患"和"年轮"。

第四部分(第 179~250 行)旁注："她因死而自由"

冥想："想想吧"，灵魂，"死使你解放"，凭借灵魂，"死将天地系在一起"，因为"灵魂把这看作第三次再生"。再"想想吧，我的灵魂"，她的"美""身"和"灵"，也"必定是你的历程"。

寓意："她去了，那么富有"，她在"责骂"我们像"蜗牛"还背着"脆朽的壳"。

第五部分(第 251~320 行)旁注："她的无知于现世和有知于下世"

冥想："可怜的灵魂啊"，你"对自己的身世"和"自己的行为"，全都"知之若无"；可对天堂，你却"瞬间即明"，博学如她，而"她知道天堂，长于地上"，已回归"她来的"地方。

寓意："她去了"，"为了欣喜，为了完美"；"跟随她吧"，因为"她带着我们的宝书"。

第六部分(第 321~382 行)旁注："我们在今生与来世的伙伴"

冥想："我的灵魂啊，不要从这样的出神冥想转入尘世"，因为"弱智""疾患"的今生没有谁能"与你对话"；"向上吧，上升吧，我沉寂的灵

魂"，在那儿"你新生的耳朵"能
听到"和谐的天乐"，那儿有"先
知""预言""使徒""殉教者""贞
女"；还有"和平""公正""宽容"
"美"的"她"。"她就是一切"，
因为"特权使她成为王国，宗教
使她成为教堂"。

寓意："她的确离开了"，并"因为死"
而"住进天堂"，因为她，所以"天
堂拥有意外的欢乐"①。

第七部分（第383~470行）旁注："今生与来世的本质欢乐"

冥想："停息一会儿吧，我的灵魂，研读
那本质的欢乐吧"。现世的"爱"
和"美"都好比流水，所谓"忠
贞不移"其实"变化无常"，而"荣
誉"和"幸福"等，犹如"巴比
塔"，其实"非常渺小"。"向上吧，
灵魂"，渴望天主吧，因为"这才
是本质欢乐"，众天使才仰望主、
忠于主，而我们也才为她庆贺，
因为她是去践行与主的"婚约"。

寓意："她去了天堂"，她曾经"使现世
有如天堂"，她就是世人能领会的
"本质欢乐"。

第八部分（第471~510行）旁注："两地的意外欢乐"

冥想：当"本质欢乐触及这卑微的世界"，
天国的"意外欢乐"便随之而来，

45

---

① "意外的欢乐"原文为 accidentall joyes，指 non-essential joyes（非本质的欢乐），与此相对的"本质的欢乐"（essential joyes）指 the sight of God，即看见天主。此外的一切欢乐，哪怕是天上的，也都只能是"非本质的"。"意外的欢乐"和"非本质的欢乐"在《第二周年》中作为同义词，反复出现，交互替代。

> 然而一旦骄傲，意外欢乐会"多
> 么可怜和蹩足"；唯有在天国，欢
> 乐才"永不耗尽"，"意外的事才
> 会长久"，"世俗的躯体"才会"复
> 活"成"天体"，天使有等级，但
> 不会失去欢乐。
>
> 寓意："她去了天堂"，因为"天堂渴望
> 她，她也渴望天堂"。

> 结论（第 511~528 行）：不朽的少女啊，"你就是声音，我是喇叭，召唤
> 人们应声而来"。

和《第一周年》一样，《第二周年》的主题就蕴涵在标题之中：沉思"灵之不适于此生和净化于下世"。两部作品都以德鲁里小姐之死为契机，所不同者为前者重世俗的夭折，后者重宗教的再生。此外，两部作品都写灵魂的上升天堂，所不同者为前者借以解剖腐朽的世界，后者借以冥想灵魂的归属。借马茨的"自由创造"，或曰"吸收超越"，那么《第二周年》所"吸收"的不仅只是《第一周年》的"冥想"形式，而且还包括了契机和基本思想；而所谓"超越"，则更多地体现为诗人对人生归属的关注。

从"吸收"的角度，只要稍加留意，便可以发现，《第二周年》的字里行间不仅渗透着与《第一周年》的联系，而且渗透着与《灵的进程》的内在联系，因为它的许多诗行，或是前两部分的直接重复，或是它们的直接延伸。比如，"导入"部分的"红海"（10）、"双眼"（13）、"舌头"（13）、"手足"（15）、"创造"（23）及"争取生命"（31）、"永恒的少女"（33）等词语和意象便明显地源自《灵的进程》；而"一切的活力"（5）、"断头人"（9）、"死去的世界"（21）、"她去了"（21）、"主要的贮备"（29）、"防腐剂与香料"（39）等词语和意象则都是《第一周年》的延伸。进入正文后，这样的吸收更是不胜枚举。这就意味着，三部作品是紧密联系、互相并存的，既非马茨所说的寓意之有无，也非泰勒所作的前后两大部分之划分。

与此同时，《第二周年》的核心思想之一是：通过对"永生灵"的沉思，人就可以在"上帝的伟大莅临"时，战胜死亡，获得新生，所以诗人说"人不过消失，并非亡去"（42）。这是因为"上帝的伟大莅临"（44），按照帕特里德斯的注释，就是"上

帝在最后审判时对人的召唤"（Patrides 353）①，亦即象征"复活"的"宗教之死"。这种"消失而非亡去"的思想，在多恩的散文中也是屡见不鲜的，比如，《1626 年 1 月 16 日布道文》中就有"死而不亡"（the dead are not dead）和"死而活着"（you were dead, but are alive）的表述（Donne, *Major Works* 365-366）。值得注意的是，这种"死而不亡"的"再生"思想，就其在作品中的表现而言，与其说只关乎德鲁里小姐，不如说更关乎全人类，因为如同《第一周年》一样，《第二周年》也是"借机而发"的作品，恰如两首诗的副标题所明确指出的，因而其所歌颂的灵魂也都是既包含又超越了个体特性的。这又意味着，《第二周年》的主题和"导入"是一致的，并没有因"周年"一词而局限于德鲁里小姐一个人，所以诗中的灵魂依然是"宇宙灵魂"。

从"超越"的角度来看，《第二周年》对人生归属的关注，乃是以"两个世界"的理念为基础的。根据乔治·威廉森所言，多恩的两个世界就是"可见的世界"与"不可见的世界"，也可以称之为"变化或改变的世界，人之肉体的世界"与"不变或常恒的世界，人之灵魂的世界"（Williamson, *Reader's Guide* 26-28）。威廉森所说的多恩的两个世界，大致对应于柏拉图的物质世界与理念世界、亚里士多德的下界与上界，或奥古斯丁的尘世之国与上帝之国。用现在的话说，则既包括空间的上界与下界，也包括时间的现在与将来。

《第二周年》中的两个世界，从其旁注便可看出，如第五部分之"现世"与"下世"、第六和第七部分之"今生与来世"、第八部分之"两地"等，都是十分明确的表述；此外，第一部分之"对现世的公道藐视"、第二部分之"临终对现状的沉思"、第三部分之"灵魂的不适于现世"，虽只明确了一个，但与之对应的另一个也是不言而喻的。具体到诗行，则两个世界的对应更是随处可见，而这种对应，其实在"导入"部分就已经开始了，具体表现就是开篇所塑造的两个形象：帆船和断头人。诗人说"这个世界曾拥有一种永恒"（2），有如一条船只，虽风帆已经破裂却依旧还在航行（7-8）；也有如一个身首两地的"断头人"。

> 他的双眼将眨动，他的舌头将翻卷，
>
> 就像他曾经招手，将他的灵魂呼唤，

---

① "上帝的伟大莅临"出自第 44 行，即"导入"的末行，原文 Gods great Venite。按牛津词典的解释，Venite 之义为 a canticle consisting of Psalm 95，即《诗篇》第 95 章，其主题是要感谢耶和华，而不能学米利巴即旷野的玛撒，以便知晓上帝的作为。从词源上，Venite 来自拉丁语，在中古英语中为 come ye 之义，即复数的 you come。在前一意义上，大概可以译为"上帝的伟大诗篇"；在后一意义上，则当译作"上帝的伟大莅临"。所以帕特里德斯注之为"上帝在最后审判时对人的召唤"。根据其所在的上下文，这个注释应该是对的，故这里按后者而译。

　　他紧紧地攥着双手，又将双脚高拔，

　　好似要伸手去抓住、并迈步去接纳

　　他的灵魂；当我们看到的这些动作，（13-17）

　　这个"断头人"的形象，在格瑞厄森和帕特里德斯的集子中，都没有任何注释。但根据爱德华·莱康特的观点，其原型很可能是遭受极刑的年轻的埃塞克斯伯爵（Le Comte 133）；而琼·莫里斯则根据一则趣闻轶事，称多恩曾亲口告知其朋友约瑟夫·沃顿，说他听说过犯人斩首的事，认为这可能是"断头人"形象的出处所在（Morris 157-158）。比较而言，莱康特的解读更具可靠性，因为埃塞克斯伯爵于 1596 年远征加的斯时，多恩曾是其部下；而莫里斯的解读则因基于趣闻轶事而不大可靠。就诗歌本身而言，这个"断头人"到底是谁并不重要，重要的是其所代表的意义。

　　那么，"断头人"形象的意义何在呢？根据集注版《多恩诗集》，提到"断头人"形象的共有 22 人，基本都是对死的骇人听闻的描述或比喻，属诗人之语不惊人死不休的玄学奇想（Stringer 6：461-463）。芭芭拉·黎瓦斯基认为，"断头人"的实质是隐喻，这个"血淋淋的隐喻回应并强化了那个令人厌恶的世界"（266）。所谓"那个令人厌恶的世界"指《第一周年》所解剖的那个僵死的世界。但也有两人提出了截然不同的看法：一是安东尼·贝莱特，二是珍妮·沙米。前者在其 1975 年的论文《多恩〈周年诗〉的艺术与模仿》中认为，这一形象传递出将破碎的世界加以重新组合的企图，表现了一种"向上的运动"（转引自 Stringer 6：462）；后者在 1984 年的论文《解剖与进程》中则认为，这个眨眼的"断头人"乃是复活的象征，因为其寓意所指，就是《哥林多前书》第十五章第 51~54 节之"我们都要起来……在眨眼之间，在号筒末次吹响时"①（463）。

　　应该说，安东尼·贝莱特和珍妮·沙米都是很有道理的，因为"断头人"的形象，不但是紧接"帆船"形象而来的，而且某种意义上，还与"帆船"形象是合一的，而将二者连接在一起的就是"他的灵魂将起航，向着她的永恒的床"（《第二周年》12）。进一步分析还会发现，帆船也是《灵的进程》的基本物象之一，而且这里的"将起航"（be sailed）也与《灵的进程》第 57 行之"起航"（saile）存在语义关联。再进一步，则"向着她的永恒的床"（to her eternal bed）与《第一周年》第 1 行之"向着她的天堂"（to her heaven）可谓异曲同工，都喻指生命的复活。因此，联系《灵的

---

　　① 多恩之"他的双眼将眨动"和《哥林多前书》之"眨眼之间"的原文，分别是 His eyes will twinckle 和 in the twinckling of an eye，所以珍妮·沙米的解读是有根据的，尽管在《圣经和合本》中并没有"都要起来"，而是"都要改变"。

进程》之"永生灵"，那么"断头人"之眨动双眼、翻卷舌头、紧攥双手、高拔双脚，以及伸手和迈步等一系列行为，都表现着对灵魂的极度渴望，也就是生的渴望。在这个意义上，只需将芭芭拉·黎瓦斯基的话往前推进一步，就可以得出这样的结论：《第一周年》把僵死的世界解剖成八个部分之后，《第二周年》又将其重新组合为一个整体；如果说解剖意味着死，那么重组则意味着生，也就是珍妮·沙米所说的复活。以此而重新审视帆船的形象，则其风帆已断象征着死，而依旧航行在红海之中则象征着生，因为"红海"（those two Red seas）一方面暗含着《圣经》之《出埃及记》，另一方面又喻指基督的血，二者都意味着生。

大概正是因为如此，所以《第一周年》的叠句"她死了"，到《第二周年》才相应地变作死而不亡的"她去了"，而这也同样早在"导入"部分就已经开始了，因为紧接前述那个为了灵魂而挣扎的"断头人"形象，诗人就曾这样写道："这死的世界挣扎着，现在她去了。"(21)进入正文后，诗人又多次写道"她去了"[1]，其中与《第一周年》的五个著名的叠句如出一辙的，是《第二周年》的下列诗行。

49

> 她去了，她去了，把这一点认识，
> 你就知道这世界多么破碎而垃圾，(81-82)

那么，"她去了"何处呢？当然是"她的永恒的床"，亦即旁注中之"下世""来世"，或正文中之"她所来的天堂"(314)。这意味着，灵魂的离去乃是一种回归，是告别"僵尸"般的"下界"尘世而回归幸福的"上界"天国[2]。正因为如此，所以诗人才在《第二周年》中写下了不少壮美的诗行，比如：

> 向上看吧，即向着她，其幸福的情形，
> 我们现在已不再悲哀，而是满怀欣喜。(65-66)

那么，灵魂又是如何回归天国之"幸福的情形"的呢？从第四部分看，这个回归也如同《灵的进程》一样，在于灵魂因肉体之死而获得的自由，因此也是与自由

---

① 见《第二周年》第 81、247、315~317、467、507~509 行，其中第 315~317 行和第 507~509 行在"她"与"去了"之间插入了说明性的修饰成分。

② 《第二周年》中，"下界"一词的原话是 this lower world (4) 和 this low world (227，471)；更多的时候是"现世"（this world）；有时也用 here (312，388，449，461，465，469，511，518)，而与之对应的"上界"则为 there (324，381，462，500)，这一意义的下界与上界，相当于"此岸"与"彼岸"。另外，《第二周年》之"僵尸般的世界"出自第 55 行，其原话为"世界不过是一具僵尸"（The world is but a carkasse）。

意志的理念联系在一起的。所不同的是，自由意志的作用，于《灵的进程》为向下的运动，而于《第二周年》则如安东尼·贝莱特所说，是一种"向上的运动"。在这个由地而天的上升历程中，灵魂"自由地飞翔"（183），首先通过空气与火，而后又经过了月球天、金星天、水星天、太阳天、火星天。在《第二周年》中，空气出现在第189~192行，火在第193~194行，月球天、金星天、水星天、太阳天与火星天分别在第195~196、197~198、199~200、201~202与203~204行，恒星天在第206~212行。从这里可以看出，多恩的宇宙结构与托勒密的不尽相同。在托勒密的宇宙中，处于中心的是地球，之外是风、火，它们构成月下界的三圈；再外依次是月球天、水星天、金星天、太阳天、火星天、木星天、土星天、恒星天、水晶天、原动天。多恩的区别有二：一是没有木星天、土星天、水晶天、原动天；二是水星天和金星天的位置相反。但多恩与托勒密的相同之处也可以看出：一是月下界没有区别，二是依旧表现为地心说。由此还可以看出的一点是，至少在宇宙观上，多恩其实是相当古老的。有趣的是，《第二周年》中的灵魂，似乎越是上升也就越加迅速，因此，

> 在她尚未想到她是何以走过之前，
>
> 她立刻已到、且又过了那恒星天。(205-206)

而且也正是在这里，诗人却以其特有的玄学奇想，作了一个出乎预料的暗喻：恒星天中的群星就是系成一串的许多念珠，而灵魂之经由恒星天也即经由一串念珠，犹如歌唱时肌肉的张弛连着背骨和颈骨一般，

> 所以经由灵魂，死将天和地系在一起；
>
> 因为当我们的灵享有她这第三次出生，
>
> （创造给了她一次，第二次源自恩典）
>
> 天堂便近在咫尺；······ （213-216）

这个玄学奇想，其实就是标题所说的"沉思"。多恩明确指出，灵魂之所以能够回归上界天堂，最根本的原因在于其"宗教之死"，在于其经由空气与火的"净化"而获得的"第三次出生"，并因此而"净化于下世"，复活到充满"幸福"的上帝之国。所以到第六部分，诗人让自己"昏睡的灵魂"[①]（339），一连作了七个"向上"

---

① 在"昏睡的灵魂"（my drowsie Soule）中，"昏睡的"含"沉寂的""飘渺的""朦胧的""梦似的"等义；根据上下文，当解作"沉思的"，但其他意义并未消失。

的沉思：向上沉思圣母，她集母亲与少女于一身；向上沉思族长，即《旧约》中的先人，他们曾期待耶稣基督的降生；向上沉思那些先知，他们高兴地看到自己的寓言成了历史的真实；向上沉思十二使徒，他们带来的光比太阳还多；向上沉思殉教者，他们为使徒的灯增添灯油；向上沉思纯洁的贞女，她们将成为基督的新娘；向上沉思她，因为那里就是她的居所（《第二周年》339-358）。在这一系列"向上"的沉思中，具有总括和结论性质的分别是第一个和第七个。至于诗人为何要作七个"向上"的沉思，前引马茨"七是向着出神和与神结合的历程"的评说，虽然只涉及诗歌结构，但用于这里的内容，应该也是恰当的，因为这些沉思无疑传递着"与神结合"的基本思想，与标题也是正好吻合的。

与此同时，这个玄学奇想，在说明灵魂之回归天国的同时，也传递出"存在链"的思想，因为恒星天的比喻乃是存在链的另一种表述。我们知道，存在链的核心是以等级观念为表征的宇宙和谐；在这条存在链中，人有着特殊的地位，正如胡家峦所指出的："人由肉体和灵魂构成，把物质世界和精神世界结合在单一的实体中，提供了尘世和天国之间交流的媒介。"（103）然而，这并不意味多恩的两个世界，即灵魂世界与肉体世界，就因此而消失了；而是指二者既是相互独立、彼此依存的，又是与存在链密切相关的，比如，在1623年的复活节布道文中，多恩就这样说过：

> 灵与肉是天然地连在一起的……所以不要怀疑你的幸福；不要说上帝要的是心，也就是灵魂，因此也奖赏灵魂、或惩罚灵魂，而对肉体则不给予考虑；……灵魂所做的一切，是在肉体内、与肉体一道、并依靠肉体而做成的。……故此，当我们的肉体在海中融化、在土中堕落、在火中化为灰烬、在空中消散的时候，Velut in vasa sua transfunditur caro nostra [我们的肉身就有如被倾入器皿一般]，整个世界就是上帝的小屋，而水、土、火、气，则是适当的盒子，上帝把我们的肉体放在里面，为了日后的复活。
> （Donne, *Major Works* 324-325）

这段文字中的方括号是多恩自己所加，用以解释其前的拉丁语的。蒲柏在《论人》中对存在链有过这样的描述："开始自神，／从以太到人性，从天使、人、／兽、鸟、鱼、虫，到肉眼看不到的东西。"（转引自胡家峦96）我们知道，蒲柏曾改写过多恩的《讽刺诗第2号》和《讽刺诗第4号》，而多恩的上述布道文，几乎就是蒲柏的先行版本。值得注意的是，多恩不但对人的肉体给予了特别的重视，而且还把"四行"当作肉体的肉体，并借此来强调肉体的复活。而这一点，在《第二周年》中也曾多次提及，如第五部分之"所有灵魂不是都认为／些许岁月中，我们的肉体锻造自／气、火，还有其他元素？"（263-265）甚至在描述灵魂"自由地飞翔"、穿越诸天而回归天国的过程中，也特意增加空气与火，而后才经过水星天等内容，也都具有"四行"的隐喻关系。诗人之所以特别强调肉体，是因为在他看来，只有灵与肉的结合才是完整而光荣的人，而这也是与"存在链"的理念联系在一起的，甚至天使也不例外。这可以从下引 1625 年 5 月的布道文中看出。

> 上帝不但给人一个不朽的灵魂，还有一个肉体去承载不腐和不朽，这个肉体是任何天使也不曾获得的。就此而言，无论是谁，或者一个天使希望成为大天使，或者大天使希望成为基路伯；可人却不能故意地希望成为天使，因为那个希望会使他丧失光荣，那是在肉体中才具有的光荣。
> （Donne, *Major Works* 360）

关于存在链本身，因为已经多有讨论，故此不再赘述。就多恩而言，存在链的意义，首先在于其支撑着上界与下界的彼此对立与相互依存；其次也在于其与三重灵魂的联系，所以一方面，灵魂于《灵的进程》之由天而地、于《第二周年》之由地而天，才显得如此自然；另一方面，灵魂游历中所关联的包括矿物、植物、动物在内的宇宙万物，也进一步强化了其"宇宙灵魂"的属性。需要注意的是，在多恩的两个世界中，存在链虽然更多地关乎空间意义的上界与下界，但灵魂之上升天国、"净化于下世"，也显示着与时间意义上的今生与来世，是相互照应的。以此再回到"断头人"的形象，则其对灵魂的渴望，与《灵的进程》中之灵魂对肉体的向往，便正好构成对照；而其紧接帆船的形象，又与向着彼岸世界的历程，是正好吻合的。这意味着，上界与下界、今生与来世，在各自的世界内是互为联系的，在二者之间也是互为联系的，形成一种纵横交错的互动关系。所不同的是，在《灵的进程》中，因以灵魂为视角，所以肉体是他者；而在"断头人"这里，因以肉体为视角，所以灵魂是他者。但因存在链的作用和两个世界的互动，所以"我"与他者之间，乃是一种自我与他我的关系。这既是三部作品的基本关系，也是我们可以将它们看作一个整体的原因之一。

综合上述分析可以发现，由于"吸收"和"超越"，所以《第二周年》乃是《灵的进程》与《第一周年》的延续；而从《灵的进程》到《第一周年》再到《第二周年》，就是"宇宙灵魂"的从天堂到尘世再到天堂，其间的关联系于"灵的历程"，其间的过渡却异常自然。而之所以能实现这种自然的过渡，除了两个世界、三重灵魂之外，还有四大基本主题，即自我、生命、爱情、恒变，也都体现着三部作品的内在联系。

对这些主题本身，笔者将在下一章逐一加以分析。回归作品的结构，则三者的内在联系还表现在对照手法的运用上，并同样关系到两个世界的互动。这种对照，具体到《灵的进程》为肉体的消亡与灵魂的轮回，具体到《第一周年》为灵魂的生和美与世界的死和丑，具体到《第二周年》则为此在与彼在的世界。

大卫·爱德华兹在《常人多恩》中评《灵的进程》称"多恩从来不是一个大自然的歌手，但在这里却把大自然作为巨大的战场，作了毫不留情的描述……生物相互残杀，无休无止"（Edwards 59-60）。事实上，所有的"残杀"，除了回应史诗的战争传统，更主要的还在于它们都是基于物的死亡和灵的轮回的，是灵的历程所以能够继续的根本前提，也是对照手法在三部长诗中的首次运用。在《灵的进程》中，诗人正是借助于物的一次次存亡，而实现灵的一次次再生的。物的消亡和灵的再生，同样是《第一周年》和《第二周年》的根本前提，显示着后两者对前者之对照手法的继承。在《第一周年》中，这种对照在"导论"中就已经出现，比如，

> 当那女王结束了此在的巡游时光，
> 上升到天庭她那直立不动的殿堂，
> 不愿让众多圣徒长久侍候在天庭，
> 已然化作了神圣颂歌的一个部分，
> 这个世界，在空前的地震中凋零，（7-11）

就明显地表现为"下界"与"上界"的对立。到第一部分，这种对照成为"新"与"旧"的对立。一方面是她的德、善、爱，以及其"摆脱了旧世界的尸骸，／ 创造了新的物种；一个新的世界"（75-76）；另一方面是"危险叠生、疾病肆虐的旧世界"（88）。前者对应于精神，后者对应于物质，二者都指向"今生"与"来世"的相互对照，因为所谓"旧世界"也就是"今生"。到第二部分，这种对照进入新旧两种形态的中间，在世俗与精神的对立层面，开始对病态的人生进行解剖，用以揭示现世的病入膏肓及无可救药。第三部分在第二部分基础上，将牡鹿、乌鸦、太阳、王国、星星一并带入，既呼应了《灵的进程》第四至第八部分，同时也为《第一周年》第四至第八部分做了铺垫，将解剖从人拓展到整个宇宙，最后回归到上与下、美与丑、生与死的对照，并确定了史诗在其中的地位："天堂拥有灵魂，／ 坟墓留下肉体，诗文承载声誉。"（《第一周年》473-474）这一切无一不是在对照中实现、充实、发

53

展的。

到《第二周年》，这种对照依然明显。第一部分以"忘却这腐烂的世界吧"与"向上看吧"为对立，从而对照了下界之"此在的僵死世界"（55）和上界之"她的幸福王国"（65）。第二部分以11个"想想"此在，对照单一的"她"，从11个侧面构成"临死对现状的沉思"。第三部分则以"罪"为视角，借《第一周年》之"寓意"中的强调句式，用五个"想"开始的祈使句，就"灵魂的不适于肉体"给出了五个理由。第四部分以"死"为视角，用三个祈使句和四个成述句的对立，构成"死"即"生"的悖论，点明了"宗教之死"即"因死而自由"的思想。第五至第八部分都以"此在"和"彼在"为基本对立，分别对"有知"与"无知"、"短暂"与"恒久"、"本质"与"偶然"进行冥想。

鱼贯三部作品之始终的对照，连同两个世界、三重灵魂，以及共有的"宇宙灵魂"形象及其生命历程，无不显示着三部长诗的内在统一。按多恩本意，他应该每年有一部周年诗，甚至《第一周年》中的"他的第一年时光"（447）、"每年庆贺你的再生"（450），以及《第二周年》中的"一年已经过去"（3）、"我的第二年时光"（520）等，都明确表达了这样的意图。但他并没有继续，原因已无可考证。现有资料可以提供两种解释：一是所谓"女人的理念"并未得到同侪的认可，二是他后来皈依了国教，还做了圣保罗大教堂的教长。两个解释似乎都能说通，因为它们确实与教长的身份不太合适。然而将其作为原因则似乎难以令人信服，因为它们都并非有悖于"宇宙灵魂"的概念，也就不能成为中断原有计划的终结理由。我们所能得出的结论只能是：第一，以"宇宙灵魂"为题的长诗，多恩只写了三部，这是灵魂三部曲的基本事实；第二，从出自天堂到停息尘世再到回归天堂，"宇宙灵魂"的全部历程自《灵的进程》开始，经由《第一周年》之后而在《第二周年》已告完成。

第四节　神本主义视角中的生命之旅

多恩不止是玄学诗人，也是文艺复兴诗人。他创作《灵的进程》时，正值莎士比亚《第十二夜》首次上演，《哈姆雷特》也刚刚完成一年；《第一周年》和《第二周年》出版时，莎士比亚《暴风雨》正在热演中，查普曼也刚好完成《伊利亚特》的翻译。我们知道，文艺复兴是充分吸收古典文化、基督教文化和希伯来文化的优秀传统的时代，是在天文、数学、医学、艺术、文学等众多领域都做出了巨大贡献的时代，也是各种思想层出不穷、激烈交锋的时代，用我们耳熟能详的话说，"是一个需要巨人而且产生了巨人——在思维能力、热情和性格方面，在多才多艺和学识渊博方面的巨人的时代"（恩格斯 5）。

　　文艺复兴的突出特点是人文主义。就多恩研究而言，各家所评虽然出发点、论证方式、所得结论都不尽相同，但有一点是共同的，那就是人文主义的立场。古典主义以来的多恩研究，之所以大多以《歌与十四行诗》《挽歌》等爱情诗为主，一定程度上，其实就是这个立场的反映。甚至还可以说，多恩三部长诗之所以被长期割裂，大概与主人翁都是灵魂而不是鲜活的人有关，而这也同样反映了人文主义的研究立场。

　　然而，在对人文主义的探究上，绝大多数学者都自觉不自觉地是从与神相对立的角度去进行的，这意味着，至少从话语分析的角度，所谓将人性从"神学的桎梏中解放出来"，无异于说"神性"先于"人性"而存在。此外，当时的人文主义者绝大多数都是虔诚的信徒，他们反对教会的腐败，但并不反对宗教神学，他们重视人的创造，却并不轻视人的神性。在这个意义上，所谓"以人为本"的人文主义，在当时情况下，实际上就是"以神为本"的基督教人文主义。由于涉及"人本"与"神本"的问题，所以也有人将人文主义称作"人本主义"。"人本"与"神本"是一对互为"他者"、互为"异化"的命题。从黑格尔到马克思，从基督教到佛教，"神本""人本""异化"都是常见的术语。如果说"神本"乃"人本"的异化，那么反过来，说"人本"乃"神本"的异化，也同样是成立的，区别在于着眼点的不同，在于因这个不同而导致的度的差异，而共同之点则是对人的本性、价值、意义等的关注。

　　笔者更倾向于从神本的角度认识多恩的三部长诗，并把它看作人的本性需要，即人的本性，一方面包含着兽性、人性、神性三大因素，另一方面也对应于"存在链"的思想。肯定神性就是肯定上界，而对神性的需要即对真善美的需要，也就是常说的精神需要；反之，否定神性，则人性就会滑向兽性，灵魂就会失去归属，人生也就不会有什么"光荣"可言。从"寓教于乐"的原则看，具有神本主义特征的、追问灵魂归属的作品，较之于缺失神性、误将情感宣泄当作人的本性的作品，恐怕更有资格充当人的精神食粮，也更能揭示完整的人性。笔者认为多恩的三部长诗正是这样的作品。

　　那么，人们为什么没有从"神本主义"角度对之加以研究呢？这个问题，可能与语言本身有关，因为英语虽有"人本主义"却无"神本主义"。汉语的"人本主义"来自英语的 humanism，而 humanism 又有多种汉译，除"人文主义""人本主义"之外，也有译作"人性论""唯人伦"的。《易经》"文明以止，人文也。观乎天文，以察时变，观乎人文，以化成天下"，与 humanism 原义相当，故而汉语中多用"人文主义"。然而，尽管在英语中找不到与 humanism 相对立的词，却并不意味着没有"神本主义"的概念，反而说明了它的宽泛性。新托马斯主义代表人物马里旦的"人文主义"就是以基督教为中心展开的，所以他认为，现代世界的一个最严重的毛病是二元论，即基督教世界和世俗世界分离，神圣的东西与世俗的东西分离，因为世俗的东西受肉欲规律的支配，与福音越来越远，使世界逐渐变成一个陡托言空的世界、一个名义上的世界、一个没有发酵的死面团子。他开出的药方是敞开胸怀接受神性的降临。其实，在人文主义时期，人这个"泥土的精华"并没有上升为神，神也并没有从天上被拉下来，而艺术家也不过在模仿自然的过程中创造了第二个自然。

汉语则不然，所以国内学者每每会提到"神本主义"一词。比如，冯天瑜《中华元典精神》写道："欧洲 14 至 16 世纪发生的文艺复兴运动便以复兴希腊、古罗马形态出现，用古典的人文主义反抗中世纪的神本主义，从而完成文化史上的一次跃进。"(12)席云舒则直接把神本主义作为其"精神现象学"的三大要素之一。

> 所谓"精神现象"，指的就是个人和社会的精神存在形态。我把个人和社会的"精神现象"概括为物本主义、神本主义和人本主义三种存在形态，这三种精神存在形态既是个人的三种精神表现形式，又是社会的三种精神存在方式。所谓物本主义精神现象，指的就是片面地追求动物本能欲望的满足的一种思想……而所谓神本主义精神现象，指的是以神的意志，亦即某种"天理"或"教条"来作为衡量一切的标准的一种思想……人本主义精神现象，也就是以人的理性作为衡量一切的尺度的思想，这种思想标举人性、人权，遵循人道主义原则。(席云舒 51-52)

在英国文学中，神本主义的缘起与发展、阶段与作家、体裁与特点、异化与归化等，都值得认真研究，只因超越了本书的研究范畴，这里不做深究。但其悠久的历史，起码可以上溯到比德的《教会史》、无名氏的《十字架之梦》、兰格伦的《农夫皮尔斯》。无名氏的《贝奥武甫》则是神本与人本的结合，其中的人本因素，经由《高文爵士与绿衣骑士》，逐步发展为人文主义的主流。到文艺复兴时期，锡德尼《为诗一辩》的三种诗歌划分中，具有神本主义色彩的诗依然位居首位，而现今意义上的诗则居于末位。就史诗而言，以多恩为界，前有斯宾塞，后有弥尔顿，两人的作品也都有浓厚的神本主义色彩，其中弥尔顿创作《失乐园》的意图就是要"阐明永恒的天理，／向世人昭示天道的公正"(Milton 1：25-26)。多恩也表述过近似的意图，比如《致爱德华·赫伯特》的下列诗行。

> 所以我们的事业，乃是要矫正
> 自然，还原她的本然，……(33-34)

这是因为在他看来，人已误入歧途，只有"矫正自然"，才能回归自然的本然状态，才能明白为人之道；而所谓"矫正自然"，也就是回归自然的神性，其中也包括回归人的神性。该诗中羔羊、豺狼、方舟、原罪、毒素等意象，在他的爱情诗和宗教诗中并不多见，而在三部长诗中却是屡见不鲜的。以此而论，多恩"矫正自然"的意图，应该同时也是其灵魂三部曲的意图。

在三部作品中，多恩的神本主义思想当数在《第二周年》中表现得最为明确，这不仅是因为结束行"我是喇叭，召唤人们随声而来"(528)分明回应着《新约》启示录，而且其主题本身就是对神性的回归。至于《第一周年》，虽从表面看似乎是颂扬德鲁里小姐，但这种颂扬其实也是神本主义的，因为"导入"部分之"她的名界定你，给你框架和身形"(37)，全然就是诗人神本主义思想的直接表露。正是在这一思想的支配下，诗人通过对世界的解剖，得出了八个结论。其中的五个，即"人这东西多么可怜""世界这跛子多么瘸朽""世界这妖怪多么丑陋""世界这幽灵多么苍白""世界这渣滓多么枯干"，无一不是从神本角度所得出的。另外的三个，即人失去了"行为模式"、世界已"病入膏肓"、时空都已不再"广博"，则主要是从"宇宙灵魂"角度去解剖下界世界所得的结论，虽然如此，但其背后依然是神本的支撑。乔丹显然看到了多恩的神本主义思想及其在两部周年诗中的表现，所以在评《第二周年》第306~320行时曾这样写道：

> 多恩诗中的灵魂象征着《圣经》，包括《旧约》和《新约》"她是两个灵魂，／好比书卷的两个面"(第503~504行)。多恩的两部作品本身就是这样的书卷，其一切的成功都取决于《圣经》，取决于赎回的灵魂，这是他所模仿的源泉。正因为如此，他才有理由摆出预言者的姿态。在《第一周年》中，那个预言就是摩西的声音；在《第二周年》中，多恩力求表现圣约翰的声音，而诗则是多恩的启示录。(Jordan 109)

乔丹这段评语充满了基督教神本主义思想；而他之所以丝毫没有提到"神本主义"，可能是与英语缺乏"神本主义"这个词直接相关的。相对而言，《灵的进程》

57

对神本主义思想的表达要晦涩一些，究其原因，至少有两个。首先是因为诗人强调"毕氏学说"。但即便如此，我们也会发现，诗中所出现的人物，大多是《圣经》中人，如亚当和夏娃及其子嗣，包括该隐、亚伯、塞特三个经传中人，以及前文已经提到的多恩以为的亚当和夏娃的另外三个女儿和一个儿子。更直接的证据是《灵的进程》第一部分第八节。

> 那就是全部，就是无处不在的一切；
>
> 那不可能犯罪，却负载了一切的罪；
>
> 那不可能死，却只能死去别无选择；(74-75)

这里，诗的表层是说灵魂的出生，可其深层却指向耶稣基督。爱德华兹因此说，诗人在这里表现了"道成肉身的蒙难"（Edwards 225）。在稍前一点，爱德华兹就曾经指出《灵的进程》和《第二周年》都以离去为主题，进而分析说："1601 年是'锈铁的时代'，诗人深谙个人之间和集团之间的争斗，得以把世界看作没有道德的战场；而 1611 年，他的[仕途]希望破裂，使他得以把世界看作没有生命的荒漠。"（221）

第二个原因在于神本主义的概念不是直接吐露的，而是通过"三重灵魂"的理念间接传达的。但是，神本主义并非仅仅局限于基督教，而基督教也并非纯然的神本主义。就前者而言，正如前文已经论及的，神本主义并非只是"天理"或"教条"①之类的东西，而是真善美的重要内涵，是一种全民性的精神追求。就后者而言，基督教本身便有很强的世俗色彩，如"道成肉身"的概念、《圣经》中的雅歌等。加之英语本身缺乏"神本"的概念，所以借"宇宙灵魂"加以表达，是不足为奇的。

从上面简析中不难看出，三部作品对神的概念各有侧重，但都具有神本主义的思想，亦即天人合一的思想。这种思想又是和"宇宙灵魂"的概念紧密联系、"浑然一体"的，所以，灵魂的象征性和三部作品的内在联系都得到了极大的增强。这大概就是作品始终以"她"为代名而从来不说具体名字的一个重要原因，也是诗人用"女人的理念"为自己辩护的一个首要理由，更是诗人"矫正自然"意图的一个直接体现。

从神本主义角度解读多恩的"宇宙灵魂"，则从前面的分析便可以得出这样的结论：《灵的进程》重在"幸运的堕落"，《第一周年》重在"内省的力量"，《第二周年》

---

① 笔者非常赞同席云舒关于应该把"神本主义"纳入"社会形态"之中的见解，但对于其"所谓神本主义精神现象，指的是以神的意志，亦即某种'天理'或'教条'，来作为衡量一切的标准的一种思想"的看法，却不敢苟同。

重在"基督的复活"，它们的有机统一，正好反映出文艺复兴时期占主导地位的"坠落-再生"模式。而这也恰好构成"宇宙灵魂"的一次"全部历程"。如果说前一意义不过是宗教意识的直接再现，因而没有什么新意，那么后一意义则表明，多恩灵魂三部曲的核心情节，就是在神本主义支撑下的人生之旅，这不仅显示着诗人与荷马、斯宾塞和弥尔顿的联系和区别，也是之所以能把它们看作史诗的最根本的原因。

　　前面说过，应该从诗的角度，确定多恩诗的性质，并对他的三部作品进行研究。关于"诗是什么"的问题，许多艺术家和批评家都有过自己的独到见解，比如，肯尼迪和焦亚的《诗歌导论》一书就专门列举有"诗的定义"，其中包括有但丁、约翰逊、柯尔律治、华兹华斯、卡莱尔、哈代、狄金森等的定义，并有一定分析；从所下定义的角度，有语言的、创作的、阅读的、哲学的、艺术的，也有古典主义的、浪漫主义的和现代主义的（Kennedy and Gioia 299-301）。然而，迄今学术界并没有一个公认的定义，因此只能说是众说纷纭。不过有一点大概不会有太大的争议，那就是：艺术或多或少总会触及人的灵魂，诗更是如此。从这一意义上说则不妨作这样的理解：诗人就是灵魂的歌手，诗则是灵魂的歌声。

　　正因为如此，古今中外许多伟大的艺术家，无不致力于塑造千姿百态的人物形象，匠心独具地去揭示形形色色的灵魂。多恩自然也不例外，他的《歌与十四行诗》《挽歌》，甚至《神圣十四行诗》，都是这样的作品。而在《灵的进程》《第一周年》和《第二周年》中，他却根本不屑于通过形象的塑造来揭示人物的灵魂，而是将肉体彻底抛开，将鲜活的灵魂直接呈现在读者眼前。

　　多恩三部长诗的最大特点，在于灵魂本身既是主题，也是题材，既是视角，也是主人翁，因此是真正意义上的而非比喻意义上的"灵魂的歌声"。与此同时，多恩以史诗的形式所讴歌的"宇宙灵魂"及其"全部历程"，不但将《灵的进程》《第一周年》和《第二周年》穿成了一个水乳交融的统一整体，而且也使自己成为了真实意义上的而非比喻意义上的"灵魂歌手"，给我们留下了一支严肃、完整、特殊的灵魂三部曲。因为以严肃的创作态度所塑造的"宇宙灵魂"，从作品本身的切入视角看，乃是以灵魂为我者、以肉体为他者而展开的，因此"宇宙灵魂"之尘世之旅和天国回归，作为一次完整的精神之旅，从本质上说，就是神本主义视角中的特殊的生命之旅。

第三章　三部曲的基本主题

作为灵魂的歌声，三部曲不以肉体而以灵魂为对象，乃是一种必然的选择。但是，如果进一步追问作品所蕴涵的具体内容，便不难发现，"宇宙灵魂"乃是一个外化的象征符号，其背后蕴藏着丰富的人文关怀，正是这些人文关怀，才使三部长诗与那些纯粹描写灵魂之神秘的作品区别开来，在招致一定批评的同时，也赢得了更多的认可。用多恩本人的话说，"宇宙灵魂"乃"上帝的使节"，其所象征的乃是"我们的终结和征程"。这说明，由于"灵与肉是天然地连在一起的"，所以"宇宙灵魂"的生命之旅，虽以形而上的神本主义为视角，但也关乎形而下的现世人生。换言之，三部曲的主题可以从两个世界的角度加以探究：一是神本主义的灵魂本身，二是与之对应的人文关怀。那么，"宇宙灵魂"是如何体现人文关怀的呢？体现了怎样的人文关怀呢？诗人为什么会在意这些关怀呢？要回答这些问题，仅仅局限在灵魂的层面显然是不够的，还必须对之做进一步的主题研究。

第一节　自我主题：永生的灵魂与不朽的自我

在人文关怀四大基本主题中，首先进入读者视野的是自我主题。尚在史诗开始之前，诗人就在《灵的进程》序中表明了自己的风格，交代了自己的创作意图，介绍了作品的思想基础。该序并不长，但语气铿锵、从容、坚定，其所显示的，俨然就是一个自我中心的诗人，既清楚透明，又固执己见。在某种程度上可以说，史诗的自我主题在序中已经有了暗示。进入正题之后，这个主题就在吁请中首先明晰起来。

吁请原本与灵感有关。柏拉图在《伊安篇》中说，"优美的诗歌本质上不是人的而是神的，不是人的制作而是神的诏语；诗人只是神的代言人，由神凭附着"（《文艺对话录》9）。在《斐德若篇》中他又说诗人的迷狂是"由诗神凭附而来……垂为后世的教训。若是没有这种诗神的迷狂，无论谁去敲诗歌的门，他和他的作品都永远站在诗歌的门外"（118）。在柏拉图之前，荷马就总在其史诗的开篇向诗神缪斯乞求灵感，吁请帮助；而赫西俄德也自称缪斯教给他光荣的歌："神圣的声音吹进我的心扉，让我歌唱将来和过去的事情。"（《文艺对话录》27）此外，赫拉克利特、德谟克利特、亚里斯多塞诺斯等也均有灵感的意思。到密尔顿时，在史诗中运用吁请，可以说已经成了一种常规，比如，其《失乐园》就不止一次用到吁请。

按史诗常规，开篇常有一段吁请，其核心是自我认识，诗人通常借吁请表达如下的思想特征：第一，人的智慧是有限的，无法媲美史诗的伟大与崇高，难以理解史诗的历史超越性，所以需要请缪斯来讲述史诗的内容，歌颂史诗中的英雄，至少需要缪斯给诗人以灵感，以便能忠实地记录史诗。换言之，诗人只是书记员，缪斯才是真正的史诗作者。第二，史诗所记录的是缪斯所歌的故事，所用的语言是神圣的，这样的语言因为超越了凡人的领悟能力，因此才需要诗人为了凡人的缘故，将其与人的语言联系起来，以便那伟大的主题能作用于普通听众，使他们能在自己的文化或民族传统中，领会史诗的内涵，感悟其对自身的启示。这两个特征表明，史诗的主题、作者、听众通常是分开的。

多恩的灵魂三部曲，每一部都有自己的吁请。但在他的笔下，吁请的上述特征却发生了微妙的变化，使史诗的故事、语言、作者、书记员，都融为一个整体的"我"，也使三部史诗的吁请转变成对诗人自身的吁请。以《灵的进程》为例，其吁请一开始就写道：

> 我唱的历程，属于那永生的灵魂，
> 那上帝的造物，享有自由的命运，
> 她所处身的万物连同所有的时光，
> 还有最初的法律，我都放声歌唱。
> 伟大的世界哦，已到了暮年黄昏；
> 我从孩提清晨写到壮年正午时分。
> 卡国的金或波斯的银，统统看过，
> 希腊的铜或罗马的铁，一并而歌；
> 塞特的砖石支柱，不敌这诗经久，
> 除神的作品，不向任何东西屈就。（1-10）

可见，诗人所吁请的已不是天上的缪斯，而是他自己；他所记载的也不是缪斯的歌，而是自己的诗篇、自己的歌。诗人声称他的自我之歌不仅能匹敌时间的考验，比亚当之子塞特在世上所建造的"砖石支柱"还要经久，而且其主题之伟大也仅次于上帝在西奈山赐予摩西的"神的作品"，因而"不向任何东西屈就"。作为博学之士，多恩不大可能忽略荷马或维吉尔，也不大可能忽略无名氏的《贝奥武甫》或但

61

丁的《神曲》。但他的自我吁请却充分表达了作为"复兴人"的勃勃雄心和伟大抱负：成就空前的事业。正像后来的弥尔顿一样，多恩面临着对题材的选择；也像弥尔顿一样，多恩最终选择了宗教。在笔者看来，这种选择有着特殊的意义。年方29岁的多恩不仅正在迈向"壮年正午时分"，而且作为诺森伯兰郡布莱克地区的议会议员，其仕途也正如旭日东升一片辉煌。这时的他在史诗题材上不选世俗而选宗教，至少说明了这样一种可能（抑或是一个事实）：宗教在多恩的心目中有着特殊的地位，不是外部强加的，而是与生俱来的。从这个意义上说，划分"放荡的多恩"和"神圣的多恩"①，至少在作品层面，恐怕是难以成立的。

对宗教题材的选择也使诗人不可避免地表明了自己的"自由意志"观念。诗人说，他所歌唱的灵魂乃"上帝的造物，享有自由的命运"。所谓"自由的命运"就是基督教人文主义思想中的"自由意志"观念，它决定了"宇宙灵魂"在其全部历程中的自主性。大概正是由于这个原因，所以无论《灵的进程》之叙述灵魂的一次次轮回，还是《第一周年》之揭示现世的腐朽，抑或是《第二周年》之描写灵魂的回归天堂，都没有出现任何的超乎于灵魂本身之上的第三种力量。"自由意志"观念之强，在三部作品中并没有彼扬此抑。虽然多恩并没有像后来的弥尔顿那样声称要"昭示天道的公正"，也没有让上帝发表言论，但灵魂之对"自上而下—自下而上"的游历的选择，反而显得更加具有自主性，也使"自由意志"成为鱼贯始终的一个不争的基本观念，并具化为整体的"我"，从而增强了三部作品因"宇宙灵魂"而业已形成的完整性。

不仅如此，多恩也像传统史诗诗人一样，将古典题材和基督教作了糅合，如"卡国的金或波斯的银，统统看过，／希腊的铜或罗马的铁，一并而歌"。这两行的原文作 What the gold Chaldee, or silver Persian saw, / Greeke brasse, or Roman iron, is in this one，其中 Chaldee 古称卡尔迪亚，是古巴比伦人的一个王国，现称迦勒底。这既是一种空间描写，对象是迦勒底、波斯、希腊、罗马；也是一种时间展示，涉及古典主义所划分的四大历史阶段，即黄金时代、白银时代、青铜时代、黑铁时代。时与空合二为一就是传统的宇宙，因而是在宇宙框架下对古典题材与基督教加以衔接的。而说同一个灵魂"处身万物"之中，也使人联想到《变形记》，甚至接下来在第11~20

---

① 这种划分的源头，自然是沃尔顿之多恩生平两阶段说，即早期的世俗多恩与晚期的圣徒多恩；英语中常见的用词是 the secular Donne 与 the divine Donne，或 Jack Donne 与 Doctor Donne；在这两对术语中，前者主要见于学术界，后者则来自多恩的签名 J. Donne。

行对太阳的描述也全然是古典主义的，与《歌与十四行诗集》中那象征基督和诗人自己的"太阳"没有丝毫联系。另外，上引第 3~6 行则是基督教的原罪观与古典主义四阶段论的结合。事实上，古典主义在吁请中占了相当的篇幅，除第 11~20 行的"太阳"之外，第 21~30 行的"方舟"、第 31~40 行的"命运"，也都同样闪烁着古典主义的光辉。然而，古典的光辉并非独立于主题之外而自主闪烁着，与此相反，它与作品中的"宇宙灵魂"概念、与诗人的自我意识，都是紧密联系在一起的，比如《灵的进程》中的下列诗行。

> 你这上帝的使节哦，伟大的命运之神，
> 万物的路径和期限，你都已标示指明；
> 我们获得子嗣的地方，你在安然注目，
> 转瞬之间，看透了我们的终结和征途；
> 你这万因的结啊，你的眉头恒久不改，
> 没有微笑没有皱额，愿你能看个明白，
> 愿你永恒的书稿，能显示出我的故事，
> 愿我正当的祈祷，能让我去理解自己，
> 我要知道，怎样的手在圈定我的此生，
> 怎样的慷慨或制约，能呈现我的旅程。(31-40)

"上帝的使节""伟大的命运之神""万因的结"都是诗人所歌的灵魂。这些术语本身就带有强烈的"宇宙灵魂"色彩，同时也反映着古希腊、古罗马尤其是荷马史诗的影响。但更重要的是，诗人虽明确宣称要歌唱"永生的灵魂"，却又在看似经意与不经意之间，十分巧妙地将灵魂的故事变成了"我的故事"，进而将灵魂的历程变作了"我的旅程"。多恩正是以这样的方式，借助于"万因的结"，一方面传递了与传统史诗的联系，用以表达史诗的宏大与严肃，另一方面又证明了自己就是"这个伟大世界"的漫长历史的歌者，不仅要歌唱已到"暮年黄昏"的旧世界，而且要歌唱"孩提清晨到壮年正午时分"的新世界。

从意识层次上说，这种"旧-新"的对比，就是"坠落-再生"思想的翻版，是基督教教义的一种再现，因此并没有什么新意。但是，诗人并不因为旧而全然摈弃，反而对之加以歌颂；同时也不因为新而一味给予肯定，反而对之加以嘲讽，却值得认真对待。与此同时，跃然纸上的"复兴人"的抱负也不容忽视，古典与现代、世界与自我的有机融会，同样不容忽视，因为正是这种抱负与融会，使诗人得以将客体与主体交汇在一起，从而实现其自我吁请的。

但是，如果认为这种交汇已经全然一体化了，却又无疑是一种错误。因为上界与下界的对立在吁请中并没有消失，所以诗人充分意识到：已经提升到月上界的"我"并不是十足的缪斯，而是挣扎在现实苦痛中的一介凡夫俗子。

> 我的六个五年哦，现在已基本消磨，
> 惟有你的书卷啊，才将我占有多多，
> 惟有我的传奇故事，能自由地写成，
> 避开险峻的壮心，催人入睡的贫困，
> 熄灭精神的病痛，乏味麻木的囚禁，
> 心烦意乱的俗务，还有美人的陷阱，
> 愿这一切的召唤啊，都能转向别人，
> 哦，别叫我外出，我不想费脑伤神，
> 愿我的坟墓啊，能够正派而又守时，
> 以便容纳的人啊，完整而有所作为。（《灵的进程》41-50）

可他的生命历程，却起始于乐园天堂。

> 只要我善良的时日，能够长久为用，
> 这苦海就不会增大，或是自行汹涌；
> 我将像活泼的精灵，在大海中独行，
> 使幽暗凝重的诗啊，变得明亮轻盈。
> 我也会在海峡与陆地间徘徊、闲逛，
> 我从乐园天堂出发，向着家乡起航；
> 那儿开始的历程哦，将在这儿停靠，
> 那儿扯起的风帆啊，将在这儿招展。
> 我会在滚滚的泰晤士畔，抛锚停歇，
> 再驶向宽阔的底格里斯与幼发拉底。（51-60）

"你的书卷"和"我的传奇"不是别的，正是这首"幽暗凝重的诗"，也就是《灵的进程》所要叙述的故事，所以在《灵的进程》的结论部分，当诗人再次回到这一主题时，便不由自主地写道："无论你是谁在读这幽暗的作品……好奇吧与我一道。"（511-513）而第31~40行之主客体的合一，则在上引第51~60行得到进一步发挥，灵魂那从天堂开始的尘世之旅再次成为"我的传奇故事",是为诗人自己的"从乐园天堂出发,向着家乡起航"。在短短的吁请中,诗人一再地把"灵"和"我"等同在一起,这从笔误或排版角度都是无从解释的,因而只能理解为有意为之,表现着诗人的"自我此在性"。那么多恩为什么要这样做呢?

我们知道,诗贵于精,其有限的篇幅往往包容着丰富的思想,这是诗之所以区别于其他文体的一个不争的特点。从词汇学角度而言,也可以说,丰富的思想与词的多义性有关,比如,中国传统诗学理论中的"诗言志"之"志",就有"志趣""志向"等多种含义。从作诗的角度也可以说,诗本身就是多义的,比如,现在越来越多的人讲"诗思",用以作为"诗情""诗意"的补充;而"诗思",按王昌龄的说法,又包括"取思""生思"和"感思"三种。又比如,清代许印芳的《与李生论诗书跋》评王孟韦柳四家诗"人但见其澄澹精致,而不知其几经淘洗而后得澄澹,几经镕锋而后得精致",以及"平者易之以拗峭,板者易之以灵活,繁者易之以简约,哑者易之以铿锵,露者易之以浑融,此熔炼之功也"。这一切都是针对诗的精练而言的,与但丁在《致斯加拉大亲王书》中提出的四重意义如出一辙。

诗之区别于其他文体的另一个重要特点,在于其意义本身就是形式和内容的密不可分的结合,因此对主题的研究也应该包括形式和内容。这说明主题研究既有其客观依据,也有其主观局限,不可能有终结性的结论。其实,小说、戏剧也是如此,前者如《红楼梦》,后者如《哈姆雷特》。这说明文学作品的意义是多重的,以精为贵的诗,比其他体裁更甚。

诗的多义性,非汉诗所独有,古今中外是相通的。朱自清的《诗多义举例》是中西结合研究多义性的早期专论之一,其方法来自燕卜荪的《歧义的七种类型》,而燕卜荪的主旨在于说明诗的意义何以有多种理解。拉曼·塞尔登的《批评理论》号称用后结构主义的视角取代以理性为中心的批评,其五个部分的整体安排(Selden 1),实际上是雅克布森和艾布拉姆斯的结合,亦即语言学和文学的结合。从纯粹的文学创作角度,除但丁的四重意义的理论,更早些的阿奎那也在其《神学大全》中论述过近似的观点:在他看来,《旧约》中的词语都有两个意义,一是历史意义,二是精神意义;后者又包括寓言意义、道德意义和神秘意义三种(转引自 Richter 119)。培根在其《学术的进展》中也曾说道:诗是极其简约之文字成就的学术之一部分(Bacon 235-236)。从阿奎那到但丁,都会使人想到王昌龄《唐音葵签》"久用精思,未契意象"和刘勰《文心雕龙》"隐以复意为工""隐也者,文外之重旨者也"之说。

就多恩研究而言,无论把他看作世俗诗人还是宗教诗人,也无论从历时还是共

65

时角度出发，都会涉及这里所提到的多义性，对此，应该不会有什么异议。鉴于阿奎那、但丁、培根都是一脉相传的①，而但丁的观念又是文艺复兴时期文学创作的一个主流观念，加之多恩的三部史诗在整体上又与但丁的《神曲》有着诸多重叠，所以借但丁的多义理论去理解多恩史诗的主题，也应该不会有多大的问题。

回到多恩为什么一再地将"灵"与"我"等同的问题，实际上也就是多恩凭借诗的多义性而突破"诗贵于精"的简约之规的问题。就多义性层次而言，多恩只不过是一位常规诗人，而就突破层次而言，则多恩又是一个独特的原创性诗人。他之所以把灵魂的历程一再地称为自己的历程，其最基本的用意或许在于表达这样的思想：灵魂的从天堂出发也就是自己从天堂出发。在这个意义上，诗人既是史诗的缪斯，也是史诗所歌颂的对象，这就是其吁请的独特之所在。

这种独特性在《第一周年》和《第二周年》的吁请中表现得更加明确，寓意也更近一层。一是两部作品都将吁请从正文中独立出来，因而分量得以加重；二是两诗的吁请都从读者的角度创作，并增加了相应的标题，前者称《赞死者，并解剖诗》，后者称《报信者》②。吁请的这一变化，不仅只是外表的，更是内在的，它使作为史诗作者的多恩理所当然地成为了史诗主题的缪斯。

> 世界已经死了，我们才能活着看见
> 这个才智的世界在他的解剖中显现：
> ·············
> 可我怎么能赞同这世界已就此死去
> 只要这位缪斯还在？……（《赞死者，并解剖诗》1-8）

"这位缪斯"不是别人，正是多恩。他的三部作品既是对灵魂的"高歌"，也是众撒拉弗对诗人的颂歌，正如作品本身所显示的(35，39)。在题为《报信者》的吁请中，作为读者的作者开门见山地说他看见"两个灵魂"在飞往天堂(1)，一个是"伟大的圣女"德鲁里小姐(3)，一个是"伟大的精神"多恩(19)；两个灵魂的飞升之快

---

① 阿奎那本人认为是两个意义：历史意义(即字面意义)和精神意义(即象征意义)，其实后者包括三个意义。但丁的四重意义源于此。

② 一般认为，《赞死者，并解剖诗》和《报信者》都很可能出自约瑟夫·霍尔之手(Grierson, *Poems of John Donne* 2：187；Patrides 324，350)。但这只是一种猜测，其源头是琼生，而琼生的看法又出自苏格兰诗人霍桑顿的《笔记》，所以被大多数人视为缺乏确证的材料。就这里所涉及的两首作品，先行各种版本虽大多会提及霍尔之名，但依然将它们划归在多恩的名下，并分别放在两诗的前面，依然成了常规。本书的分析便依此常规而进行。

之高，无人可比（20-21）。多恩的灵魂之所以去往天堂，用但丁的理论，就是因为诗篇中的灵魂既是德鲁里小姐的也是多恩的灵魂，或者说就是多恩本人。

> 因为你让她的灵魂知晓在你的诗篇，
> 你为自己的灵魂成就了高贵的进展，
> 你乘风而去已离开这僵尸般的寰尘，
> 你扶摇而上飞往那纯洁永恒的生命。（《报信者》27-30）

至此，便可以更加清楚地看出吁请所展示的基本思路：诗人"从乐园天堂出发"，经由"才智的世界"，再返回"永恒的生命"。而这一思路，正好就是"宇宙灵魂"在三部作品中所走过的完整历程。所谓"灵魂的全部历程"，实际上就是诗人自己的心路历程，所以诗人所歌唱的，既是"永生的灵魂"，也是不朽的自我。

那么多恩史诗中的吁请是否放弃了"自我认识"的传统意义和功能呢？应该说没有，因为多恩以物我合一的独特方式所展开的灵的历程，其本身就是一个自我认识的过程，而且较之于传统，这种认识来得更加深刻、更具个性。从表层看，它超越了"自我认识"中那"认识自己之渺小"的含义，代之而起的是认识自己的伟大。从深层看，它使灵魂的历程有如一条路径，走在上面的是诗人自己。正因为如此，灵魂的历程所展现的实际上就是作品的自我主题，永生的灵魂不仅使不朽的自我得到凸现，而且使不朽的自我有了坚实的依托，使三部作品成为一曲严肃的自我之歌。

多恩的自我之歌，就吁请本身而言，有两种可能：一是多恩本人的创作意图的体现，二是同时代诗人对此的认同。前者的出发点是三部作品的吁请都出自多恩本人；后者的出发点是《赞死者，并解剖诗》和《报信者》皆由他人所作，但却得到了多恩本人的认可，因为三部作品都是多恩生前发表的。这两种可能，无论作何理解，结论都一样：三部作品都是自我之歌。到 20 世纪，斯坦利·斯宾塞所作的陈列于剑桥菲茨威廉姆博物馆的油画《多恩到达天堂》，则可以被看做现代人对多恩史诗的形象解读。而这不仅说明了灵魂的回归天堂也就是多恩本人的回归天堂，而且暗示了多恩的自我也是包含在人类这一"大我"之中的。这也正是诗人之所以要歌颂"宇宙灵魂"的意义之所在。

从这个意义上说，多恩的灵魂三部曲就是完整而独特的自我三部曲，其完整性体现在从天堂出发又回归天堂的圆周运动上，而其独特性则体现了借自我主题而生发的对人的生命的终极关注。因此，多恩的自我主题，不仅在三部作品的吁请中，而且在正文中，也有着较为充分的再现。比如：

　　天庭的精灵啊，请你将我拽离歧途

　　以免作虚荣之想，那样的所得不如

　　…………

　　我跟着那鱼儿，不知另一个的时日，

　　或许他就在居住在某个高官的家里。(《灵的进程》111-112，299-300)

　　你看见我为生命挣扎，我的生命将

　　从此为人赞扬，因为我把你来赞扬

　　…………

　　我的灵魂，这即你且长亦短的进展，

　　要增进这些思想，你得把她牢记心上，

　　…………

　　但打住吧，我的灵魂，在你降到

　　意外欢乐前，理解那本质的欢乐。(《第二周年》31-32，219-220，383-384)

　　特别值得注意的是，《第二周年》从第 85 行"想想吧，我的灵魂"开始，诗人的玄学奇想较之于《告别辞：节哀》也有过之而无不及，使全诗的绝大部分篇幅都笼罩在一种梦幻之中；而"宇宙灵魂"的天堂回归，就是在这种梦幻中随同"我"的沉思而实现的。这表明，自我是作品所要呈现的主题之一。

　　历史地看，自艾略特以来，人们对多恩的所谓"自我表现"就一直情有独钟，而这又可以上溯到 19 世纪的三大发现之一的"此在性"①。事实上，格罗萨特这位号称"维多利亚女王时代最不知疲倦的编辑"(Smith，*Critical Heritage* 468)，也在其《多恩诗全集》中谈到对多恩及其作品是否赞扬过度的问题。在他看来，多恩在其有生之年中并没有被赞扬过度，将来也不会被赞扬过度，因为一方面只有"绝对独特的天才"才能写出那些"美妙的作品"，另一方面读者只能"充满敬畏，谦卑地坐在他的脚下，拜读那些诗行"(Grosart 1：447)。格罗萨特所谓"美妙的作品"乃指多恩的爱情诗，但从他所引用的兰姆和琼生的评语中，不难看出其中也包括了两首周年诗。当他将这些视为出自"绝对独特的天才"时，他实际上是在论述多恩那独特的"此在性"。这种"此在性"，外化为风格是语言和手法，而内化为主题则是自我。

　　由于 19 世纪的"发现"是相对于 18 世纪而言的，因此还可以将其进一步上溯至 17

---

① 关于 19 世纪的三大发现，因不属本书讨论范畴，故这里不再赘述。

世纪。尽管那时的基调是品评，但对多恩的自我主题似乎并没有失察，比如，1633 年版《多恩诗集》所附的挽歌中，贾斯珀·梅恩名为《多恩之死》的挽歌就是这样开头的：

> 噢多恩，谁还能为你哀歌一曲，
> 除非他的泪花能穿上你的言语，
> 他的忧伤能面对你枢车的尊严，
> 以便哭诉的诗行能像你的周年，（Mayne 1-4）

贾斯珀·梅恩是一位诗人、剧作家，其献给多恩的挽歌共计 80 行，用英雄双韵体写成，其中第 8 行的"我们都是才子，一旦被人理解"是 17 世纪最早把多恩视为才子派的文献之一。在上述引文中，"周年"一词原文是 Anniverse，大写，双关，既指多恩自己的周年祭祀，也指多恩所作的《第一周年》和《第二周年》。在接下去的文字里，梅恩模仿两部作品的风格，对多恩的爱情诗、宗教诗和布道文，以及才气、信仰和地位等，都给予了很高的评价，而所有的评价都是基于上述四行的，即只有《第一周年》和《第二周年》才配得上献给多恩的哀歌。梅恩无疑是将多恩的两部长诗等同于多恩的自我祭文的，这在微观层面表达了梅恩对多恩《周年诗》的高度评价；在宏观层面则显示出，早在 17 世纪，人们对多恩史诗的自我主题就已经有了相当的认识，而这种认识并非局限于吁请，而是拓展到正文的。比如，沃尔顿的《多恩传》就以极为动情的语气，记载了许多美好的往事，其中之一说，在多恩葬礼后的第二天，一位不知姓名的友人，出于对诗人的美德和学识的热爱与崇敬，用煤在其墓碑上写下了这样的铭文：

> 读者！我必须要让你知道，
> 多恩的肉体就在下面卧躺；
> 假如坟墓能包容他的灵魂，
> 地球的富有定会胜过高天！（Walton xilx）

集注版《多恩诗集》在评说两部长诗时，引弗兰西斯·坎宁安的观点，以极其客观的语气说道，坎宁安不但认为琼生对多恩两部作品的批评是正确的，而且进一步分析了诗人对德鲁里小姐的描写与对本人的描写之间"具有相似性"，用以支撑这一观点；而其根据就是这里的铭文（Stringer 6：241）。亦即说，坎宁安和集注版也都认为《第一周年》和《第二周年》具有很强的"此在性"，体现了笔者所说的横贯始终的自我主题。

69

将正文与吁请结合起来，便可以发现，诗人之所以要不遗余力地刻画"宇宙灵魂"，并严肃地叙述其完整历程，与其说是为了对之加以讽刺，不如说是为了揭示生命的本原、价值和意义。从"坠落-再生"角度，《灵的进程》与《第二周年》具有明显的因果联系；而从文学鉴赏角度，作为主人翁的"宇宙灵魂"显然是"大我"的象征，而且是与诗人的预言者身份紧密联系在一起的。这一点在《第一周年》和《第二周年》的正文中表现得最为明确。乔丹评《第一周年》时所说的下面一段话，或多或少就体现着这种"大我"的象征。

> 多恩诗的说话人自身就是一个意象，代表着诗人对世界的看法——那是一个堕落的、腐朽的、必死的存在，然而通过他的诗，那也是其理念的代表。在诗的末尾，诗人的再生俨然就是摩西的再生，而这一点不过是从一个胚胎发育而来的结果，这个胚胎一直就在解剖者的身体内。这是一次死的质变，也是诗人在全诗中所渴望的，即通过死而进入新的生命，通过死而走向身份的认定，就像对题材的认定一样。通过一与多的关系，诗人力图认识自己，就像认识题材一样。(Jordan 91)

在这段话里，乔丹显然是把"多恩诗的说话人"和"诗人"看作既有区别又相互联系的二位一体的概念的，其区别在于一个是客体（即"堕落的、腐朽的、必死的存在"）、一个是主体（即"诗人"多恩），而其联系就是经由"认识题材"而"认识自己"，所以才有"一与多的关系"。而这种关系与但丁的多义理论也是一致的。

既然"题材"并非德鲁里小姐的个人灵魂，而是"对世界的看法"，那么"自己"必然也非狭义的"小我"而是广义的"大我"。在前一意义上，从个体灵魂到"宇宙灵魂"，题材得到了极大的拓展，主题呈现为"通过死而进入新的生命"；在后一意义上，从对题材的认识到对自我的认识，"大我"的深度得到充分的挖掘，主题呈现为"通过死而走向身份的认定"。1971 年，露丝·弗克斯曾说过，读《第一周年》和《第二周年》时，应该"忘掉德鲁里小姐而记住多恩"，这样才能知道作品所表达的是将"她的进展演变为多恩的灵魂"（转引自 Tayler 11）。这个忠告涉及主体与客体的合一问题。主体与客体的合一，就是外向开拓与内心发掘的合一，也是"大我"与"小我"的合一，在多恩的三部曲中既是吁请的也是正文的一大特色，显示着借"永生的灵魂"以再现"不朽的自我"的企图。因为正文里的自我与吁请中的自我并没有隔离，而是一体的，核心都是自我认识，所以，合一性问题的实质就是作品的自我主题。

那么，多恩何以要借"永生的灵魂"来写"不朽的自我"呢？其意义又何在呢？

我们知道，在给定的语境里，英语中的"灵魂"和"人"是一对可以彼此互换的同义词。所以诗中的"自我"除个人意义上的"小我"，还包括"人"这一意义上的"大我"。从文字层面看，《灵的进程》称植物为"灵魂的第二驿站"（159），并以此为其尘世之旅的起点；《第一周年》称灵魂就是世界的"内在香油与防腐剂"（57），是人世间"一切美的复本／的原质"（227-228）；《第二周年》称"我就是／号角，召唤人类的到来"（527-528）等。三者都突破了狭隘的"小我"，融入了人类的"大我"之中。从文字背后的内容看，《灵的进程》所叙述的整个故事，其实就是灵魂之由植物到动物再到人的过程，也就是诗人所说的"直到现在的她即他"；《第一周年》和《第二周年》所表现的，借诗人自己的告白，与其说是德鲁里小姐，不如说是"女人的理念"，而这也是突破了"小我"界限、纳入了"大我"意识的。

可见，诗人之"不朽的自我"是与"人"的理念紧密联系的，其所关注的乃是"人"的理念，是从独立的"小我"到普遍的"大我"、以"小我"审视"大我"、将"大我"具化为"小我"的结果。多恩的灵魂三部曲之所以能打动读者并产生共鸣，很大程度上得益于这样一个特点：从前言到吁请再到正文，它们既是少有的灵魂之歌，更是独特的自我之歌、人类之歌。

第二节　生命主题：从道成肉身到肉身成道

由于诗人以物我合一的独特方式，将灵魂、自我、人类，都融为一个整体，所以，只有从整体的角度出发，对多恩的三部作品加以解读，才能更好地把握诗人的创作意图，也才能更好地领略其史诗的风格特征。而一旦从整体的角度入手，就会发现，三部曲所呈现的灵魂历程，不仅只是独特的自我历程，更是完整的生命历程。多恩所以敢于说自己的作品"不会向任何东西屈就"，以及《灵的进程》所言"永生的灵魂"与《报信者》所言"永恒的生命"，也都明白无误地传递出这样的信息：从"灵魂"角度所唱的自我之歌，也是一曲"大我"的生命之歌。

这曲生命的颂歌，由于是在灵魂的游历过程中呈现出来的，所以生命主题也就是生命过程及其意义的综合，包括生与死、美与丑、灵与肉等的关系，以及人的本性、时间和空间、天人对应等内容。其中，生与死的关系是诗人用墨最多的内容之一，也是其他关系的一个重要的出发点和归宿，并直接指向生命的终极形态，反映着诗人对生命的强烈渴求。但是，这种渴求因以灵魂为我者、以肉体为他者，属神本视角下的产物，所以更多地体现为对死的超越和对生的渴求。正因为如此，三部曲始终弥漫在压倒一切的死亡意象之中，而横贯其间的生命主题，与其说是直接表述的，不如说是在与死的对立中间揭示的。

生命主题，具体到《灵的进程》，就是灵的永生。这一点，从其故事情节就可以清楚地看出。前文曾提到多恩和琼生对故事的评判，虽然两人的用词和态度都截然不同，但对情节发展所做的说明却是一致的，那就是：灵魂原本位于伊甸园的禁果之中，因亚当和夏娃偷吃禁果而失去了自己的栖所之后，便离开乐园、飞往人世，先后寄身于植物、飞禽、水生动物、陆生动物，又因这些生物或死于淫乱，或死于非命，而最终寄居于女人身上，从而成了人的灵魂。换言之，灵魂的整个历程就是一个轮回的历程，起始于天堂乐园，对应于短促的肉体生命，并以肉体的死为契机而得以实现。进一步说，灵魂的生是借肉体的死而间接揭示出来的，是对死的超越。正因为如此，所以生命主题才以灵魂的一次次轮回而渐次地展现在读者眼前，而这一切又都服务于开篇所作的直接陈述：歌唱永生的灵魂。

支撑这一观念的无疑是其背后的复活，而死则是复活的先决条件。在多恩作品中，死是一个非常重要的意象，既有多重意义，又充满悖论色彩，其中占据核心地位的就是生。这一点，不但可以从前面所分析的"断头人"形象中，而且也可以从多恩的许多散文和诗歌中看出：诗歌如《神圣十四行诗第 1 号》"我奔向死亡，死亡同样迅速地迎向我"（3）和《神圣十四行诗第 10 号》"一次短暂的睡眠过后，我们将长醒不寐，／死亡将不再存在，死神，必死的是你"（13-14）；散文如《在神殿教堂的布道文》"虽然我毁灭了，可我并没有毁灭；虽然我死了，可我并没有死去"（Donne, *Major Works* 265），以及《给诸大臣的布道文》"我们全都孕育在密闭的监狱中；在母亲的子宫里，我们全都是关着的囚徒；我们出生时，我们的出生不过是房子的自由；囚徒也一样，虽然在更大的墙体内；所以说，我们的一生只不过是离开这执行之地，走向死。……[如]《诗篇》所言'谁人能活着而不会看见死'？"（280）。在这里的最后一个例子中，"谁人能活着而不会看见死"一句，语出"谁能长活而不死，救他的灵魂脱离阴间的权柄呢"（Bible, Ps. 89. 48）。《给诸大臣的布道文》作于 1619 年 3 月 28 日。三年后的 1622 年 3 月 8 日，多恩的《白厅布道文》再次提到这个"谁能长活而不死"的主题时说道：死是最后的敌人，当其被击毙时，"我"就能像基督一样，坐在父的右手边（Donne, *Major Works* 305）。值得特别注意的是，句子本身的"子宫"意象，连同"走向死"的人生历程，也同样出现于《灵的进程》之中。

在那子宫中，我们的命运已经注定，

连同我们的后代都获得了他们的命。

一切均从此而来，又填满这个一切，

你曾用那巨大的船装载过许多形体，

你那漂浮的花园所运载的众多生命，

难敌这天堂星火运作和塑造的性灵。(25-30)

　　这里的"你"即"神圣的杰纳斯"(《灵的进程》21)，而"这天堂星火"就是史诗的主人翁，即"宇宙灵魂"。我们知道杰纳斯本是罗马神话中的天神，司守门户和万物的始末，其同时朝向过去和未来的两副面孔，既代表旧时代的结束，也代表新时代的开始。诗人将其与"宇宙灵魂"进行对照，虽然旨在对后者加以强调，但同时恐怕也暗示着后者的时间性。多乔泰在提到所谓的"哥白尼革命"时，也曾论及时间性问题，称人类从此"'坠入'世俗的历史"(Docherty 8)。从《灵的进程》本身看，所谓时间性，大概包括两层涵义：一是上界之永恒的灵魂，二是下界之短暂的肉体。以此而论，则"宇宙灵魂"的尘世之旅，在灵的层面而言，亦即包含"他我"的短促和"自我"的永生的一次生命之旅①。赫任鼎曾将多恩《灵的进程》与奥维德《变形记》加以比较，认为《变形记》重在灵的肉身化，《灵的进程》重在灵之连续不断的再肉身化，但二者都是以同一个悖论为基础的，那就是道成肉身，也就是灵魂之向着物质世界的进展，因而本身就是一种"神圣的杰纳斯"或"万因的结"，并引休斯"以此洞察人的存在"加以证明(Herendeen，n. pag.)。尽管赫任鼎没有进一步展开，但其所引休斯的评语则表明，在他看来，《灵的进程》所关注的依旧是生命问题，而死则是一个悖论，是用道成肉身来喻指肉身成道。可见，多乔泰和赫任鼎也都不约而同地认为，诗的主旨并非表面的死，而是死所蕴涵的生，也就是这里所说的生命主题，因为所谓"走向死"就是"走向生"。

　　生命主题，具体到《第一周年》，则表现为生命的价值和意义。迄今，人们大都认为《第一周年》是献给德鲁里小姐的赞美诗。这一思想源自本·琼生。前面说过，

73

---

　　① 注意与弗洛伊德的概念相区别。弗洛伊德的"我"包括"本我"(Id)、"自我"(Ego)、"超我"(Super-ego)；多恩的"我"则包括"自我"(self)、"他我"(the other self)、"真我"(the true self)等概念。所谓"他我"就是另一个我，在多恩作品中往往以镜子的意象反映出来，如"我"从情人眼中所看到的那个"我"(而非我们常说的"情人眼中的我")，或者"我"从自己或他人的泪珠中看到的那个"我"。"真我"则是神性与人性结合的"我"，是具有与神合一特点的"我"。一般情况下，多恩笔下的"我"指的都是属于"自我"范畴的我，也就是"你我他"中的"我"。

琼生曾称该诗亵渎神灵，若写圣母马利亚还有点意思；而多恩却说他写的不是某个女人，而是"女人的理念"。后来的批评家从"理念"出发，虽然角度有所不同，但都认为是一首颂歌。但是，正如吁请中的"我"已不仅仅属于个体的"小我"一样，多恩眼中的德鲁里小姐，作为"女人的理念"，同样是超越了个体属性的"宇宙灵魂"。正因为如此，诗人才在《第一周年》的开篇写道：

> 当那丰硕的灵魂向她的天堂而去，
> 凡有灵魂的人啊，都因此而庆贺，
> 惟有那些也具备灵魂一个的人儿，
> 才能看见、判断、且跟随那高贵。（1-4）

这里，诗人开门见山地提出了两个命题：德鲁里小姐就是"那丰硕的灵魂"；只有具备了灵魂的人才能"看见、判断、且跟随"那高贵的灵魂。前者定义了德鲁里小姐，后者定义了三位一体的灵魂，二者结合，共同构成整部作品的根本前提。需要特别指出的是，关于三位一体及其各个层面的论述，最系统的当数奥古斯丁的《论三位一体》。多恩本人虽然熟读奥古斯丁，但在不同的作品中，他三位一体的所指并不完全相同。对此，杰弗里·约翰逊在《多恩的神学》中有专门论述(J. Johnson 3-36)，这里不再赘述。

非常明显，德鲁里小姐的离去，在多恩眼中，就是灵魂的离去。而灵魂的离去，正如前面的分析所显示的，本身就意味着灵魂原本所在的物的死亡。在《第一周年》中，诗人之所以能够解剖整个世界，就在于随着灵魂的离去，整个世界已失去了"你内在的香脂树，你的防腐剂"（57），变得无可救药，"苍老、丑陋、有如一具僵尸"（75）！而诗人之所以要解剖整个世界，是因为"愿这样的解剖能给我们以收获"（60），让世人能够"认识自身的价值"（90），从而领悟到只有灵魂才是"人间一切完美副本的原质"（227）。可见，《第一周年》的背景仍然是《灵的进程》中那具有宇宙属性之"永生的灵魂"。这个灵魂，作为"原质"，就是形而上的"理念"，而与此相对的人间的一切完美则是这一理念的"副本"。在这个意义上说，诗人对现世的解剖，其实就是对"副本"的解剖。然而，解剖所得的八个结果，即正文各部分的寓意，却无一不是在生与死的对照中，直接再现着诗人对这个"副本"的关注，尤其是对其生命的关注。

那么，多恩为什么又在结果中增加了一个修辞叠句，用以反复吟唱"她死了；她死了"呢？笔者认为，作品中那死去的"她"是德鲁里小姐，亦即灵魂的肉身，而那永生的"她"才是灵魂自身。首先，"她死了"的"她"多拼作 shee，而另一个"她"则多拼作 she①；其次，也是更重要的，多恩在《第一周年》的"结论"部分曾写道："因为尽管人的灵魂／得自于被造就的时分，而其出身／却只在人的死去之时"（451-453）；又将全诗的呼语由指称世界的"你"改为指称德鲁里小姐的"你"，说："从她的榜样，还有她的美德，如果你／对她敬重，认为那本该如此／那么谁也不能将对她的赞美详述。"（457-459）这就意味着诗人所歌唱的除德鲁里小姐的灵魂，还有另一个灵魂，那既是我们的，也是世界的，同时也是德鲁里小姐的。所以，在生与死的对照中，德鲁里小姐的肉身已经"死去"，但她的灵魂，或者说整个世界的灵魂，却因此而获得了新生，正如诗的结尾所说："天堂拥有灵魂／坟墓留下肉体，诗文承载声誉。"（473-474）由此可见，《第一周年》中的生命主题，既延续了《灵的进程》之灵魂的轮回与肉体的消亡，又增加了新的内容：对生命理念和人生价值的探索。

　　生命主题同样是《第二周年》的一个基本主题。《第二周年》在字里行间无不渗透着与《灵的进程》和《第一周年》的内在联系，因为《第二周年》的许多诗行，或是这两部作品的重复，如"这个世界不过僵尸一具"（55）、"世界乃是监狱的监狱"（249）；或是两部作品的引申，如"于她，这个世界只是舞台一个"（67）、"我的第二灵感觉，和第一灵生长"（162）。这种联系，前文已经说到，此处不再赘言。但在《第二周年》中，"灵魂"一词除了仍然指称德鲁里小姐之外，还在多处带上了自己的修饰语，而这些修饰语又体现出微妙的变化，如"他的灵魂将起航，向着她的永恒的床"（12）、"我的灵魂，这即你且长亦短的进展"（219）、"她的灵魂，如果我们可以说，就是黄金"（241）等。这种变化意味着"他""她""我"都是《第一周年》所说的"具备灵魂一个的人儿"（6），意味着能够"看见、判断、且跟随"（4）那高贵的、代表永生的"宇宙灵魂"。正是在这个意义上，诗人在《第二周年》中宣告了前面提到的死而不亡："人的确是死了，可并未亡去"（42），而是等待圣子的二次降临和圣灵的最后审判（145-168）。还是在这个意义上，《第二周年》的生命主题，便进入到宗

75

---

　　① 对此，人们曾做过专门的文本研究。比如，尼科尔森《圆的突破》（第65~104页）就提出过著名的"双拼说"，认为"单拼"的 she 指伊丽莎白·德鲁里或者伊丽莎白女王，而"双拼"的 shee（即"女人的理念"）则指正义女神阿斯忒莱亚（Astraea）或圣母玛利亚。此外还有"至少有另外一个 she 和 shee，究竟指谁我还不能肯定"。这个"双拼说"，因为"我不能肯定"而遭到部分人的嘲笑。但相当多的人却是肯定的，其中包括马茨、哈迪森、莱康特、威廉森等，尽管他们对"双拼"的 shee 有着各自的理解。遗憾的是，现行各版本所提供的证明显得相当乏力，使得 shee 和 she 的界限相当模糊，这大概就是尼科尔森"不能肯定"的原因，也是本书使用"多拼作"一词的依据。

教领域:"经由灵魂,死将天和地系在一起"(213)、"死已经将你解放, / 你现在已拥有扩充,还有自由"(179-180)。仍然是在这个意义上,诗人才在自己的沉思中,将那作为宇宙生命的灵魂称为"生与死的典范"(524),才希望自己那"无餍的灵魂"(45)不再返回尘世,而是始终处于出神的状态,并净化到永恒的天国之中,因为只有在那儿,才能"看见上帝"(441),享受生命的永恒。至此,从天国乐园开始的灵魂之旅,无论其是理念的还是诗人自己的,都重又回到了天国之中。

但是,这个回归并不是单纯的返回。对此,我们可以在《第二周年》中找到如下理由。第一,灵魂并非返回原来的伊甸园,而是回到了上帝的身边:"她已许配上帝,现在与他成亲天上"(462)。第二,这是一个经由了从低下到高贵的质变之后的历程,已不再是原来那个卑微的植物灵,而是一个充满美德的理性灵,因此是理性对神性的回归。第三,对灵魂而言,这个回归并不是其旅程的终结,而是通往无上神性的一个"净化"过程,亦即标题所说的"净化于下世"。第四,通向天堂的净化过程,就其本质而言,乃是一个自我认识的内化过程,所以灵魂的回归天堂,本身就意味着天堂的莅临,意味着世人能部分地享受天堂①。

这一切都说明,天国的回归之路就是一个寻求内心神性的过程,是从物质世界向精神世界的升华过程,是回归生命的精神之旅。由此可见,《第二周年》对生命的追求,已经超越了灵魂的轮回与肉体的消亡,使生命理念和人生价值都进入到神性的领域,具有了超越时空的无限神性。

从上面的简要分析中不难看出,《灵的进程》《第一周年》和《第二周年》同为生命的颂歌,具有完整的故事性、内在的连贯性、统一的思想性和无限的神性。这一切都体现在一条简单的思路之中,那就是:生命出自于天也回归于天。如果说灵魂离开天国后的尘世之旅,是生命意识的觉醒与人性化的起点;那么灵魂离开地球后的天国回归之旅,则是理性的升华和神性化的起点。正是在这个意义上,多恩的灵魂三部曲,以其对永生之灵的关注,组成了一曲少有的生命之歌,并以其无限的神性,堪称一曲神圣的生命之歌。

这曲神圣的生命之歌,如前所述,包含着生与死、灵与肉、美与丑等的一系列对照,所以也使其生命主题充满了矛盾。在《灵的进程》中,灵魂的再生不仅以肉体的消亡为前提,而且"灵"的轮回本身也是一个义无反顾的进展过程;但在两首

---

① 在《第二周年》中,通往神性的净化过程见第185~190行;自我认识的内化过程见第260~290行;给人间带来天堂见第306~320行;部分地享受天堂见第467~470行。

周年诗中，灵魂在回归上界天堂的同时，却又表现出对下界尘世的眷念，如《第一周年》的下列诗行。

> 尽管她可能已经死去，可她的魂，
> 仍然在这最后的漫长黑夜中穿行，
> 那丝微光，那缕对德和善的眷念，
> 仍在懂得她价值的人们身上映现，（69-72）

　　如果说灵魂的离开人世不只是世界的死去，更是世界的希望，因为物质的世界只有死去才能获得新生，才能化作天堂，那么永生的灵魂何以要对垂死的世界产生眷念呢？对此，诗人没有给出明确的回答，而读者也只能从无限神性的角度对其加以理解。事实上，从灵魂的概念出发，这个问题似乎并不存在，因为灵与肉本身就处于既相互对立又相互依存的关系之中，所以肉体世界必然会死去并以此而让灵魂获得自由、实现其轮回，并在轮回中实现其生命的永恒。从史诗主题的角度而言，这个问题似乎也好回答，因为灵魂的永恒与现世的短促都是生命的形态，所以生命的永恒并不否认生命的短促，而且唯有其短促才能映衬永恒的珍贵。换言之，永恒的生命是属于灵魂的，而短促的肉体生命乃是灵魂之永恒生命的证明。然而，正如前面的分析所显示的，灵魂之旅乃是精神之旅而非逻辑之旅，是内化的神性生命而非外化的物质生命，所以对上述问题的追问，最终只能走入生与死的悖论。对这个悖论的解释，或许很难取得一致的意见，不过大概可以肯定的是：其核心仍然是对生命的关注，而灵与肉、美与丑等的互动关系，则是以生与死的悖论为中心而展开的。

　　那么，多恩何以要将生命主题表现为生与死的悖论而不是其他呢？这首先当然与诗人的信仰有关。这种信仰，正如泰勒提醒读者的，就是"存在与本质"（Tayler 4），因为生与死，犹如灵与肉一样，都是"存在"。但以灵魂的存在去观照肉体的存在，而不是相反，则意味着诗人乃是取神本的视角去体现其人文关怀的，所以生命主题便具有了本体性。从这个意义上说，生命的存在具有两种形态：一是短暂的肉体，二是永生的灵魂。后者体现着生命主题的本体性，而前者虽不足以承载这个本体性，却可以对之作短暂的体现。换句话说，只有死之短促才能映照生之恒久，所以生命的本体性只能呈现于生与死的对照之中。

　　更重要的是，这种呈现于生死对照之中的生命主题，可能还有着非同一般的时代意义。我们知道，多恩的时代既是一个信仰的时代，也是一个混乱的时代。首先，天主教和新教的矛盾本身就是对信仰的冲击，这种矛盾自亨利八世以降，就与婚姻和政治连在一起，并影响到人们的日常生活。从某种意义上说，多恩本人就是这一冲击的受害者，因为他从牛津大学和剑桥大学毕业后，之所以不能取得学位，就在于他的天主教背景不容许他在授予学位的仪式上宣读新教的誓言。其次，随着天文学的发展，"新学"的出现不仅极大地动摇了基督教的"旧学"基础，也给人们的信仰造成了巨大的冲击，使作为"小宇宙"的个人和作为"大宇宙"的天地自然，都因此而处于空前的混乱之中，正如《第一周年》的下列诗行所示。

> 现在想见阳春美丽、或是夏日清爽，
> 恰如年越五旬的老妇身怀如意幼郎。
> …………
> 夏天曾是万物的摇篮，现在是坟墓，
> 虚假的孕育，正将所有的子宫填堵，
> 天空中显现的流星，谁也不能理解，
> 无论它们的寓意，还是它们的存在。（203-204，385-388）

多恩的时代，也是一个充满痛苦和死亡的时代。多恩的作品显示，这种痛苦和死亡从出身就已开始："我们生就毁灭：可怜的母亲在哭嚎，／婴儿来得或是不对，或是不顺；／他们都倒栽葱而来，摔倒／在一堆不详的污秽上面"（《第一周年》95-98）；而且伴随整个现世人生："你目睹我为了生命而挣扎"（《第二周年》31）；不但连累灵魂："哦 [灵魂] 想想你多么可怜，多么脆弱／一堆小小的肌肤就能将你毒害"（《第二周年》163-164）；甚至影响成圣："当泥土的身躯在未来更加具有神性／甚至已经成为天使，他们也会坠落"（《第二周年》493-494）。这一切无不关乎生与死，而生与死却早已成为整个生物链的命运。

> 于是，世界的整个框架，就如人类，
> 全然脱榫，几乎一造就便是个残废：
> 因为，早在上帝创造其余一切之前，
> 腐朽就已进入，将其中的精华作践。（《第一周年》191-194）

这里，"世界的框架全然脱榫"一句，使人不禁想起哈姆雷特那段著名的独白。事实上，确有不少人将《第一周年》称为没有王子的《哈姆雷特》。比如罗伯特·埃尔罗特就曾这样说过：在多恩身上有一种哈姆雷特似的优柔寡断，也有一种哈姆雷特似的易于冲动，而且是合而为一的（Ellrodt 33）。与处于亲情矛盾中的哈姆雷特不同，多恩所关注的已不止是个人的生死与一个国家的命运，而是具有宇宙意义的生命本体。或许正是在这个意义上，多恩既显示出与同代诗人的相通之处，也显示出其独到的深刻之处。就前者而言，他们都特别关注生命及其意义；就后者而言，多恩的关注更具有本体性质。因此，多恩的自我之歌才更深地融入到人类之中，才能引发强烈的反响；而灵魂之永恒生命的话题也才更具哲理，更富泛文化的色彩，更具形而上的价值，并与形而下的混乱、痛苦、死亡形成鲜明的对照，构成横贯始终的一条重要主线。

由此可见，生与死的问题体现着诗人追问生命本体的文化意义和时代意义。不但如此，多恩对生命本体的追问还在信仰的层次上体现出基督教的人文主义思想。这是因为在作品中，灵的历程是一个逐步达至神化的过程，因而具有认识价值，包括对道成肉身的认识。同时，灵的历程，既是一个只有起点、没有终点的精神历程，也就与奥立金和伊瓦格利乌斯关于灵魂的进程的三段论及文艺复兴时期广为盛行的精神游历模式，有了必然的联系。奥立金和伊瓦格利乌斯分别用了 ethike、physike、enoptike 与 praktike、physike、theologia 来表达，但都指沉思伦理、沉思自然、沉思上帝(转引自洛思 136)。就史诗本身来说，这种基督教人本主义的思想，集中地反映在两个方面：一是三重灵魂的理念，二是自由意志的观念。

前面曾经提到，"三重灵魂"的理念就是《灵的进程》的结构，而其内容就是三位一体的植物灵、动物灵和人的灵，位居中心的是动物灵，也叫感觉灵。到《第一周年》和《第二周年》，虽然三重灵魂已不再是诗的内在结构，但其地位却并未降低，其含义也随着主题的深入而得到深化，位居中心的是人的灵，也叫理性灵，它是人性与神性的中介，靠着它，人才获得神性，灵魂也才能回归上帝。"三重灵魂"的理念不只是灵与肉的对立和统一，更在整体的谋篇布局上构成一个象征完美的圆，使灵魂的整个历程构成一个完整的圆形运动。因为"圆是神的象征"(胡家峦 76)，所以灵魂的这种圆形运动，就是一种具有神性的创造活动。

> 它已自由地摆脱了旧世界的尸骸，
>
> 创造了新的物种；一个新的世界。(《第一周年》75-76)

这个"新的世界"有她的美德和记忆，也有我们的作为和向往。更重要的是，在这个新的世界里，她不但"给予东印度群岛香料，使其芳香至今"(《第一周年》235)，而且"她那富有的美／赋予其他的美以印记"(《第二周年》223-224)，所以她既是物质生活的也是精神生活的中心。

> 所有的特权，集于一体在她身上，
>
> 尘世间，她就是至高无上的君王，
>
> 她还是宗教的教堂，宗教和世俗，
>
> 赋予她一切，她就是全部的全部。（《第二周年》373-376）

可见，多恩的"三重灵魂"理念，具有圣三位一体的性质，因此，灵魂的尘路之旅便象征着道成肉身，有如基督一样"不可能有罪，却又承担了一切的罪／不可能死去，却又别无选择除了死去"（《灵的进程》75-76），而其回归之旅则无疑象征着世界的复活，有如最后审判时所有死者的复活一样，甚至于蠕虫也能意识到世界"那个僵尸的最后复活"（《第二周年》60）。到那时，天堂将巍然出现在人的内心中，而人也就能享受人间乐园的莅临："那时这个世界将远远胜过从前。"（《第二周年》58）回到生与死的对应和生命本体的主题，我们就会发现，诗人的"三重灵魂"理念，实际上就是一个处于循环之中的"万物归三、三位一体、二位一体、一即虚无、无即万有"的形而上命题。在这个意义上说，多恩对生命本体的追问，实际上就是基督教人文主义者对存在本体的探索。

这种探索还与"自由意志"的观念相联系。前面说过"自由意志"观念源自灵魂那不受控制的命运，并因此而决定着其轮回历程中的自主性。然而，这种自主性有时也可能被人误解。比如，赫任鼎就认为，在《灵的进程》中，诗人运用了"异文合并"（conflation）的艺术表现方式，即将"神之道"（God's way）与"人之道"（man's way）放在一起，将"神圣的艺术"（sacred art）与"亵渎的艺术"（profane art）放在一起，从而形成一种张力。在他看来，对"人之道"与"神之道"的并置，诗人给予了充分的肯定，如《灵的进程》的"上帝的使节哦，伟大的命运……你是万因的结"（31-35）；而对"神圣的艺术"与"亵渎的艺术"的并置，诗人则给予了相应的否定，如《灵的进程》的"我会在海峡与陆地间闲逛，／我扬帆乐园，朝家乡返航"（56-57）。他的论文标题就是由此而来的（Herendeen，n. pag.）。赫任鼎显然忽视了诗人那严肃的创作态度，但他指出的诗歌张力却是正确的。

不过作品的张力，与其说来自"神圣的艺术"与"亵渎的艺术"的并置，不如说来自生与死的悖论，来自肉体生命的短暂与灵魂生命的永恒。退一步说，即便承认"神之道"与"人之道"的对立，且诗人对后者又是否定的，那么"宇宙灵魂"对"人之道"的选择，依然是"自由意志"支配下的自主选择，所以才没有出现任何超乎于灵魂本身之上的第三种力量。到《第一周年》和《第二周年》，灵魂的回归之旅同样是充满张力的一种自主行为，不仅没有第三种力量的驱使，反而成为芸芸众生的典范。可见，"自由意志"观念乃是灵魂之旅能够达至上帝的力，它与"三重灵魂"的理念一道，构成精神游历的坐标，使灵魂的圆形运动得以最终走上其永恒的神性之旅。而灵魂那永恒的回归历程，也就因此而象征着生命之永恒的过程。

　　"自由意志"与"三重灵魂"都属神本范畴，这表明生命主题，连同其载体（即生与死的悖论），依然是神本视角中的产物，因而具有神圣性；同时也表明，多恩的灵魂三部曲，是以灵魂的生与肉体的死为基础，以"新学"对"旧学"的冲击为背景，以对生命本体的追问为核心，以基督教人文主义为武器，兼有天文、哲学、社会及时代等多种意义的一曲神圣的生命之歌。这曲生命之歌，从文字表面看，就是从《灵的进程》到《第二周年》；从其后面的意义看，则是从道成肉身到肉身成道。回归诗人所宣称的"全部历程"，则所谓"全部历程"实际上就是出于天归于天的一次生命历程，而这也同样体现着生命主题的神圣。

81

第三节　爱情主题：世俗的、审美的与神圣的爱

　　多恩的史诗还是一曲爱的颂歌。这种爱也如同自我和生命一样，是横贯三部曲的始终的，但体现于不同的篇目则又是各有侧重的，具体到《灵的进程》外化为情爱，具体到《第一周年》再现为对美的爱，而具体到《第二周年》则内化为圣爱。这意味着，爱情主题是伴随灵的历程而逐渐变化的：开始于感官之爱，经由审美的中介，最后升华为神圣之爱；而将这一切联系起来的则是灵与肉的结合与互动。

　　《灵的进程》正文伊始，整个天国乐园就笼罩在情爱之中。也是在这里，诗人明确地告诉读者，史诗主人翁乃是一个置身禁果中之"放纵的灵魂"（125），为了"更好地验证那／感官法则"（127-128）而自主地来到尘世这个"幽暗的沼泽之所"（129）。从诗人所展现的灵的进程可以看出，灵的轮回过程也就是一个情爱的生发过程，虽然荒诞不经，却写得倍感真实。比如第二部分，当灵魂寄身曼佗罗后，这个"由客人建造的灵魂的第二个客栈"（159），竟当即就能成就"爱的买卖"（148），且得意之形溢于言表，"活像一个年轻的巨人矗立当面"（153），它头戴芳草编织的花环，环上镶嵌的"串串果实那般鲜红明亮，／使你的爱的双唇也惨淡无光"（156-157）。到第三部分，在灵魂的作用下，自然界的一切都那么早熟，其中尤以食、性为最。前者以"需要父亲偷食喂养的麻雀"（189）为代表，后者以放纵在自然怀抱中的小公鸡为代表。

这只年轻的"烈性公鸡，在树丛／田野和帐篷，向着下一个母鸡把竖笛吹响，／他从不问她最近跟谁，或什么时候／也不问她可是自己的姐妹或堂亲，／她也从不抱怨他的见异思迁／哪怕他的变节就在当面，也不回绝／下一次的应召"(《灵的进程》193-199)。而人们也如同这只公鸡一般，因为没有法律的约束便恣意放纵，甚至连"他们的女儿，还有姐妹都在进入"(202)，哪怕"他流血，并将心境、勇气和精髓一并耗光"(209)。这一切表明，所谓的"感官法则"乃是情爱法则。2011 年，台湾学者曾建纲出版了多恩的 19 首挽歌，书名叫《哀歌集》，其特点之一是力所能及地彰显诗中的色情，比如，多恩原文 Lust bred disease rott thee and dwell with thee／Itchy desire,and no abilitee("Bracelet" 27-28)，曾译本为"愿色欲之恶疾腐蚀你，久缠不放，／要你情欲烧身，且无力行房"(曾建纲 14)。这种刻意为之的过度翻译，在曾译本中俯首皆是，而在注释部分则显得更加牵强附会。对此，笔者曾在美国《多恩研究》杂志撰文有过举例说明与分析(Yan，"Donne's Elegies Betrayed" 213-218)。需要补充的说明是，曾译本《哀歌集》更像多恩《灵的进程》；但情爱主题之于《灵的进程》远比之于曾译本《哀歌集》更为浓烈，而且是在纯自然的背景中加以展现的。

那么诗人为何要将其放在纯自然的背景之中，借自由的灵魂加以表现，写得又如此明了呢？根据本·琼生的观点，如前所述，该诗首先是多恩的"巧思"，其次才是讽刺，而讽刺的对象则是加尔文。格瑞厄森则认为，总体地说，该诗是一个失败之作，不但没有创新，而且"很多情节看上去既无意义又令人厌恶"(Grierson, Poems of John Donne 2：xx)。其余人等，除用词略有出入之外，在基本看法上并无差别，也都取排斥的态度。比如，桑普森就认为该诗"宣扬了邪恶的知识……[是]夏娃之灵的进程"(转引自 Smith, Critical Heritage 128)。我们知道，德尔斐的阿波罗神殿上镌刻着"认识你自己"的神谕；而在苏格拉底眼中，"认识你自己"就是一种最为真实的知识。以此而论，如果知识就是认识自己，而自己本就这般丑陋，那么多恩在该诗中的确是揭露了而不是宣扬了"邪恶的知识"。另外，诗中的夏娃与灵魂也并不是一体的，而是夏娃吃了果肉后，果中的灵魂因失去栖所而逃离的，所以也并非在写"夏娃之灵的进程"，而是多恩所说的"夏娃的苹果"。在笔者所掌握的材料中，唯一的例外是赫任鼎，所以其论文标题才用了 palinode(含"翻案"之义)一词。然而，正如前面已多次提及的，诗中的灵魂乃"宇宙灵魂"，而从"宇宙灵魂"的角度，则诗人的真正意图，在爱情主题的层次上，恐怕旨在揭示一个简单的道理：爱是灵与肉的结合与互动。

就灵与肉的结合而言，格瑞厄森对多恩"没有创新"的批评，当是完全正确的；而且从上面所引的例子(即将人的行为类比为公鸡)也可以看出，格瑞厄森指责诗中某些情节"令人厌恶",以及桑普森批评多恩在借机宣言"邪恶的知识",也都是有理有据的。然而格瑞厄森之所以批评多恩缺乏创新,乃是指向该诗之序的,因为在序中,诗人表达了放弃模仿说的企图。那么,诗人的这个企图又该如何理解呢?从作品本身看,整个故事因以灵魂为"我者",而且在灵魂到来之前,一切又都不曾发生一般,这在某种意义上显示:诗人的"宇宙灵魂",不但是生命的象征,而且是爱的源泉,所以植物也好,动物也罢,包括人在内,只要有灵魂存在,就不可避免地会生发出情爱。简而言之,灵魂的天性既决定着自身的爱情活动,也决定着一切生物的本能冲动。从这一意义上说,诗人肯定了这样一个思想:爱既是灵魂的天性,也是人的本性。

在《灵的进程》中,灵与肉的结合,因以"感官法则"为目的,所以更多地表现为"情爱天成",作品之强调食与性,恐怕与此有着直接的关系。这种"情爱天成"的思想,尚在诗的第一部分就已经说明,因为人与物、灵与肉、上与下、食与欲等,都在诗人介绍灵魂的逃离时,就天然地联系在一起了。诗人特意将灵魂安排在乐园之中,在那儿,

> 花园的王子,美丽如黎明初现东方,
> 有律法栅栏的护卫,随苹果在成长,
> 初生就已成熟,是灵魂赋予了生命,
> 直到那直立的蛇,现在却只能爬行,
> 就为那次犯罪,整个人类都在哭泣,
> 将其摘取,送给第一个男子娶的妻,
> (那人和她的种族,惟有禁令在驱使)
> 他给了她,她给了丈夫,二人同吃;
> 于是毁了吃果子的人儿,还有果子,
> 背叛玷污族血,我们因而流汗且死。(81-90)

这就是著名的多恩的失乐园。这里,诗人实际上是给全诗定下了这样的基调:首先,这是一个堕落的故事,尽管堕落源自虚荣、骄傲与违背上帝的禁令,但结果却是知识的获得及由此而来的爱;其次,爱是天生的,同时作为上帝的造物,与知识又是一体的,因此爱与知都是人的本能,灵魂的情爱历程同时也是人的认知历程;再次,犹如人经由堕落而获得对神的认识,进而唤醒本能中的神性向往并最终回归神的殿堂一样,灵魂的尘世之旅也终将回到天堂,因为灵魂的出生地不是别的,正

是骷髅地，而骷髅地又恰好是耶稣基督被钉上十字架的地方，象征着"道成肉身"与"肉身成道"两个最为基本的信仰。所以诗人说：

就在那骷髅地，就在那同一个地方，

被禁的知识树，起初也曾矗立生长，

这个灵魂，原本安然地悬挂那树头，

出于造物主的意志，因摘取而自由。（《灵的进程》77-80）

因此，以爱为核心，将植物、动物和人联系成一个有机整体，一则突出了灵魂的宇宙属性，借以展示爱在大千世界的无处不在；二则又呼应了上帝即爱的思想，并为《第二周年》的回归上帝作了铺垫。

应该说，多恩之"情爱天成"的思想，是具有历史的进步意义的，用今天的话说，就是"对人性的张扬"。但在当时，爱情主题并非什么忌讳，而是潮流使然。在历时层面，皮特拉克的抒情诗传统早已进入英国，而且其影响也已深入人心；在共时层面，文艺复兴时期已有大量的爱情作品问世，表现形式也远远超出了诗的范畴；在程度上，仅以阿多尼斯为题材的作品就对爱情有过十分动人的描写；在主题上，生命短促、及时行乐的思想早已相当盛行，罗伯特·赫里克的《致妙龄少女》就是典型代表①。所以多恩的作品，断不会因公开地肯定情爱而使那些"容得下书却容不了作者"的人难以容忍②。另外，从多恩声称的"毕氏学说"角度，即灵的轮回角度，也很难证明诗人的担心，因为当时的读者对"灵的轮回"原本就有着浓厚的兴趣。以《灵的进程》为界，前有奥维德的《变形记》、斯宾塞《仙后》中的部分内容及哈林顿的《亚甲斯的变形》等，后有赫伯特的《讽刺第1号》、米希尔·德雷顿的《鲍利-奥尔伯恩》、约翰·布朗的《不列颠牧歌》等③。

比较而言，多恩所担心的，恐怕更多地在于作品的后半部分，因为在这里，情爱、欲望、阴谋、乱伦、战争、死亡等主题，借约翰逊的话说，都被"强拧在一起"（S. Johnson 458），如第五部分之鲸鱼与剑鱼的战争、第六部分之老鼠与大象的命运、第七部分之狼与狗的交易等。这些主题至少有两种可能：一是作为前景，二是作为

_____

① 这就是著名的 carpie dium。汉语多译作"及时行乐"，本义则是"时不我待"，美国电影《诗魂》（*The Dead Poet Society*）对这个主题的表现比较接近其本义。

② 事实上，至今人们还在使用"浪子多恩"一词。然而，"浪子"虽有，却是多恩的反讽对象。

③ 这里的排序，非按作者，而按作品，均在 17 世纪五六十年代。另外，莎士比亚的《哈姆雷特》中，老王哈姆雷特的灵魂多次出现，也反映出莎士比亚具有灵魂轮回的思想，尽管老王的灵魂到最后也没有进入肉体。

背景。作为前景，它们各自为题，共同构成诗的多重层面，推动情爱主题的发展，服务于"宇宙灵魂"的尘世之旅。作为背景，它们有如画廊一般，服务于与之对应而又并行发展的人的行为，因为每个部分，如作品的结构所示，都有物和人两个构成要素。但是无论作为前景还是背景，都在第八部分被整合起来，将全诗推向高潮，而各种主题也百鸟朝凤一般，再次集中到情爱主题上。也就是在这里，诗人将猿与人联系在一起，将情爱推向了极致，以至灵魂所寄身的猿，竟然博得了亚当之女的芳心，从而步入了前人做梦也不曾进入的禁区。或许这便是招致"亵渎神灵""宣扬邪恶知识"的批判的原因之一，也是格瑞厄森所忽视了的诗人之有所创新的地方之一。

那么，多恩何以要冒天下之大不韪，竟将"情爱天成"的意图推到极致，还执意要按这样的意图创作《灵的进程》呢？从文字层面看，从上界天堂到下界尘世，包括植物、动物和人，都显示着爱和欲在堕落之后的普遍性。从文字的比喻层面看，爱与存在链具有对应关系，所以如同存在链显示着物种的高低、正邪一样，爱和欲也有高低之分、正邪之分，诗中用"多么低劣又多么高尚；禽兽和天使集于一身"来描述人，就集中体现着这种分别。从这个意义上说，《灵的进程》对堕落后的现状、异教徒、乱伦、膨胀的欲望等，都是持批评态度的；甚至对亚当和夏娃的堕落本身，如上引第81~90行所示，也同样是持批评态度的。这种批评，从常理上说，其指向应该是人的"低劣"而非"高尚"。但在《灵的进程》中，无处不在的恰好是前者而非后者。那么，人的"高尚"到底在哪里呢？爱情主题的意义又在哪里呢？

《灵的进程》全称《神圣之永恒，1601 八月 16，灵的进程，一部讽刺诗》。将日期写在标题中，在多恩的 234 首诗作中是非常罕见的。对诗人而言，1601 年 8 月 16 日有着特殊的意义。首先，那是圣母升天节的翌日，是人们的庆贺日。我们知道，圣母是"道成肉身"的圣堂，没有原罪，只有爱和欢乐幸福，从历代绘画大师作品中也可以看出一个与之相关的基本主题就是爱；圣母升天不只是灵魂的回归上帝，也是肉体的上升天国，不只是对死亡的胜利，更是圣洁和爱的最高礼遇；同时，作为"道成肉身"的圣堂，圣母也是神与人合一、人与人合一的圆满爱的典范。圣母升天给人的启示，在于"防范过失，医治必死的肉身"（Herendeen，n. pag.）。从圣母升天的意义上说，诗人为自己的作品找到了一个最为合适的基点，用以支撑"宇宙灵魂"的主题，那就是在与低劣、庸俗的对照中反衬和认识高尚、圣洁的爱。

其次，那是心上人安娜·莫尔回到诗人身边的前夕，是诗人自己所盼望的庆贺日。借圣母的荣升天庭喻指安娜的回归自己，借圣母节的欢庆气氛传递自己的喜悦心情，并以此表达自己对圆满爱情的渴求，可能也是诗人创作其史诗的目的之一。具体到《灵的进程》，在正文第一部分，诗人明确地说"她"最初的居室就在天堂乐园(70)；第二部分，又把自然界的一切都看成是早熟的、合乎情理的，并紧接第一部分之堕落写道：

> 这种堕落，已在我们体内迅速蔓延，
> 试问：我们为何应该落得结局这般？
> 难道上帝制定了法律却又不愿保持，
> 就像古怪叛逆者那喋喋不休的怀疑？
> 或者被造物的意志能与造物主使交？
> 上天要用全体为一人复仇来显公道？
> 谁的罪？被禁的不是蛇，也不是她；
> 那时她尚未造就；亚当要修剪树丫，
> 或要知晓苹果，至今只字尚且没有；
> 爬虫和她，和他，和我们却在承受。(101-110)

这些，无不让人联想到诗人的爱情生活。1600 年，多恩与安娜相恋。犹如诗中的灵魂一样，安娜这位爵爷的女儿和掌玺大臣的侄女，相对于多恩这个工匠的儿子，同样有着"高贵的出生"。在中国漫长的封建社会里，门当户对一直是婚姻的前提条件，多恩时代的英国同样如此，即便到了批判现实主义时期，社会地位依然决定着婚姻和事业是否成功，这可以从大量的小说中得到印证。因此正如鲍尔德所说，多恩清楚地知道"无论其前途无何，他都没有指望向她的父亲提出要做她的求婚者，因为乔治·莫尔拥有稳定的地产，而自己的微薄收入永远不可能使他配得上他的女儿。因此，爱情是保密的，尽管他和安娜山盟海誓，可一旦分手，却又无法保证能否再次相聚，唯一的希望是，在他们能找出办法阻止之前，乔治爵士还没能给女儿找到夫婿"(Bald, *Life* 109)。除了出身以外，他们还有另一个难题，那就是安娜不到 15 岁，而多恩已快 30 了，尽管多恩才华横溢，"远非一个大臣的秘书"(128)，可两人毕竟相差近一倍的年岁，所以双双都充分意识到，"想得到乔治爵士的认可是没有任何指望的"(128)。然而"亲昵已经成熟，她回应了他的赞赏"(109)。

根据鲍尔德的《多恩传》，这一切都发生在《灵的进程》的写作前夕，因为到 1601 年 8 月的议会期间，安娜随父亲再次来到伦敦，多恩和她不仅有了几次秘密约会，而且她父亲正"迫不及待地要给她找一个合适的丈夫。他们的处境极为令人绝望，两个恋人十分清楚，要么把命运拽在自己的手中，要么永远分离"（Bald，*Life* 128）。《灵的进程》就是在这样的背景下，在两次重逢的中间，在决定命运的前夕写成的。虽然稍后的变故尚未显现，但对爱的渴望完全是可想而知的。在这个意义上，"情爱天成"的主题及其在作品中的发挥，正好表现了诗人当时的心情；而诗人则极有可能借宗教爱的喜庆，表达对世俗爱的期盼。

这种期盼，在那个生死不定只求通过忏悔、借上帝的恩典而获得拯救的时代，与其他诗人对灵魂的歌颂有着本质的区别，但与多恩本人在其大量爱情诗中对爱的追求却又是完全一致的。就《灵的进程》而言，尽管也可能有"邪恶的知识"，但更核心的，恐怕依然在于生命、爱情及生命与爱的结合。《灵的进程》与圣母节的联系，则越发集中地反映了诗人对道成肉身的歌颂，对世俗爱的向往，以及对二者结合的认识。无论前者还是后者，都暗含着三位一体的神性。或许正是因为如此，诗人才在吁请中称自己所歌唱的灵魂是"上帝造就"，并宣布，开始于乐园的历程，在泰晤士河畔停息之后，还将"驶向宽阔的底格里斯与幼发拉底"。帕特里德斯在《多恩英诗全集》中提醒我们说，底格里斯与幼发拉底位于美索不达米亚，那是伊甸园的传统位置所在（Patrides 317）。这就意味着诗人已将灵的历程预定为圆的运动，不仅因为去往伊甸园就是回到其出发的地方，而且因为《第一周年》再次重复了这一思想（25-276）。

前面说过，圆是神的象征。与此同时，圆也是爱的象征。这在多恩的爱情诗中，可谓俯拾即是，并具化为眼泪、洪波、地球、太阳、诸天等物象，如著名的《告别辞：节哀》中的圆。《历史的星空》将其一直上溯到奥维德和《圣经》，说它"不仅暗示精神之爱的圆满，而且由此也象征灵魂的完美和生命的永恒"（胡家峦 72）。事实上，圆即爱的比喻，连同其相关的具体意象，在《灵的进程》《第一周年》和《第二周年》中，同样是俯拾即是的，也都暗示着爱的神性。在《灵的进程》中，圆的历程虽然尚未完成，但却暗示了世俗爱也是神圣的。这就预示了灵魂的最终达至完美，揭示了爱在生命历程中的作用，肯定了道成肉身的爱。

到《第一周年》，爱的主题仍在继续，比如，第一部分的寓意就是：没有灵魂，人就失去了"行为模式"。这个"行为模式"是什么呢？用诗人的话说，就是"爱""善"和"记忆"。不难看出，在多恩的"行为模式"中，"爱"处于首位，借时下的套语，即爱是其中的首要因素。这一点，诗人不仅在作品"导入"部分作了比较明确的说明，而且在正文部分的具体内容中也表达得非常清楚。但是，正如吁请之从《灵的进程》到《第一周年》的变化一样，爱的主题在两部作品中也是变化的，而且相对于自我，这种变化更大，首先是内容的充实，其次是从情爱化向审美化的转变；更重要的是，从整体上看，这一转变的实现恰好是以爱的充实为基础的。

《第一周年》共八个部分，其中前三个部分没有叠句，这就与后五个部分在形式上构成对照。马茨等将第一至第四部分统归为一个部分，显然是忽视了作品所蕴藏的变化，从而没能看到爱情主题的充实，也没能发现从情爱化到审美化的过渡。这种忽视，从根本上说，源于将《灵的进程》游离在两首周年诗之外，属于 20 世纪多恩研究的通病。对此，前文已经做过分析，这里不再赘述。

内容的充实，主要体现在《第一周年》的前三个部分，因为在这里，除了"爱"，还增加了"善"和"记忆"。正是凭着"爱""善"和"记忆"，灵魂才创造了一个全新的世界，在这个世界里，

> 一切都进入这样的境界，获得升华，
> 那层层的天堂中，既没有野草丛杂，
> 且自身也不会有毒素或罪孽的孳生，
> 除非是某条外来的毒蛇，将其引进。(81-84)

这里，诗人再次将读者引入到乐园的氛围之中。与《灵的进程》一样，《第一周年》中这个新的世界不仅只是天堂，也可能会有"外来的毒蛇"，所以虽自身没有罪的滋生，却同样面临堕落的可能，这就是第一部分的内容。到第二部分，随着灵魂的离开尘世，"善"已然离去，但"爱"和"记忆"却依然存在，所以生命还在延续。然而，这样的生命已经不再伟大、不再充满欢乐，而是变得十分渺小，又充满不尽的痛苦，不但出生就意味着毁灭(95-98)，而且爱本身也变了样，因为上帝之造夏娃，原本出于"善"与"爱"，但结果却截然相反，是谓"人的安慰，他的憔悴的缘由"①(102)。之所以如此，既在于始祖的原罪，也在于由此而来的一系列后续之罪②。两种罪的整合，于《第一周年》集中体现在第二部分结尾处的几行诗里，且爱已蜕变为心甘情愿的自杀行为。

> 那最初的婚姻，就是我们的葬礼：
> 我们全被杀戮，只要是女人出击，

---

① 原文为 For mans relief, cause of his languishment. 值得注意的是 languishment 一词除了"憔悴"，还有"苦思"之义。根据文艺复兴之四种黏液，"憔悴"或"忧郁"都与"爱"相关。

② 在《赞天父上帝》中，诗人给出五种罪，其中四种都是后续之罪。

这样的猎杀，至今也在一一进行，

我们人人都心甘情愿，还把自身，

交给那无度的挥霍，都有眼无珠，

要杀灭自己，以延续我们的种族。（105-110）

正是在这个意义上，诗人认为整个世界已是"病入膏肓"，到了"无可救药"的地步，既顺理成章地引出了第三部分之"生命的短促"，又提出了一个耐人寻味的问题："与玛土撒拉同寿且为伴的人类啊，／现在究竟在什么地方？"[1]（127-128）可见，前三个部分对爱的描写，在回应《灵的进程》的同时，却在态度上发生了逆转。那么，何以会出现这种逆转呢？它是否抵消爱的主题呢？意义何在呢？

首先是转变何以出现的问题，而要回答这个问题，或许可以从作品的对象、诗人的生活、创作的背景、灵的走向及爱的意义等角度去寻找线索。比如作品对象，《第一周年》的"宇宙灵魂"，因为是借德鲁里小姐为载体的，所以与作为挽歌的周年纪念必然发生或多或少的联系，既不能否定德鲁里的美德与爱，也不能依旧只写她的尘世之旅；虽然《挽歌》才是真正献给德鲁里小姐的[2]，但《第一周年》的副标题依然显示着德鲁里小姐的影子。又比如诗人的生活，从《灵的进程》到《第一周年》的十年间，发生了很多变故，包括坐牢、经济拮据、仕途断送，这一切似乎都显示，原本那热烈的爱情渴望，换来的却只有不尽的痛苦，对此，沃尔顿和鲍尔德都提供了的大量的证明。前者明确表示说"婚姻是多恩人生中的一个大错"（Walton xxvii），后者则详细记录了多恩与德鲁里一家的往来，包括详细的账目往来情况（Bald, *Donne and the Druries* 104-121），马歇尔·格罗斯曼则用《第一周年》第 68 行中的 inanimate 一个词来总结多恩的一生（Grossman 318）。这些都属于《第一周年》的创作小背景，而其大背景还有世界的堕落、普遍的悲观情绪等。所有这一切，到底对这种转变有多大影响，还有待进一步研究。但具体到三部曲，可以肯定的是，《灵的进程》与《第一周年》和《第二周年》存在着尘世之旅与天国之旅的对照；再具体到爱情主题本

89

---

① 据《圣经·创世记》，玛土撒拉是亚当第七代孙，也是诺亚的祖父，共活了 969 岁。唯诺亚是个义人，其余那些血气之人则败坏了行为，所以神对诺亚说："凡有血气的人，他的尽头已经来到我面前；因为地上满了他们的强暴，我要把他们和地一并毁灭。"（Bible, Gen. 6. 13）

② 即 A Funerall Elegie，现行各版本一般将其放在《第一周年》和《第二周年》之间，以便与其余 20 首以爱为主题的挽歌相区别。另据凯恩斯的观点，这首挽歌大概作于 1610 年 10 月，也就是德鲁里小姐夭折之时，曾与《世界的解剖》《赞死者并解剖诗》一道出版（Keynes 134）。根据鲍尔德的推测，正是这首《挽歌》给德鲁里夫妇留下了深刻印象，从而开启了多恩与德鲁里爵士一家的亲密交往（Bald, *Life* 240）。

身，则《灵的进程》的世俗之爱与《第二周年》的神圣之爱也存在对照，而中介则是《第一周年》的审美之爱。

这就意味着，这种转变并没有抵消爱的主题，而且其意义也在于引出审美之爱。那么，审美之爱又何以需要这种转变呢？其中有没有悖论呢？前面说过，三部作品的主人翁都是"宇宙灵魂"，所以其历程便决定着与之相关的一切。在《灵的进程》中，诗人之所以对爱持肯定的态度，是因为灵的游历过程就是爱的生发过程，二者是一体的关系；同时，肉体的死亡与灵魂的轮回又是互为因果的，二者是对立的关系。而更重要的是，这些关系都存在灵与肉的互动，如曼佗罗与麻雀；而没有灵魂参与的纯然的性欲，如那只公鸡，却是诗人所讽刺和批评的对象。到《第一周年》，灵的历程同样是爱的历程，但其进程方向却发生了变化，由尘世之旅变作了天国之旅，爱的生发过程因而成了圣爱的觉醒过程；同时随着灵的离去，留下的只有肉体，而缺乏灵魂的纯然的肉欲，是不能称其为爱的，即便在《灵的进程》中也是诗人的唾弃对象。这表明，在诗人的心目中，正如前文已经分析的，肉欲不是人性，只有包含神性才是真正的人性，因此对灵魂离去之后的纯然的性欲抱以否定的态度，是符合诗人的爱情观的。换言之，诗人所追求的依旧是灵与肉的结合。

事实上，强调灵与肉的结合，也是《灵的进程》的核心，比如，诗人之选择圣母升天节的翌日，并用以喻指安娜回归自己，本身就传递着这样的思想。另外，灵与肉的结合也是多恩爱情诗的核心。对此，国内外研究者已经达成共识。再者，灵与肉的结合还是多恩宗教诗的核心。当把这一切全数摆放一起时，便会发现，对放荡的多恩和神圣的多恩的划分是难以立足的。然而，多恩虽然追求灵与肉的结合，但对纯粹的肉欲则是坚决摈弃的，犹如对僵尸般的世界的摈弃一样。所以，《第一周年》在爱的主题上的确存在悖论，但这个悖论，用新批评的术语，是以作为"我者"的灵魂为正题，以作为"他者"的肉体为反题，以灵与肉的结合与互动为合题的。其开始的三个部分对爱的继续显示着三部作品的一致性，而对肉欲的否定则显示着向审美的过渡。这就是为什么进入第四部分后，《第一周年》的爱也随之进入审美的范畴，并再现为爱的审美化的缘故。

前文在论述圆的创造性特征时，曾引用过如下诗行："尽管她可能已经死去，可她的魂，／仍然在这最后的漫长黑夜中穿行，／那丝微光，那缕对德和善的眷念，／仍在懂得她价值的人们身上映现"。（《第一周年》69-72）原文中，"她的魂"拼作her Ghost，这种拼写每每使人想起圣灵，加之灵魂本身所表现出的创造力，也往往使读者的联想走向基督教的圣三位一体。事实上，在后来的布道文中，多恩曾多次讲到三位一体，如 1618 年的《白厅布道文》，就用了相当的篇幅解释 faciamus hominem，即"我们一道创造人"。文中对"圣灵"（Holy Ghost）的解释与此处的 her Ghost 十分相近。根据曼利的研究，基督教之"圣灵"一说，语出中世纪犹太神秘哲学的"显现"（Shekinah），而文艺复兴时期，"显现"尽管有多种理解，但都以阴性形式出现；当解作"圣灵"时，她便是"主的恩典，在[亚当的]堕落中丧失，并在基督的莅临时恢复。所以她就是宇宙灵魂，即创世时行走在水面的灵……她是人心中情爱的超然精灵"（Manley 32）。尼科尔斯也认为，"对多恩而言，三位一体就是毂，教堂的各种信仰则是辐"（Nicholls 50）。多恩本人也曾有过有关"教堂信仰"的问题，比如，1624 年 4 月的布道文在谈到牧师与圣会的互惠关系时，就曾这样说过：

> 牧师如果**爱**，将会有**双倍的劳作**；人如果**爱**，将会有**双倍的敬重**……因为圣会爱牧师，则要忍耐非难，以及具有疗伤作用的申斥；牧师爱圣会，则他的**指摘**，因为出自爱，将会被接纳，并做好的理解……[因为]**爱乃一切之根**，所以一切的果就是**睦**；**爱乃一切之灵**，所以一切的**躯**就是合。（转引自 J. Johnson 2）

这里，着重号为原文所有。称爱为一切之"根"和"灵"，既表明爱在多恩思想中有着特殊的重要性，也显示着这种重要性背后的宗教爱因素，所以爱即灵与肉的结合，具有宗教的倾向并不奇怪，以此观之，则诗人的审美取向倾向于宗教也不奇怪。比如，尼采《悲剧的诞生》就曾把人生态度分为功利的、伦理的和宗教的，并认为宗教的实质就是以审美的态度反对伦理的态度和功利的态度。多恩的上述引文还显示，他的爱情主题包含着这样的思想：爱是以圣爱为"根"的，存在于"宇宙灵魂"之中。具体到《第一周年》，一方面因为"宇宙灵魂"是永生的，所以爱必然得以继续；另一方面因为灵魂已离开尘世，所以世界的"根"也就随之而去了，只有其"躯"留下，而这样的"躯"已不再具备"合"的性质。正因为如此，诗人才要也才能对之加以审视，而这样的审视，本身就是爱之审美化的前提和根据。从作品本身看，诗人是从灵魂入手，借灵魂这把手术刀去解剖世界这具僵死之"躯"，并由此而对之作审美的分析与透视。其最终结果，也就是后半部分的五个叠句所展示的结论。因为稍加注意便可以发现，"美德的化身"（176）、"世界的精华"（223）、"美的原质"（227）、"自然的色彩"（250）、"天国的精灵"（263）等，都是从审美角度，对灵魂的生命之美所作的判断，分别指称美的道德、宇宙、本体、自然与和谐五大属性。

在《第一周年》中，诗人之所以说世界是一具僵尸，就在于随着灵魂的离去，

91

世界也因此而失去了其应有的五种审美价值。第一，灵魂的道德属性使人成为上帝在世上的总督；而灵魂的离去，也就意味着人类从此失去了自身的伟大，成了"多么微不足道的可怜东西"（《第一周年》170）。第二，灵魂的宇宙属性决定着诸天的秩序，灵魂的离去也就意味着整个世界的脱榫，并进而使整个宇宙"全部破为碎片，一切的关联也荡然而去"（213）。第三，灵魂具有美的本体的属性，所以她的消失留在身后的只能是妖怪般面目狰狞的世界（326）。第四，灵魂的自然属性就是外化的色彩和匀称，因此她的消亡才使大自然有如面色苍白的鬼怪（370）。第五，灵魂的和谐属性是上述各种属性的综合，是天与地的对应，故此她的离去就意味着世界的化成灰渣（428）。正是在这一点上，灵魂的离开人世，让诗人看到了天地因此而丧失了美的对应，看到了这种丧失所导致的生命的极端软弱与丑陋。《第一周年》对爱的审美化表现，就是在这些基本概念上渐次展开的。

如果说"宇宙灵魂"于《灵的进程》因追求感官法则而堕落下界，那么于《第二周年》的天国回归，就应该净化因堕落而来的污点。与此相应，如果说爱能够驱赶"酊剂的毒素和夏娃的污点"（《第一周年》180），那么要真正能净化一切，就必须对现世的各种苦难之因具有清醒的认识。所以《第一周年》对"宇宙灵魂"的五大审美属性的表达，始终围绕着五个叠句："她死了，她死了，把这一点认识，／你就知道……"。这既表明了自我主题在审美中的作用，也表明了审美关照对净化的重要作用，而要做到这二者的结合，在诗人看来，就必须借助"宗教的炼金术"（182），用以对现存的世界加以提炼，而提炼的前提则是将其解剖，所以才有《第一周年》的下列诗行。

> 通过我们的解剖，可以获益良多，
> 心灵既已枯萎，何来自由的言说。
> 除非你的营养，已不是盛宴欢犒，
> 而是超然神奇的食物，亦即宗教。（185-188）

在这里，诗人实际上提出了两个命题：解剖和审美。前者与诗的标题一致；后者则从信仰的角度，将情爱的"盛宴欢犒"转化成宗教的"超然神奇"，实现这一转化的是宗教的"食物"或"营养"。莎士比亚曾说"爱是宗教的食粮"。多恩正是借助这样的食粮，让灵魂在其完整的游历中逐步成长，成为关照人性与神性的视角，并转化为锐利的手术刀，从而得以对现世进行全方位的解剖的，其解剖结果因此而带上浓厚的爱的审美化倾向。

　　整个《第一周年》都对现世持一种否定的思想，而之所以如此，除了前面已经说到的各种原因之外，恐怕还有一个重要原因，那就是爱的真谛。在多恩那里，这个真谛不是别的，就是灵与肉的完美结合。但是随着灵的离去，这种结合已不再具有完美的属性，因为作为原质的爱（即灵）已然去往天堂，留下的只有作为审美的爱（即肉）。而这个审美的爱又因为失去了其原质而已经腐朽，并化作了一具僵尸，所以即便对之作审美的关照，也处处是丑陋。然而，诗人并非以丑为美，而是以丑衬美。从这一意义上说，《第一周年》之爱的审美化，恰似雨果在《巴黎圣母院》中对卡西莫多的描述一样，是用丑陋的外貌反衬美丽的心灵。这一点，前文已经提及的该诗出版后的接受情况就是最充分、最直接、最有力的证明。

　　那么，多恩又是凭借什么来实现其爱的审美化的呢？前面说过《灵的进程》与诗人对安娜的爱有着直接的关系，《第一周年》可能也不例外。表面看来，《第一周年》是献给德鲁里小姐的挽歌，亦即是对德鲁里爵士的安慰。根据鲍尔德的观点，德鲁里小姐于 1610 年 12 月夭折后，德鲁里爵士于 1611 年 7 月获准旅欧，并邀多恩同往（Bald, *Life* 91），但直至 11 月才得以成行，大概在这段等待期间他创作了《世界的解剖》一诗（242-245）。根据多恩本人的说法，他从来没有见过德鲁里小姐，后人经多方研究也承认的确如此，所以才会接受诗人之"女人的理念"。那么这个理念又从何而来呢？叔本华在《作为意志和表象的世界》里说"但丁笔下的地狱，如果不是取材于我们这个现实世界，又能取材于何处呢？然而他从现实世界创造出一个十足的地狱来。但另一方面，当他描写天堂和天堂的幸福时，就遇到了一个不可克服的困难，因为现实世界不能为此提供任何材料"（419）。事实上，琼生对多恩的赞扬和批评，也是以德鲁里小姐为现世原型的。但从《第一周年》与《灵的进程》的诸多延续看，多恩之"女人的理念"，应该还是"宇宙灵魂"，其现实的原型既可能是德鲁里小姐，也可能仍然是《灵的进程》中那个隐藏于诗的背后的安娜。所不同的是，在《第一周年》中，由于必须与德鲁里小姐之"青春早逝"相适应，所以诗人不仅只是简单地将自己对安娜的爱融入其中，而且注入了更多的理性思考，尤其是对整个世界与人生的意义和价值的思考，并将其与当时普遍流行的"存在链"融会在一起，而这也就促使诗人必然走上爱的审美化轨道。

　　那么，诗人是否因此而走上了与当时的诗学原则相悖的道路呢？从格瑞厄森对多恩没有创新的批评看，恐怕没有；但从 T. S. 艾略特称多恩深入皮质之下的评语看，恐怕又的确是违背了。不过，从前面的分析看，则多恩在继承传统诗学的同时，又往前迈了一步，虽然这一步更多地属于表达方式，而不是思想背景，因为其思想其实是相当古老的，这可以从其生命主题中看出；但古老的思想与现代的表达方式，在多恩那里却达到了一种很好的默契，使《第一周年》的审美倾向，较之于当时所流行的挽歌形式，反而显得更加深入，也使它被时人看作只有诗人自己才配拥有的挽歌。回归爱的审美化，这种默契的集中表现就是《第一周年》的五个叠句，它们在文字层面和文字所揭示的比喻层面都表明，爱的审美化是以美与丑、生与死、恒与变等范畴的对应为基础的，因而具有形而上的、属于神本视角的认识价值，并与诗人对生命本体的探索相互联系，不仅兼容并包、互为表里，而且同为对生命之存在及其意义的本体的追问、探索与挖掘。

如果说爱即人的本性的观念，在《灵的进程》和《第一周年》中，因分别再现为对情的认可和对美的挖掘而可以被称为"欲之爱"和"美之爱"，那么在《第二周年》中则因再现为对上帝的信仰而可以将其称作"信之爱"。乔治·圣兹伯里把多恩诗分为三类，即讽刺诗、爱情诗、宗教诗，不仅把《第二周年》归入爱情诗，而且称之为"最伟大的世俗诗"(Saintsbury 17)。加德纳在《多恩研究文集》"前言"中明确指出，所谓最伟大的世俗诗就是"最伟大的爱情诗"(Gardner 5)。回到多恩的"信之爱"，其本质是对信念的坚守，其内容则以圣爱为核心，包括了天国的信念、复活的信念、成圣的信念、至善的信念、恩典的信念、道成肉身的信念、三位一体的信念、永恒生命的信念等。这一切在上引《第一周年》之第 185~188 行中已经说得很明确，而在《第二周年》中则集中地体现在"引子"结尾处的双韵中。

> 渴望那个时候吧，哦，我的无餍的灵魂，
> 守你的渴吧，用上帝那安全密封的圣杯。(45-46)

"那个时候"指最后的审判，"圣杯"是盛圣餐的杯子，"安全密封"喻指因上帝的恩典而获得拯救。这两行诗句包括了守圣餐的全部内容，而守圣餐的目的在于纪念上帝的圣爱。相对于《第一周年》的审美，《第二周年》的圣爱提出了真理的问题，这就是对上帝之爱的信仰和因此而来的复活。正是对圣爱的坚定信念，《第二周年》中的灵魂才成为宇宙的灵魂，并以她自己的回归上帝让俗人懂得了因信取义的神契。

> 并已经让我们懂得，尽管善良之人，
> 有进入天堂的权利，其理由就是信。(145-150)

不仅如此，对圣爱的信既是灵魂的升入天堂，也是天堂的莅临灵魂。

因为我们的灵享受她的第三次降生，

创造给了第一次，第二次来自于信，

天堂就在这时临近并呈在她的面前，

恰似色彩缤纷的各样物体就在房间。（《第二周年》214-217）

正是在这个意义上，多恩才说德鲁里小姐的死既是去往天堂，也是带来天堂。换言之，灵魂的回归上帝不仅只是"上升"，也是"进入"天堂，亦即"升入"天堂。格罗斯曼读《第一周年》第 67~73 行认为，特别让人感到蹊跷的是，一方面世界已经没有了灵魂却依然还在延续，另一方面灵魂是对下界的一种反映而下界又已经不复存在。于是他从"没有生机"（inanimate）一词入手，力图证明何以如此。在他看来，该词前缀 in-既是拉丁前缀也是英语介词，前者表否定，后者表位置，所以他得出结论说：如果双拼的"她"（shee）位于世界"之内"时是世界的灵魂，那么单拼的"她"（she）不在世界之内时，世界便没了灵魂（Grossman 175）。格罗斯曼是从 inanimate 和 she 两个单词的拼写形式入手加以分析的。这样的分析如果不正确，则另当别论；但如果是正确的，那么将其结果运用于《第二周年》，似乎更有意义，因为"在内"与"不在内"的问题，本质上说就是"升入"的问题，而双拼的"她"与单拼的"她"之间的关系，其实也就是"大我"与"小我"的关系。但这种关系，并不是纯然的对立，而更是一种对应，所以德鲁里小姐的灵魂才具有"宇宙灵魂"的属性，诗人的灵魂也才能随之而去并与之同化为一。

95

既然"升入"天堂意味着"上升"与"进入"，那么天堂就不仅仅只存在于上界，而同样存在于内心。在《论永恒的光荣》中，多恩曾写过一段与之相关的话，笔者曾在讨论多恩的艺术特点的论文中引用并翻译过。由于其基本思想正好能说明"升入"天堂的含义，这里特将那段话转引如下。

现在的欢乐将流入天堂，恰似江河流入大海；这种欢乐不会因死而消逝，新的欢乐也不会于天堂才燃起在胸怀；我的灵魂，一旦脱离肉体，就已经在天堂，虽然它未曾拥有天堂，也未曾见到上帝，直到它飞升，穿过空气、火、日、月，还有苍穹，以达我们认识的天堂；没有一秒的千分之一的停息，一旦溢出，灵魂就笼罩着天堂的容光（因为通往天堂的路就是天堂，因为正如天使来自天堂也带来天堂，使在这儿如在天堂，所以去往天堂的灵魂也在这儿进入了天堂；又好似天使并不剥离天堂而来，灵魂也笼罩天堂而去）。因为我的灵魂将不是去往天堂，而是经由天堂而通往天堂，

通往那天堂中的天堂，所以，善的灵魂在现实的真实欢乐也正是天堂的欢乐。(晏奎，《互动》144)

同样的思想，也见于《第二周年》，比如，第七、八两个部分之今生与来世的欢乐，基本就是上述短文的前期版本。当然二者有着诸多的不同，比如，上述散文强调"我"，更倾向于天堂与灵魂的合一，而《第二周年》则强调"宇宙灵魂"，且更倾向于上界与下界的对应。但二者对"真实欢乐"或"本质欢乐"的表述，特别是"通往天堂"或"升入"天堂的思想，却是基本一致的，所以诗人说，"她"已在这里充满恩典，却依然努力去往那拥有更多恩典的天堂；同时"她"也使下界有如天堂一个，以便在这里，人们也能触及天堂的本质欢乐(《第二周年》465-471)。然而，这里毕竟是个千变万化的世界，而真正的幸福则是"一"而非"多"(413-434)，所以诗人让自己的灵魂警惕肤浅的知识，并"抖落玄学"、"抖落幻想"，进到全知的天堂(283-300)，就好比那已经回归完美的"宇宙灵魂"一样：来自天堂，知道天堂，却也成长在这个世界之上(311-313)。

进一步比较《论永恒的光荣》与《第二周年》，还会发现，后者第383~470行还表达出这样的思想：能否完成圆的历程，以及在多大程度上能够领受天堂的"本质之乐"，都与内心深处对圣爱的信有着直接的联系。这表明诗人通过《第二周年》，似乎表达了这样的一种观念：由于圣爱是无限的、至善的、永恒的，所以，对圣爱的信既决定了灵魂的天国之旅只能是心灵的净化过程，又决定了升入天堂的圆的历程、爱的历程及生命历程，都是倾向于无限的、至善的和永恒的。

沃尔顿在其《多恩传》中曾把多恩说成17世纪的圣奥古斯丁(Walton xxix)。我们知道，圣奥古斯丁在《论三位一体》中曾指出：对灵魂而言，回归上帝就是返回自己的原型，是以内省的方法认识心中之上帝的一个永恒过程，是对善本身、真理本身、上帝本身的爱与渴望。安德鲁·洛思认为，在圣奥古斯丁对灵魂的分析中，可以辨别出灵魂转向上帝的两条线索，其中的第一条就是"爱的三位一体：爱者、被爱者及将两者系于一体的爱"(洛思200)。多恩在《第二周年》中，借灵的历程所表达的圣爱，与洛思分辨出的圣奥古斯丁的"爱的三位一体"如出一辙，无不具有本体渴望的属性。联系到《第一周年》，则实现这一转向的，当是审美之爱。

此外，《灵的进程》在第一部分的起始处，亦即诗人在描绘灵魂时，特意将知识树安放在骷髅地，就已暗示着复活的思想，因为据《圣经·路加福音》，骷髅地原本就是耶稣基督被钉上十字架的地方。但这种复活，在《灵的进程》中只局限于灵的轮回，真正的复活应该是神性的复活，而这却是在《第二周年》才得以完成的。这说明《第二周年》灵的回归是诗人创作意图的再现。

由此可见，多恩之爱即人的本性的观念，包含着对肉体的爱、对美的爱和对上帝的爱，是物质生活之"真"、精神活动之"美"和宗教信仰之"善"的复合。这种复合不只是单纯的先后排列或偶然重叠，而是全然的合一，是随着灵魂的历程而逐渐发展、逐渐深化、逐渐完满、达至统一的升华过程，体现着爱的崇高，也体现着生命的神圣。与此同时，这种复合还与生活之"假"、精神之"丑"和信仰之"恶"形成鲜明的对比，既是诗人用以解剖世界的手术刀，也是解剖所要得到的结论，并从对立的角度增强了真、善、美的合一。从这个意义上说，多恩的《灵的进程》确有讽刺，但所讽刺的是整个物质界的虚假、丑陋与罪恶，并借以思考真善美的关系，探究人的生命价值；而《第一周年》和《第二周年》则将所有的虚假、丑陋与罪恶，统统归入僵尸般的世界，作为解剖的客体，反衬出真善美的永恒。人的本性因此而在世俗之爱与神圣之爱两个端点上得到了最为鲜明的再现。这也同时表明，《灵的进程》《第一周年》和《第二周年》既是一曲神圣的生命之歌，也是一曲包括俗爱与圣爱的崇高的爱情之歌。

97

第四节　恒变：作为主题与背景

《灵的进程》从植物到动物再到人，有一条主线是变；《第一周年》和《第二周年》从尘世到天堂，也有一条主线是变。从作品的具体内容可以看出，这种变总是肉体的，又总是与永生的灵魂联系在一起的，所以至少包含着两个意义。首先，变是永恒不断的；其次，变是与恒对立的。在前一意义上，它与 16 世纪末、17 世纪初那普遍流行的悲观主义是一致的；在后一意义上，它又与清教所坚持的宗教信仰是一致的。但是，二者又都与诗人所信奉的"灵与肉的完美结合"的基本概念一脉相承，同时也有一个共同的意旨，就是企图在永恒的变化中寻求人的地位、价值和意义。所以恒与变，恰如生与死一样，既是相互对立的，也是相互统一的，因此不妨称之为"恒变"。

威廉·考托普曾在《英国诗史》中提到过琼生对多恩的看法，认为多恩《第一周年》之所以遭到琼生的批评，是因为作品描写了"秩序的丧失、影响力的丧失与和谐的丧失，并把这些丧失都归因于德鲁里小姐的夭折"（Courthope 158）。与此同时，考托普也意识到，多恩的真正用意并非在于这些丧失本身，而在于"能表达精神之尽善尽美的具化象征"（Courthope 158）。考托普所说的"秩序的丧失、影响力的丧失与和谐的丧失"，其实就是变的几个表现方面，而"精神之尽善尽美的具化象征"在本质上则是一种恒，合起来也就是"恒变"。可见，早在 20 世纪之初，对《第一周年》的恒和变，人们就已经有了初步的认识。

后来的批评，也大多论及《第一周年》和《第二周年》的变，如休·福塞特之"肉体的奴役和精神的解脱"（Fausset 186）、道格拉斯·布什之"腐败与无序，既是外在的也是内在的"（Bush 132）、马茨用以贯穿其《冥想诗》一书的"衰落感"、史密斯之因原罪而使"我们完全背弃了人所可能具有的崇高感"（Smith, *John Donne: Complete English Poems* 593），以及乔丹之"想象出来的宇宙灵魂的丧失"（Jordan 83）。他们虽然用词各异，但至少有两点是相同的：第一，都认为变化是作品的一大主题；第二，都集中在两部周年诗上。鉴于后者已不再新颖，这里无需赘说，而对于前者来说，需要强调的是：首先，作品中的变化并非单纯的变，而是"宇宙灵魂"所象征的永恒的对立，并且是受制于灵的永生概念的，所以是一种恒变；其次，这种恒变并非仅局限于《第一周年》和《第二周年》，而是鱼贯在整个史诗三部曲之中的；最后，恒变既是三部曲的主题，也是它们的共有背景。前者即这里讨论的内容；后者将在下章结合诗人的宇宙人生意识加以讨论。

尚在《灵的进程》的序中，诗人就借灵魂的轮回，表达了恒变思想及其与原罪的联系，其集中表现就是"从出身即夏娃的苹果开始，直到现在的她即他"。进入正文后，恒变思想一方面暗示着后来的"道成肉身"，即"那不可能犯罪，却负载了一切的罪；／那不可能死，却只能死去别无选择"（75-76）；另一方面又进一步增强了与原罪的紧密联系："就为那次犯罪，整个人类都在哭泣"（85）。前者为《第一周年》的理性解剖和《第二周年》的回归上帝埋下了伏笔；后者则为《灵的进程》的基本情节定下了基调。正是由于这个基调，所以在全诗中，除了灵魂的历程及其走向是清晰可见的以外，其余的一切都处于极度的混乱之中。植物界、动物界和人类莫不如此，不仅自身变得"过分活跃"（222），而且一切都充满血腥，连曼佗罗都染上了杀气，成为"活着的埋葬的人"（160），更不用说那些飞禽和走兽了。在自身也无从摆脱"羞愧和危险"（355），尤其在经历了鲸的覆灭之后，灵魂本身也对自然界的无常感到了不可理喻，并产生了愤慨（371-372）。然而，变化却依然进行着，并在猿和人的关系上达到高潮，使原本一统的灵魂分离成理性、情感和运动，成为人的三重灵魂（495-505），也使全诗成为一曲"忧伤的歌"（511）。

综观整部《灵的进程》，变可谓无处不在。与此同时，变又是灵所引发的，因为在灵到来之前，自然万物都各自遵循着自己的本性，处于无知、宁静与和谐之中。这就意味着"永生的灵魂"乃是万变之因。此外，诗人意在歌唱"永生的灵魂"，但通篇所写却在于不尽的变化，这又意味着，在诗人看来，没有恒就没有变，犹如没有生就没有死一样。由此观之，诗中恒与变的关系就是"体"和"用"的关系，二者不可偏废。这也说明，尽管多恩也写"无常"，但却是与"有恒"联系在一起并服务于"有恒"的。所以，恒变的根本原因，并非考托普所说的德鲁里小姐的夭折，而是"无常"与"有恒"的互动。这种互动，实际上就是肉体与灵魂的互动：相互依存、相互作用、相互促进，成为推动史诗情节的一大动力。诗人之所以将灵的全部历程视为"伟大的命运"和"万因的结"，一个重要原因大概就在于这种互动关系。

大概还是出于这样的互动关系，所以诗人才在《第一周年》中，将德鲁里小姐的早逝看作美德的丧失，并借此对濒死的世界加以解剖，又在《第二周年》中，借助于灵魂的回归表现了对神性的无限向往。对此，还可以从多恩的挽歌中看出，如《挽歌第 3 首：变》，不但其标题就叫"变"，而且还把变视为永恒的主题："变是一位保姆／养育着音乐、欢乐、生命和永恒"（35-36）。这也同时表明，多恩的恒变就是恒与变的统一，其所表达的基本思想是：恰如灵魂只有依托肉体才能显示其活力一样，永恒也只有依托变化才能显示其价值。大概正是基于这样的思想，所以《灵的进程》才借自然万物的变化与死亡以实现灵的再生与永恒，而《第一周年》和《第二周年》也才借尘世的腐朽与僵死以反衬灵的美丽与神圣。

悖论是明显的，诗人用以解决悖论的方式也是明显的，作品所透射的基本用意也同样是明显的。但是，这一悖论的有效性却是有限的，因为如果说只有肉体的消亡才能衬托出灵魂的轮回，那么万物的变化则不一定烘托出"女人的理念"的永恒。《灵的进程》借"人之道"反衬"神之道"，《第一周年》借德鲁里小姐的永生之灵解剖腐朽的现实世界，《第二周年》让"宇宙灵魂"徘徊在今生与来世之间，如此等等，都让人觉得除了悖论之外，恐怕还有构成悖论的各因素间的相互作用，它使诗人处于一种难以解脱的矛盾心理中，既构成了恒变主题的基本心理条件，也显示着变化的时代对诗人的影响，以及在面临这些变化时诗人思想深处的某种混乱。

与此同时，多恩史诗中的自我主题、生命主题和爱情主题，之所以有一种强烈的思辨色彩横贯始终，则与恒变主题有着千丝万缕的联系。甚至还可以进一步说，前面三个主题都是受制于恒变主题的。在更深的层次上，多恩的恒变主题还是"大我"和"小我"的矛盾统一的再现：一方面它决定着多恩诗歌的悖论特色，另一方面也充分揭示出诗人对人生价值的痛苦追求。从这一意义上说，多恩的恒变主题，不仅最能反映"小我"的生活经历，而且最能反映"大我"的时代特点和时代精神，所以其背后的核心思想，犹如自我、生命和爱情一样，依然是对生命之本原存在、基本意义和最高价值的终极关注。

从"小我"的层次看，多恩的恒变主题及其对生命的终极关注，与他那丰富、多变而坎坷的生活经历必然有着直接的关系。一般认为他的人生巨变有两个：一是1601年12月的婚姻，二是1615年1月的皈依国教①。二者都对他有着巨大的影响，也都彻底改变了他的生活轨迹。事实的确如此，可又不止于此，因为他还经历了包括生离死别在内的许多其他改变。仅1601年之前，他的家庭就有六人，或死于疾患，或死于宗教纷争②。完全可以想象，一个虔诚的天主教家庭，既要面临政治和宗教的双重迫害，又要面对病痛和死亡的严峻威胁，其对生存和前途的担忧必定是巨大的。生与死的问题，不仅是哈姆雷特的舞台独白，更是特定人群的现时状况。因此，恒与变的问题，不仅只是形而上的纯然思辨，同时也是形而下的生死抉择。从这个意义上说，多恩的恒变主题，本身就是对自身生命的一种深切关注。三部曲中的"自我主题"，恐怕与此有着密不可分的联系。

对此，还可以从多恩的座右铭中看出。在保留下来的为数有限的多恩画像中，最早的一幅，按左上角的标志，作于1591年，其右上角一条极具装饰效果的彩带上书有四字："宁死毋变"③。这就是诗人一生中最有名的一个座右铭。从中可以看出，诗人所毕生关注的乃是"死"和"变"的问题。在《多恩的生平、思想和艺术》中，卡里在评述多恩这一座右铭中的"变"字时，曾这样说道："他[多恩]并不把变看作一种永难调和的外部力量，而是把它当作自己的一个部分。所以谈论自己也就是谈论变化，而他的所谈本身也就是变化。"（Carey 167）卡里的话原本是针对多恩的短诗

---

① 对此，有人说"皈依"，有人说"背教"，虽出发点不同，但所造成的心理影响却是毋庸置疑的。同时也表明，既然存在两次巨大变化，那么其生平也就应该相应地分作三个阶段。

② 根据鲍尔德的《多恩传》，多恩的父亲约翰死于1576年，大姐伊丽莎白死于1577年，五妹玛丽和六妹凯瑟琳死于1581年，继父约翰·赛明斯死于1588年，四弟亨利死于1593年。同一时段内，还有1582年和1592~1593年的伦敦大瘟疫、1587年的处死玛丽女王及教皇对英格兰的讨伐、1591和1593年对不服国教者的镇压等。凡此重大事件，都是多恩的亲身经历，对其思想观念和生命价值的形成也都有着直接的影响。

③ 原文为 Antes muerto que mudado。这个座右铭在各种版本的多恩传记中都有提及，但其英文翻译略有差异，显示着理解重点的不同。沃尔顿《多恩传》将其译作 How much shall I be changed before I am changed（xlvi），强调"变"；后来的传记则大多译作 Sooner dead than changed，强调"恒"。前者与他所描写的多恩的生命历程是一致的，后者则更接近于拉丁原文的意思。

的，因为在他看来，多恩的诗不落俗套、变化多端，所以读任何一首都要特别注重其思想的变化和走势，保持与诗人的"对话"，因为诗的进程就是一个对话的过程、一个不断变化的过程，所以只有读到诗末，我们才能充分理解其意义。这个观点是颇有见地的，不仅很好地总结了20世纪80年代以前的多恩研究，也为后来的多恩研究，特别是文本研究，提供了一种有益的方法。但是，如果说卡里的方法更适合于解读多恩的短诗，那么他关于"变"在多恩诗中的地位和作用的理解，则同样适合于多恩的三部长诗，因为多恩座右铭中对"变"的关注，正好也是其史诗三部曲中的终极关注之一。从这个意义上说，诗人之所以反复地将灵的历程看作自我历程，乃是借"大我"以观"小我"的一种尝试，因为正是借助于这种尝试，诗人才摆脱了中世纪的神秘主义传统，才为外化的象征注入了内在的生命活力，也才实现了灵魂主题向人文主题的重要转化。

从"大我"的层次看，多恩的恒变主题及其对生命的终极关注，更与他的时代有着千丝万缕的联系。首先，身为伊丽莎白一世、詹姆斯一世和查理一世的臣子，他先后经历了一系列政治、经济、文化、宗教等的重大变化，如直接参与对外战争、出使欧洲大陆调解宗教矛盾和国家间的纷争等。其次，在很大程度上，他的个人生活本身就是与公众生活紧密相连的，这一点，除他的圣保罗教堂教长的身份以外，前文提到的《告别辞：节哀》及《诗信》中的绝大多数作品也都是有力的例证。再次，就三部长诗而言，它们全部创作于多恩生平的中间阶段，它既是诗人一生中最富变化的阶段[①]，也是17世纪的初期阶段，而这一阶段的根本标志，如果用一个字加以概括，那就是"变"，因为"变是16世纪末的一个流行主题"（Carey 167），也是17世纪初的一个流行主题。这个世纪主题最终促成了诗人"恒变"思想的定型。

目前的口头禅之一是"社会转型期"，而多恩的时代也正处于社会转型期中。宗教的改革、政治的动荡、经济的发展、科学的进步等，都是这种转型的重要方面，也都涉及社会生活的各个层面。其结果，犹如任何的社会转型一样，是多重的、复杂的，也是伴随着痛苦甚至死亡的。多恩在其作品中，曾多次用到各式"镜子"的

---

① 1603年伊丽莎白一世去世时，多恩31岁，其《灵的进程》就是在此之前创作的，同期内完成的还有《歌与十四行诗》和《挽歌》中的多数篇目。1625年詹姆士一世去世时，多恩53岁，这段时间，他完成了婚姻和宗教两个转变，并创作了《第一周年》《第二周年》《应急祷告》，以及《神圣十四行诗》的部分诗作。从表面看，得出"少狎诗歌、老娶神学"的结论，似乎是理所当然的。但这样的理解必须符合一个先决条件，那就是两阶段划分。而要符合这个条件，就只能忽视其三部长诗之创作和发表的中间15年。鉴于这15年的生平属于传记范围，非本书的研究对象，故而这里不作展开。

意象，比如《封圣》中的"你们的眼睛（于是被造成／镜子、望远镜，给你们把一切缩映）"(43-44)①，又比如《第二周年》说"通过镜像看去，一切都显得巨大"(293)。帕特里德斯注释后者说"镜像"即镜子或望远镜(Patrides 279)；而泰勒的《多恩之女人的理念》的全书就是以镜子意象为基础写成的，尽管所强调的乃天文望远镜。如果说他的诗就是一面镜子，那么镜子里的一切只能来自于那个时代本身，因为"作为概念形态的文艺作品，都是一定的社会生活在人类头脑中的反映的产物"(毛泽东48)。上面所分析的自我、生命和爱的主题，除具有本体的性质和深切的关注以外，也不能不打上时代的烙印，而这个烙印，在多恩的史诗中，就是秩序的混乱、美德的丧失和生命的凋谢。

从这个意义上说，"毋死即变"不仅是多恩个人的，也是多恩时代的一个座右铭；而作品中的痛苦与死亡，同样既是诗人的，也是社会的。威廉森在谈论诗中的痛苦时，曾引普廷汉姆《英诗艺术》，因为后者说多恩"不仅用医药来治疗人类的普通疾病，而且还将痛苦本身看作治疗疾病的一个部分"(转引自 Stringer 6：318)。这至少说明，从普廷汉姆到威廉森再到斯特林格，都是从"大我"角度看待多恩作品的。如果说史诗中的"宇宙灵魂"在"小我"层次上展示了自我的心路历程，那么在"大我"层面上则展示了整个世界的混乱及其走向死亡和再生；如果说史诗中的恒变主题，在前一意义上再现为自我主题，那么在后一意义上则再现为生命主题。多恩的恒变主题，无论从"小我"还是"大我"的角度，都体现为对自我和生命的终极关注。这种关注本身就是形而上的，又是受制于神本主义的，所以在三部作品中，诗人对痛苦总是抱以克制的态度，而对死亡则总是抱以宗教的态度。故此，痛苦成为神对人的考验，而死亡则成为通向再生的路径。"女人的理念"于是转化为"大我"的象征，在"人之道"的艺术里成为神对人的考验，而在"神之道"的艺术里则成为通向永恒的必由之路。

正是由于这种象征，所以"她"所代表的"宇宙灵魂"，在《灵的进程》中是为"大我"的堕落和人性化的开始，在《第一周年》中成为"大我"的反射和理性化的开始，而在《第二周年》中则升华为"大我"的渴望和神性化的开始。这三种开始明显地带有浓厚的基督教神秘主义色彩，因为人性化与道成肉身、理性化与认识真理、神性化与肉身成道，都是基督教的。与此同时，三种开始又都具有很强的过

---

① 此处引语为傅浩所译(傅浩 33)。另外，多恩《早安》第 15 行"我的脸在你眼里，你的脸在我眼里映出"，虽然没有明说，但仍然是把"眼"比作"镜子"的。

渡性，因为，如果说《灵的进程》结束于《第一周年》，而《第一周年》结束于《第二周年》，那么《第二周年》则似乎并未结束，对此，其第八部分和"结论"部分均有暗示。比如，在正文第八部分的结尾处，诗人在肯定"她"去往天堂的同时，又以插入语的形式，补充了一句，说"留下了这样一个肉体"（501），并进而认为"她"有两个灵魂，好比书卷有两个面一般（503-504）。而"结论"部分正是以此起笔，虽然明确了"她"是"永恒的圣女"（516）与"生命和死亡的范式"（524），但更多的却在于证明自己的作品可以承载"她"的理念，所以肉身成道的"宇宙灵魂"虽然完成了一次生命之旅，但对神性的追求并没有因此而最终完成。

为什么会这样呢？明显的答案是，据沃尔顿的《多恩传》，诗人原本计划每年写一部周年诗纪念的，但这个计划却终止了，至于原因已无可考证，所以我们今天所能读到的，犹如《灵的进程》一样，只是"片断"而非全部。事实上，批评家们也大多持这样的看法。但笔者认为，这恰好说明，从《灵的进程》到《第一周年》再到《第二周年》，如果分开看，都可以称"片断"，但合起来，正如前面所分析的，又正好是一个完整的历程；比如，《圣经》中"浪子回头"的故事，如果分开看是完整的，而如果放在整部《圣经》中则只是一个片段。同时也说明，三部作品的走向及其所体现的三个开始，似乎都在暗示：对人性、理性和神性的渴望，至少在诗人看来，是永无止境的，正如我们今天对美好生活的向往也是永无止境的一样。另外也说明，这种无尽的渴望及其因此而展开的灵的全部历程，使三部作品的恒变主题，能在彼此的相互关联中得以进一步增强，其直接的结果是：首先，人性化不是一个静止的状态，而是一个动态的永无止境的深化过程；其次，三部作品不再是宗教伦理化的说教，而是具有寓娱功能的文学活动，它使史诗的灵魂主题得以向人文主题渗透；再次，史诗中的自我主题、生命主题和爱情主题，除了具有本体意义之外，还具有深刻的认识论价值，而这却得益于恒变，亦即说是恒变使自我、生命和爱的内涵得到了极大的拓展和提升。

从这个意义上说，多恩的灵魂三部曲，既是一曲自我之歌、生命之歌、爱情之歌，也是一曲恒变之歌。自我、生命、爱情、恒变，相互作用、相互增强，一同构成"宇宙灵魂"在其全部历程中的基本主题。它们既是逐渐推进、严肃认真的，又是相互依存、一贯而终的。首先，通过四个基本主题，诗人探索了灵与肉、生与死、情与理、美与丑、神与俗等一系列具有形而上意义的范畴，并以灵魂的历程为线索将这一切联系起来，用以讴歌普遍的人性，鞭笞丑陋的现实，思考真善美的关系，探究人的生命价值及其意义，既有很强的哲理性，又体现了主题的严肃性。其次，四个主题都是从基督教人文主义思想的角度，对自我、生命、爱情和恒变的终极探索，这一探索又与"小我"和"大我"交织在一起，使三部作品具有较强的主体感、时代感和使命感，也使四个主题的寓意得到了进一步的融会和增强。再次，三部作品虽然存在诸多不同，比如，《灵的进程》分节而《第一周年》和《第二周年》则分段等；但它们却有着更多的相同之处，比如，都由双韵体写成，也都有自己的吁请，正文又都由八个部分构成等。这些相同与不同，既显示着对传统的继承，也昭示着诗人的创新，而继承与创新的结合，于三部曲中的体现，则是叙事和思辨的较好统一，它使灵魂的整个历程不仅与诗人的心路历程水乳交融，也与人类在社会转型期对自身的生存方式、生存意义、生存价值的思考，有着密不可分的关系，因此四大基本主题虽然处于互动之中，但其核心却是生命。

这些都说明，《灵的进程》《第一周年》和《第二周年》既是独立成篇的，又是内在统一的。就前一意义而言，它们都可称作"片段"；就后一意义而言，它们又是三位一体的佳作，是一首特殊而严肃的灵魂三部曲。其严肃性体现着诗人的创作态度与价值取向；其特殊性体现着神本视角的人文关怀，而人文关怀的核心，则是包含自我、爱情和恒变在内的生命主题。

但丁在《致斯加拉大亲王书》中，曾将诗的意义分为字面的、寓言的、哲理的和神秘的四种。比如《神曲》，"通过文字得到的是一种意义，而通过文字所表示的事物本身所得到的是另一种意义。头一种意义叫做字面的意义，而第二种意义则可称为譬喻的、或者神秘的意义"（转引自伍蠡甫 159）。就《灵的进程》《第一周年》和《第二周年》而言，或许可以借但丁的理论，做这样的简单表述：通过字面意义得到的是"宇宙灵魂"及其"全部历程"；而通过文字所表示的"宇宙灵魂"所得到的，则是自我、生命、爱情和恒变。在前一意义上，多恩的史诗是一曲灵魂之歌；而在后一意义上，则这曲灵魂之歌也是一曲自我之歌、生命之歌、爱情之歌和恒变之歌。前一意义给出了"宇宙灵魂"的外化象征主题；后一意义则给出了人文关怀的四大基本主题。由于这些主题是横贯三部作品的始终的，所以如同创作态度、"宇宙灵魂"、谋篇布局和神本主义一样，自我主题、生命主题、爱情主题和恒变主题，也都体现着多恩灵魂三部曲的内在统一性。

第四章　三部曲的宇宙人生

多恩诗的最大特点之一，如前面的分析所示，就是用灵魂的歌声表现人文的关怀，或者说将人生的思考交付灵魂的历程。正因为如此，他的三部曲才处处表现着对事物的本质、存在的本质、人的本质等的追问。这种追问，因借"宇宙灵魂"加以再现，又反映着诗人对生存方式、生存意义、生存价值等的深切关注，所以具有强烈的宇宙人生指向。前面的分析显示，三部曲的"宇宙灵魂"，连同其四大基本主题，都反映着诗人的宇宙人生意识。

因此，对三部曲的研究，如若再进一步，深入其宇宙人生层面，必将更有助于理解"大我"与"小我"、"尘世之旅"与"天堂回归"，以及灵与肉、一与多、神与俗、时与空等的互动关系，进而在更广的范围和更深的层次上，去把握四大基本主题的深刻内涵。更为重要的是，三部曲的创作时间是明确的，其中的主题和内涵与多恩的其他作品也是相通的，因此，这样的探究也必将有助于理解其爱情诗、宗教诗和散文之间的基本互动关系，进而理解多恩的核心思想及其在作品中的再现。根据马克思的观点，人都是社会的人，体现着各种社会关系的总和，有着与之相应的世界观、人生观、价值观，多恩当然也难以例外，而这也同样涉及他的宇宙人生意识。

毋庸讳言，无论国内还是国外，宇宙人生都是传统文化的重要组成部分。正因为如此，所以不同的民族、不同的个人、不同的时代，其宇宙人生的内涵并不完全相同。那么，具体到多恩，其宇宙人生又是什么呢？简单地说大概可以作这样的概括：以宇宙重建为背景，以"毕氏学说"和哥白尼新学为支撑，以基督教信仰为核心，以和谐意识、运动意识、一多意识、悖论意识、个人意识为主要内容的游离式宇宙人生的反思。

第一节　诗化的宇宙重建：一个世纪的主题

在自然科学的发展顺序中，"首先是天文学——游牧民族和农业民族为了定季节，就已经绝对需要它"（恩格斯 27）。天文学不仅限于形而下的"定季节"，还包括形而上的天人关系，借汉语表达，就是天道观。《易经》说"观乎天文，以察时变；

观乎人文，以化成天下"。这一思想不但揭示了乾元变化、万物化生的宇宙起源，还以"天文"与"人文"对举、"察时变"与"成天下"呼应，指出了天人关系的一体性。天文还有"天象"之义，且也与天道观相通，所以《易经·系辞》既说"在天成象，在地成形，变化见矣"，也说"天生神物，圣人则之；天地变化，圣人效之。天垂象，见吉凶，圣人象之；河出图，洛出书，圣人则之"。这种"在天成象、在地成形、圣人效之"的天道观，虽发端于先秦，但其影响至今依然可见。比如，"人与自然和谐相处"的理念，便可上溯至董仲舒《春秋繁露·阴阳义第四十九》之"天亦有喜怒之气，哀乐之心，与人相副。以类合之，天人一也"[①]。可见，天文与人文的对应，或"天人一也"，存在着明显的宇宙人生意识。

宇宙人生意识，绝非国学所独有，在西方文化中，同样有着广泛的认同和悠久的历史。原因固然很多，但最根本的，恐怕在于两个：一是天文的核心在于宇宙，二是宇宙的核心在于和谐与秩序。首先是天文。我们知道，英语中，"天文学"叫 astronomy，"天文学家"叫 astronomer；后者源自希腊语 astronomia，而 astronomia 乃 astron（"星"）和 nemo（"列序"）之复合，所以，从词源的角度，"天文学家"乃排列星序之人，相应地，"天文学"就是排列星序之学，二者的重心都在一个"星"字。其次是宇宙。英语中，"宇宙"叫"科斯摩斯"（cosmos），源自希腊文 kóσμος，本义为"和谐""秩序"。最先用"科斯摩斯"来指称宇宙的，据说就是毕达哥拉斯（胡家峦 13）；而毕氏的"科斯摩斯"则被认为是"太阳、月亮、行星作匀速圆周运动的地方"（宣焕灿 83）。这意味着，天文学家所排列的就是"科斯摩斯"中的诸星；同时也意味着，古代西方天文学家，如同华夏祖先一样，都注重星象，特别是星象的和谐与秩序。这就是天文角度的"大宇宙"，与之对应的则是人文角度的"小宇宙"，恰如托马斯·布朗在《医生的宗教》中所说的："我们是上帝的呼吸、上帝的形象，这一点不可置疑，并已载入《圣经》；不过我们却自称'小宇宙'或'小世界'。"（Browne 1723）由此可见，无论从天文核心还是宇宙核心，抑或是二者统一的角度，古代西方宇宙论，也如同华夏宇宙论一样，包含着"天文"与"人文"的相互映照。这样的宇宙观，必然体现出宇宙人生意识。多恩的《挽马卡姆夫人》中的"人是世界，死是大海"(1)、《神圣十四行诗第 5 号》中的"我是一个小世界"(1)、《应急祷告》中的"将人称为小世界太过小气……人乃大千世界"(23)等，都明显带有宇宙人生意

---

① 现行高中语文课本中有冯友兰的《人生的境界》，冯先生之人生四界，由低到高，依次为自然境界、功利境界、道德境界和天地境界；而"天地境界"亦即"天人一也"的境界。

识；而他的《应急祷告》的下述话语，则与"在天成象、在地成形、圣人效之"的天道观，可谓异曲同工。

> 地是我肉体的中心，天是我灵魂的中心；天地乃灵肉的天然归属，但灵与肉的升降身却并不相同：肉的沦落无需助推，灵魂的上升则必需助拉。……然而，神悬我于天地之间，犹如一颗流星；我不在天，因为泥的躯碍着；我也不在地，因为天的灵系着。①（Donne，*Devotions* 12-13，20）

应该说，多恩的宇宙人生意识，早在 17 世纪就有了相当的认同，这一点，从首版《多恩诗集》所附的一系列挽歌中，可以看得比较清楚。但将其作为研究对象，还是 20 世纪的事，而且是与哥白尼日心说紧密联系的。1912 年，格瑞厄森教授在其两卷本标准版《多恩诗集》中说，"新学"是多恩诗最为有趣的主题之一，因为与丁尼生《悼汉勒姆》和弥尔顿《丽西达斯》相比，多恩更倾向于前者，也更关注"科学的进步"（Grierson，*Poems of John Donne* 2：xxviii）。格瑞厄森所说的"科学"，指的是哥白尼的日心说，也就是"新学"；之所以"最为有趣"，是因为在格瑞厄森看来，丁尼生和多恩都承认"新学"对"旧学"的冲击，也都有着强烈的怀疑态度，但二人的怀疑对象却截然不同：丁尼生怀疑宗教信仰，而多恩则怀疑科学。为了支持这一论点，他还举了几个实例，其中之一就是《第一周年》的下列诗行。

> 还有那新学，叫人怀疑所有的一切，
> 而火的元素啊，已经被人全然扑灭；
> 太阳弄丢了，接着是地球，没有人，
> 能凭自身的智慧，去为它指点行程。
> 人们一致承认，这个世界已然丧尽，
> 哪怕搜遍了苍天，以及所有的行星，

---

① 这里的引文分别出自《应急祷告》第 2 章"冥想"与第 3 章"劝戒"，林和生译作"思考"和"自我勉励"。多恩的原文为：Earth is the centre of my body, heaven is the centre of my soul; these two are the natural places of these two; but those go not to these two in an equal pace: my body falls down without pushing; my soul does not go up without pulling...As yet God suspends me between heaven and earth, as a meteor; and I am not in heaven because an earthly body clogs me, and I am not in earth because a heavenly soul sustains me. 林译本为："尘世是我肉身的凭据，天国是我灵魂的凭据。尘世和天国分别是肉身和灵魂的归宿。然而，肉身奔向尘世，灵魂奔向天国，两者的步履不一样。肉身不用推力朝着尘世坠落，灵魂没有帮助就无法奔向天国……然而，上帝把我悬置于天国与尘世之间，像一颗流星；我无法存身天国，因为肉身拖累着我，我也不完全属于尘世，因为属天的灵魂支撑着我。"（林和生 11：19-20）

想找寻些许新的线索，也徒是枉然，

连搜寻本身也都崩溃成无数的尘寰。（205-212）

在格瑞厄森之前，考托普也曾引过这些诗行，用以证明多恩心中那"新的哲学与旧的神学之间的冲突"，以及由此而来的"普遍的怀疑主义"（Courthope 162）。在考托普那里，所谓"新的哲学"（the new philosophy）就是日心说，而"旧的神学"（the old theology）则是以地心说为基础的神学，二者实质上就是格瑞厄森所说的"新学"与"旧学"。格瑞厄森不但将"旧学"作了引申，借以表明他接受了考托普的基本看法；而且还进一步将其放到整个 17 世纪的大背景中加以分析，得出了这样的结论："新学"取代"旧学"之后，地球的空间位置发生了"位移"，动摇了各要素的向心性，影响了 17 世纪的所有诗人，而多恩则是他们中"最有警性的"，所以只有在他的作品中，才可以找到"旅行家、天文家、生理学家和医生等的种种全新发现"（Grierson, *Poems of John Donne* 2：189）。自此以后，许多编辑和批评家，如斋藤、拉尔夫·克鲁姆、玛丽·兰姆塞、西奥多·斯潘塞、格兰特·麦科利、琼·本内特、乔治·威廉森、梅里特·休斯、雷什曼、尼科尔森、查尔斯·科芬、亚瑟·威尔逊、马茨、丽萨·戈顿、约翰·海沃德、曼利和多乔泰等人，都在多恩身上，或多或少地看到了"新学"的影子，也都作过或深或浅的介绍和评价（Stringer 6：403-411）。

综而述之，大概可归纳为"二同二异"。"二同"指出发点和对象都基本相同：前者都立足于"新学"，后者都集中于短诗。"二异"包括"新学"的内涵和诗人的态度两个方面。在诗人态度上，大概有以下三种认识。第一种以格瑞厄森、克鲁姆、威廉森等绝大多数为代表，认为诗人虽关注"新学"，但对之却抱以怀疑态度，表现了强烈的悲观情绪，反映了一种特殊的"现代性危机"（Le Comte 95；Stringer 6：408）。这是因为在格瑞厄森、克鲁姆、威廉森等人看来，多恩研究所以在 20 世纪复兴，根本原因就在于这种"现代性危机"（crisis of modernity）正好是 20 世纪作家所面临的一大困惑。第二种以伯特伦·约瑟夫、海勒姆·海登和丽萨·戈顿等少数人为代表，认为诗人的态度是正面的，作品中的许多意象，尤其是地图的意象及其运用，就是最好的证明，正如丽萨·戈顿在她的获奖论文《多恩的空间》中开宗明义地说："多恩的作品显示，他对种种新发现都是极度入迷的。那些地图术语，那些发现给他极大的惊喜。"（Gorton 1）第三种是介乎两者之间的本内特和罗伯特·欣曼等人，在他们看来，诗人对"新学"从未有过任何明确表述，因此若确有什么深意，也只能是别的东西而不是"新学"本身。在"新学"的内涵方面，看法更是多样。首先，格瑞厄森、西奥多·斯潘塞、多乔泰等多数人都认为，"新学"就是哥白尼的日心说；而查尔斯·科芬和雅可布·布洛诺夫斯基等则认为，"新学"只是开普勒、吉尔伯特和伽利略的日心说。其次，玛丽·兰姆塞、S. L. 贝蒂尔、詹姆士·温尼等认为，"新学"是物理科学或自然科学；而马丁·特尼尔、约翰·海沃德等则认为，"新学"乃是一种观念或者以观念为背景的一种心态。最后，梅里特·休斯、乔治·威廉森等人从多恩的布道文中得到暗示，认为"新学"乃是"邪恶的征兆"；而科芬则从才气角度，认为"新学"是一种"玄学张力"，属"诗性想象"（Coffin 81）。

"二同二异"的种种说法，基本出自编辑之口，多属"点到为止"；只有极少数，如查尔斯·科芬和多乔泰，以专著形式作过专门研究。科芬的《多恩与新学》出版于1937 年。在他看来，多恩所以关注"科学的进步"，得益于剑桥的学术氛围、自身的刻苦努力和初现端倪的"新学"。但这个"新学"，并非格瑞厄森所说的哥白尼天文学，因为哥白尼的著作之所以为人接受，在于它又一次证明了毕达哥拉斯和新柏拉图主义的信念，即自然的神性就体现在宇宙的和谐之中，并以数理和几何结构的形式呈现于世人面前。从这个意义上说，所谓"新学"首先是对自然现象的一种观察，是一种知识的积累，而不是一种真正的"学说"，其所以对诗人产生吸引力，归因于开普勒、吉尔伯特和伽利略等人，是他们将其与经验相结合，从而为"诗性想象"开辟了全新途径。在此基础上，科芬分析了"新学"在《第一周年》和《第二周年》中的运用：于前者，"新学"是冲破旧的世界模式的力；于后者，"新学"则是灵魂与新近发现的世界相互协调的基础。二者都出于德鲁里小姐的早逝，而诗人的才气则源自伽利略和开普勒的宇宙观（Coffin 38-101）。科芬在说到"新学"并非一种"学说"时，其原文是doctrine（65），而非 school、learning、philosophy 等。另外，科芬强调的伽利略和开普勒宇宙观的影响，可以与雅可布·布洛诺夫斯基在《人之上升》中的下述评价相比较。

109

哥白尼的理论体系，对于他所处的那个时代而言，则显得大逆不道，格格不入，尽管天体行星依旧在不停地运转着。（有一个曾在布拉格从事研究的年轻人，名叫约翰尼斯·开普勒，正是他证明了行星运行的轨迹实际上是呈椭圆形的。）不过，这类问题，在那时，既不是平民百姓所关心的，也和神父教士们毫不相干。他们对于天体轮回的理论，仍然信守不渝：日月星辰都应该而且必须围绕地球而转动。这已成为一个信条，似乎教会已经断然认定，托勒密体系不是由一个居住在地中海东部地区的希腊人发明的，而是由全能的上帝一手创造的。显然，这场争论的核心，不是学说本身，而是权势的问题。（布洛诺夫斯基 131）

由此也可以看出，科芬实际所关心的并不是"新学"，而是多恩的才气，亦即"诗性想象"及其在两部长诗中的表现。

多乔泰也论及"新学"对多恩的影响，但他所强调的不是伽利略而是哥白尼。在《解读多恩》一书中，多乔泰从科学话语、社会文化和审美情趣三个方面对多恩进行了研究，其中"科学话语"即哥白尼对地球的定义。在多乔泰看来，"新学"就是一场革命，不仅实际内容如此，而且从科学话语角度看，也同样如此，甚至更胜，比如，哥白尼将地球归入"游走的星"，就包含着颠覆性的革命，可谓意味深长，因为，

> 在哥白尼的拉丁文本中，"游走的星"为 errantium syderum。在这个意义上，"游走"等同于"失误"或"偏离正途"。所谓"星球的失误"，其实就是星相计算所得的理论位置与经验观察所得的位置之间的距差；似乎这个星球已从其理所应当的地方"游走"开了一般。这种语言上的表述是至关重要的。既然地球处于"失误"或游走的状态中，那么与其说人类因某种意外而可能导致失误，毋宁说失误本身就是栖身地球的人类的基本状况。（Docherty 18）

多乔泰与科芬一样，也肯定"新学"对诗人的想象有着巨大作用。由于地球不过是"游走的星"，所以固定不动的人类家园即伊甸园，也就不复处于宇宙中心了，导致的结果是多维的，其中之一是多乔泰所说的"失误和恒变主导下的诗性想象"（Docherty 19）。同样是由于地球的游走，许多原本固定的关系，如人与空间的关系、文本与内容的关系、事件与环境的关系、人与人的关系，甚至"小我"与"大我"的关系，都随之改变、不再明确了。多乔泰借格瑞厄森的术语，将其称为"位移"，又借当代德国著名哲学家汉斯·布卢门贝格《现时代的合法性》中的话，将其归于哥白尼革命所带来的"宇宙重建"，因此他说：正是由于这种"位移"，才使"宇宙秩序的建构成为后中世纪人的唯一基本主题"（Blumenberg 24）；相应地，"哥白尼以后，欧洲文明史演变成了一系列的企图，旨在使地球回归中心、回归稳定"（26）。多乔泰本人对多恩的研究，便是在这样的认识前提下展开的。但他所关心的只是多恩的短诗；至于长诗，只提到《第一周年》，且仅有三处，又都极为简略。第一处在第39页，引原诗第205~218行，目的在于证明多恩《日出》一诗的主题，特别是历史主题；第二处在第94页，只提到诗名，没有具体诗行，只有一个评述，说该诗表面上是写德鲁里小姐的生平，而实际上这个生平却近乎虚无；第三处在第312页，引原诗第91~94行，用以说明诗人对疾病的反应。

　　由于多乔泰的观点是对格瑞厄森和科芬的观点的综合，所以值得特别注意。而尤其值得重视的是他首先将"宇宙重建"引入多恩研究。他所以引入"宇宙重建"，在于说明"后中世纪"的诗必然是晦涩的，所以进入其著作的主体后，便全力集中于短诗的"解读"，不但对"旧学"只字未提，甚至"新学"也极少出现。后来的多恩研究，对多乔泰虽时有提及，却忽视了他所提出的"宇宙重建"的概念。尽管如此，他从"宇宙重建"入手，却有着极为重要的意义，因为"宇宙重建"，正如前面分析所示，不只属于"后中世纪"，也属于 17 世纪，而且本身就是多恩宇宙人生意识的重要组成部分之一。

　　那么，宇宙重建何以成为多恩宇宙人生的组成部分呢？我们知道，宇宙重建的直接原因在于新旧宇宙的碰撞，这就是"新学"对"旧学"的冲击，借多乔泰的术语，就是"失误"（the Error）对"正途"（the Correct）的冲击。所以，宇宙重建问题，表面上似乎只是天文问题，而实质上却是宇宙观问题，亦即宇宙重建背后的天人对应关系的问题。这种关系原本就存在于"旧学"之中，并以和谐的理念扎根于人们的信仰。因此，如果说它以前还处于潜意识状态，那么"新学"的冲击则将其陡然唤醒，位居意识系统表层了；如果说以前还只是一种信仰，那么"新学"的冲击则使之越发突显了。正是由于这样的原因，"新学"才成为 17 世纪的"口头禅"，而宇宙重建也才成为一个"世纪主题"（Ford 24）。

　　作为世纪主题，宇宙重建所涉及的，不只是"最有警性的"多恩，也包括哲学家、神学家，甚至包括普通百姓。于哲学家和神学家，"新学"的冲击意味着对"旧学"的怀疑，而经院哲学和神学的基础就是"旧学"；于普通百姓，"新学"的冲击意味着信仰的危机，因为原本所认定的信仰，本身就是基于经院哲学和神学的。更重要的是，"新学"的冲击与占星术联系在一起[1]，加之詹姆斯一世时代的政治斗争、

111

---

　　① 多恩《告别辞：论窗上我的名字》第 33~36 行说："一如所有对准星位的／美德的力量，据说都注入／这些名字中（它们被刻下之时，／正当那些星高悬天际。"（傅浩 67）
　　又，《应急祷告》第十章"冥想"："尽管天狼星会引起瘟疫，呼出疾患，但我们知道它何时升起，所以我们穿上衣服、遵规饮食、藏身荫下，便足以预防。可彗星和烈星，却没人可以阻止它们的影响，也没人知道它们的含义规定者，没人可以预测，没有历书告诉我们它们何时爆发，这是秘密，也没有星相家告诉我们它们的影响何时才会过去，因为那是更高一层天的秘密。"（Donne, *Devotions* 64）
　　另，占星术与天文学的关系，可以从开普勒对星象学的信任中看出。此外，当时盛行的炼金术都有人生指向，这在多恩诗中也有体现，他甚至还把炼金术与诗歌创作相提并论，比如，在题为《致 D 的 E，附神圣十四行诗六首》（To E. of D. with Six Holy Sonnets）中，诗人将自己所作诗篇呈送对方，并请以"太阳那热烈而刚健的火焰"加以锤炼。他称 E. of D. 的判断力和创造力"作为烈火，能精练这些不纯的诗，或作为灵丹，能点化它们成为金子；你就是那炼金术士，总是富有机智，你的一星火花就能化坏为好"。

经济矛盾、宗教冲突，以及江河日下的道德准则，又增强了业已形成的悲观情绪。

但是，悲观并不是绝望，"新学"非但没有立刻取代"旧学"，反而促成了对一系列问题的追问，包括人性问题、位置问题、价值问题、生存问题、真理问题、知识问题等。这一系列的追问，实质上乃是带有认知成分、探索成分、究问成分的一种再认识，其中也包括对"新学"本身的再认识、对历史遗产的再认识，以及对人自身的再认识。由于历史的局限，特别是根深蒂固的"旧学"概念，人们还只能以类别的方式去认识各种关系；然而其导致的结果却是划时代的，其中最具传统意识和创新意识的，一是以人性觉醒为标志的文艺复兴精神，二是以对应关系为核心的认识论。虽然二者都并非出自宇宙重建，但宇宙重建却使二者得到了进一步的发展，不但越发清晰、越发突出、越发彰显，而且也越发具有宇宙人生的指向。比如，斯宾塞的《仙后》首次把 Err 拟人化为角色、莎士比亚悲剧中的月蚀等天象的描述、琼生的气质型人物的塑造，凡此种种，既有人文精神的表现，也有天人对应的思想，因为其中心问题，都是重新认识人的特性、位置及其与世界的关系。可见，文学领域中的宇宙重建，同样也不仅限于"最有警性的"多恩。

前面说过，多恩的时代是社会转型的时代。其最典型的文化特征，乃是根深蒂固的金字塔似的社会等级和"存在链"的观念，这些观念和"新学"一道，共同构成著名的"古今之争"。这个争论究竟始于何时，已经不可考证①；但从宇宙观的角度而言，有一点当是毋庸置疑的：在"古今之争"中扮演主角的，一是哥白尼开启的日心说，二是毕氏开启的地心说。一般认为，多恩是极具现代意识的诗人；可在以"新学"和"旧学"为核心的"古今之争"上，他却处于两可两疑之间。比如《灵的进程》，一方面是毕氏理论，另一方面又是种种讽刺；又比如后面将分析的《依纳爵的加冕》，一方面故意把哥白尼放入地狱，另一方面又设法把他赶出地狱。即便在格瑞厄森所引的后来成为经典的多恩诗行中，"还有那新学，叫人怀疑所有的一切"之"一切"，联系整部作品，也是既包括"旧学"又包括"新学"的，所以才有太阳和地球双双均被弄丢之说。这种两可两疑，借多恩《致贝德福德伯爵夫人》的话就是：

> 估算了所有的年岁和自己，发现我本人
> 既非旧时的债务人，也非新时的债权人。(6-7)

---

① 在文学批评领域，德莱顿《论戏剧诗》就是这一争论的集中表现，但它所代表的，既非争论的开始，也非争论的终结，而是争论的继续。

　　那么，这是否意味着多恩没有立场可言，或者格瑞厄森之"最有警性"说不能成立呢？或者进一步，多恩从天主教到新教的转变是不彻底的呢？或者退一步，多恩的内心蕴藏着深深的痛苦呢？为了回答这些问题，有必要对作品中的人文精神，特别是对应关系，作进一步的考察。

　　首先是人文精神。毋庸置疑，人文精神乃人文主义的核心。由于人文主义是从神本主义脱胎而来的，而在多恩作品中，神本与人本又是处于互动关系之中的，所以多恩的人文精神既有"宇宙灵魂"及其体现的神本主义，也有四大基本主题及其体现的神本后面的人文关怀。正是神本与人本的互动，所以人性的觉醒并不意味着神性的丧失；相反，它更激发了人与神的合一渴望。这一点，不仅在多恩的三部曲中如此，在他的其他作品中也是非常突出的，爱情诗中的神性因素和宗教诗中的世俗因素都是很好的证明。仅以爱情诗为例，其中大量作品所讴歌的都是灵与肉的完美结合，只有很少部分，如《流星》《爱的成长》《特威克楠花园》《无所谓》《共性》等，借诗人一首诗的标题，在于"否定的爱"①，亦即爱的不真，就连语气也都带有玩世不恭的味道。但是，如果不只满足于表面，就很容易发现，这些作品中的"真诚"都是伪装，比如，《流星》中的那当面忠实而背里负人的女子(19-26)或《女人的忠贞》里的每日"编造新的谎言"(3)以致"惟有虚假才是真实"(13)。多恩对自然通常是不屑一顾的，而《特威克楠花园》却堪称情景交融的绝妙好诗；但即便在《特威克楠花园》里，那位看似忠心耿耿的"我"却声称是一位"自己的叛徒"(5)，并让整座花园在初始就已"化甘露为毒汁"(7)。但所有这一切却恰好说明，诗人是相信真诚之爱的，正如他自己所说：

> 　　只有发现美在内里的人，
> 　　会鄙视所有外在的可憎，
> 　　而爱慕颜色和皮肤的人，
> 　　其所爱不过破旧的外衣。(《担保》13-16)

　　正是出于对肉欲的鄙视、对真诚的渴望，所以在内与外或灵与肉的结合上，多恩更倾向于前者，这既是其爱情诗不言花前月下的一个重要原因，也是其人文精神的一个鲜明特点：仅有肉体而无灵魂，再美也是可憎。

---

　　① 多恩《否定的爱》一诗共两节，每节 9 行，首节中的意象集中于第 2 行的眼、脸、唇，"否定的爱"出现于第二节："如果那最为完美的 / 没有任何方式可以表达 / 只有否定，我的爱就是如此。/ 对一切人所爱的一切，我说不。"

这样的人文精神，显然受制于神本与人本的互动。这就涉及对应关系了，因为这种互动本身就是一种对应关系。多恩作品中反复出现的多种对应，如神与俗、灵与肉、上与下、一与多、新与旧、静与动、生与死等，其所涉之面不可谓不广，其所涉之度也不可谓不深。约翰逊称多恩乃博学之人，艾略特说多恩诗深入骨髓，多乔泰要对多恩加以解读，凡此种种，都与诗人的多种对应有着或多或少的关系。然而，所有这些对应，并非孤立的表述方式，而是互为依存、互为表里、互为因果的，所以同样处于互动之中。这一点，前文已经做了部分的讨论。回到"既非旧时的债务人，也非新时的债权人"的诗人自述，则可以清楚地看出：在两可两疑之间，还是有所倾向性的，那就是"毕氏学说"，因为"毕氏学说"按《灵的进程》所示，就是诗人的"债权人"。因此，格瑞厄森的"警性"说并无不妥；诗人的宗教转变，作为事实也毋庸置疑；内心的痛苦因与解除痛苦的渴望密切相关，所以到底关乎什么可以探讨，而没有立场之说则是难以成立的。然而这个立场并非单纯的"旧学"或"新学"，而是将二者统一起来，并使之处于对应与互动之中，如《致亨廷顿伯爵夫人》的下列诗行。

> 所以我，只有我才是你的书记员，
> 我也是宇宙的嘴，宇宙的代言人。（65-66）

由于诗人并未明确其"宇宙"究竟是"新学"还是"旧学"，所以其立场也并不明晰。但是既然是"宇宙的代言人"，也就是和谐与秩序的代言人，因为"宇宙"本身就意味着和谐与秩序。从这个意义上说，宇宙重建就是秩序重建，而宇宙人生意识就是和谐意识。多恩诗中的人文精神与种种对应，作用于宇宙重建的世纪主题，既是重建的材料，也是主题的回应，其中既包括"新学"，也包括"旧学"。但是，由于诗人的倾向性，特别是作品中无处不在的思辨性，所以新旧学之间的关系，虽是互动的，却并不平衡，联系到宇宙重建的起因，亦即"新学"的冲击，则"新学"更多的只是诱因而非本质，是对和谐与秩序的一种再呼唤。所以，在多恩的"诗性想象"中，真正主宰其诗歌创作的，恐怕并非"新学"，而是"旧学"，特别是其中的和谐思想。所谓"使地球回归中心、回归稳定"，本质上就是"新学"冲击下的回归和谐。

这意味着，上述种种研究，在宇宙重建的世纪主题下，尽管也涉及多恩的宇宙人生，但仅仅局限于"新学"的视角，可能并不符合多恩的本意，因为对于宇宙重建来说，"新学"只是其诱发原因，"旧学"才是其衡量尺度。相应地，对于诗人所关心的社会转型期的宇宙人生来说，多乔泰等人的研究虽注意了引发反思的原因，却忽视了用作衡量的尺度。而且由此而来的种种结论，也不能回答这样的问题，即多恩本人在其全部诗作中，唯一提请注意的是"毕氏学说"，而灵的轮回既非毕氏首创，也非毕氏之学的核心，那么多恩为什么不讲其他理论（如柏拉图或亚里士多德）而只讲"毕氏学说"呢？关于这个问题，迄今的种种研究都没有涉及。究其原因，恐怕与一直以来将《灵的进程》游离在外的做法有关，所以根本没有意识到问题的存在。但是，既然承认了"新学"对"旧学"的冲击，那么只看到冲击者而忽视被冲击者，或者以日心说（不论是哥白尼的还是后人的）对立的地心说（特别是托勒密的）为被冲击对象却又忽视地心说（特别是毕达哥拉斯的）的重要性，就显得片面了。而对诗人所强调的"毕氏学说"，或断然否定，或视而不见，就越发片面了。

一旦提出了这样的问题，就不妨再进一步，追问一个相关问题：《第一周年》用"新学"指称日心说，而《灵的进程》则用"毕氏学说"指称"旧学"，这种用词是否暗示着，诗人的"毕氏学说"不仅局限于灵的轮回呢？联系到《灵的进程》宁冒被误解的风险，也决心要严肃地"叙述她[灵魂]的整个经历"，再联系到《第一周年》对"新学"的描述，进而联系到三部作品的统一性，特别是其中的强烈思辨色彩，所谓"毕氏学说"，也许不仅只是灵魂轮回。所以，恐怕应立足于毕氏旧学，用以反观诗人对"新学"的回应，才更贴近多恩的本来意图，也更接近诗人的宇宙人生意识。

立足于毕氏旧学，并不意味着以毕氏之学处理多恩之诗，理由显而易见。首先，诗是一门鲜活的艺术，而非呆板的条理；其次，多恩的"毕氏学说"，出现于诗歌之中而非论著之中，所以也非纯然的宇宙之学或天文之学，而是一种诗化之学；再次，作为诗化产物的，不仅是"毕氏学说"，也包括"新学"。所以，新旧之学乃是互为表里的，忽视其中任何一方，所得结论都可能是片面的，即便非常具有说服力，也可能是片面的说服力，甚至是严重的误导，而将二者结合起来便会发现：格瑞厄森等的"位移"说、克鲁姆等的"现代性危机"说、威廉森等的"玄学张力"说及科芬的"诗性想象"说，其背后所蕴涵的种种思想，都可以借多乔泰的"回归中心"来表述。

但是，多乔泰的"回归中心"与"回归稳定"是同义的，而"回归稳定"却有悖于宇宙概念，因为无论于"新学"还是"旧学"，"宇宙"都包含着运动。所以"回归中心"，应包含三个涵义：回归、中心和意图。于"回归"，是包含"新学"在内的一个过程；于"中心"，是诗人"毕氏学说"的一种再现；于"意图"，是诗人对和谐的宇宙人生的一种渴望。因此，"回归中心"的真正意义，并非多乔泰所说的回归稳定，而是回归和谐；同时诗人之所以"回归中心"，并非在于"新学"或"旧学"

本身，而在于其中所蕴涵的宇宙人生意识。

因此，要准确理解诗人的宇宙重建意识，就当立足于宇宙和谐；而要完整地把握诗人的宇宙人生意识，就需要将"新学""旧学"及基督教信仰三者结合，以基督教信仰为核心，以"毕氏学说"为发出点，用以反观"新学"及其对宇宙人生的呼唤。

第二节　毕氏旧学与形而上的宇宙和谐

"毕氏学说"到底是怎样的学说，迄今依然是众说纷纭，原因之一，正如杨适所说，在于毕氏本人没有留下任何文字的东西，而其学派又有保守秘密不得外传的清规戒律，所以"直到许多时代过去，由于种种变迁，这种学说才逐渐透露出来而为世人所知"（杨适 113）。原因之二，根据戈尔曼的考察，在于毕氏之后，其学派发生了分裂，所以在不同著作中，往往会发现不同的"毕氏学说"①（Gorman 120-121）。尽管如此，现有各种资料几乎都会涉及数的理论、灵的轮回、生物的等级、宇宙的生成等。但在"毕氏学说"极其丰富的内容中，都贯穿着一个非常核心的观念，那就是和谐。

一般地，人们都称"毕氏学说"是数的学说，其基本观念是万物皆数，所以哲学上又称为数论学派。但毕氏数论非但不排除和谐，而且还是指向和谐的，这可以从亚里士多德《形而上学》中看出。《形而上学》视毕氏的"数"为"万物之原""自然间的第一义"，并在第 1 卷第 5 章开宗明义地说道：

> 素以数学领先的所谓毕达哥拉斯学派不但促进了数学研究，而且是沉浸在数学之中的，他们认为"数"乃万物之原。……数值之变可以成"道义"，可以成"魂魄"，可以成"理性"，可以成"机会"——相似地，万物皆可以数来说明。……他们想到自然间万物似乎莫不可由数范成，数遂为自然间的第一义；他们认为数的要素即万物的要素，而全宇宙也是一个数，

---

① 现在的所谓毕达哥拉斯学派，历史地看，是由毕达哥拉斯弟子们创立的，始于学派内部的分裂。这种分裂，根据伊安布利霍斯源自毕氏学派本身的分裂，而根据施罗德则源自毕氏对人的等次划分。根据伊安布利霍斯（Iamblichus）的观点，毕氏死后，其门徒分成 Pythagoreioi 和 Pythagoristai，前者是真正的门生，即 Pythagoreans；后者则是学徒，即 akousmatics。根据施罗德（L. von Schroeder）的观点，Pythagoreans 又有重理论的 sebastikoi、重人事的 politikoi 和重数学、几何与天文的 mathematikoi；其中毕达哥拉斯的学生叫 Pythagorikoi，他们的弟子叫 Pythagoreioi，其余则叫 Pythagoristai。另外，关于 Pythagoreans 的人数也有不同的说法，有说三百的（Kaufmann and Baird 12；杨适 117），有说六百的（马泰伊 13），还有说六百哲人二千学徒的（Gorman 115）。

并应是一个乐调。他们将事物之可以数与音律为表征者收集起来，加以编排，使宇宙的各部分符合于一个完整秩序；在那里发现有罅隙，他们就为之补缀，俾能自圆其说。（亚里士多德 12-13）

在这段根据罗斯英译本汉译的文字里，"魂魄"即"灵魂"之义；"全宇宙也是一个数，并应是一个乐调"，在费尔班克斯的译本中，则是"全宇宙就是和谐与数"。两个译本所强调的基本观念有两个：一是灵魂出于数，二是宇宙具有和谐的性质。又"使宇宙的各部分符合于一个完整秩序"，两个译本也都强调整体与部分的协调。这意味着，亚里士多德在肯定毕氏"数即万物之原"的同时，也强调了毕氏之宇宙即天、和谐与秩序的思想。用伊安布利霍斯的话说，"毕达哥拉斯向人们揭示：缪斯的力量不但扩展到最美的艺术和音乐理论，而且还关乎一切存在的与生俱来的和睦与和谐"（转引自 Gorman 100-101）。正因为全宇宙是数，全宇宙也是和谐，所以宇宙万物才分享着整体的和谐。"毕氏学说"对和谐的强调，在多恩《第一周年》的下列诗行中有着相应的再现。

> 她的测度，理当是靠完美的均线，
> 而她自己，则是一切匀称的标杆，
> 那位先哲，他说灵魂造就于和谐，
> 若是见到她，接着定会这样断言：
> 她本身就是和谐，并因此而推说，
> 一切的灵魂，都不过是她的结果，
> 都经由了她，才走入我们的躯体，
> 与万物诸相流入双眼，正好相比。（309-316）

"那位先哲"指谁呢？诗人没有明说，但从作品内外的种种联系看，应该就是毕达哥拉斯。首先，从用词角度，"那位先哲"英语原文为 that Ancient，别无其他任何修饰，而在多恩的全部诗作中，最有可能与之匹对的，当数《灵的进程》中的毕达哥拉斯。其次，从思想角度，多恩"一切的灵魂，都不过是她的结果，／都经由了她，才走入我们的躯体"的诗行，与舒热所说的"毕氏学说"中"唯有人的灵魂来自于天，并在死后回归于天"（Schure 113）之说有着明显的一致性；相应的佐证还有多恩《应急祷告》之"如果问哲人'灵魂'是什么，有人会告诉我，说'灵魂'就是'性情'与'和谐'"（Donne, Devotions 114）。再次，从评论界角度，除曼利等少数人明确表示怀疑外[①]，但凡说到此处之"那位先哲"的，如乔丹、格瑞厄森、格罗萨特等，都或多或少地认为是毕达哥拉斯。乔丹尽管称多恩不言先哲姓名，犹如不言德鲁里小姐姓名一样，是一种故弄玄虚的"意图性歧义"，但也同时给出了一些可能的"替代者"，包括柏拉图、毕达哥拉斯、普罗提诺、普卢塔赫、蒂迈欧等，并称其中最有可能的就是柏拉图和毕达哥拉斯[②]（Jordan 78）。格瑞厄森的"替代者"有苏格拉底、亚里士多德、希波克拉底、亚里斯多塞诺斯等，其中"亚里斯多塞诺斯与后期毕达哥拉斯派有密切关联，且该学说被认为是毕达哥拉斯的，是其数论的一个结果"（Grierson，*Poems of John Donne* 2：192）。其他如 A. J. 史密斯、海伦·怀特、露茜·沃勒斯坦、里卡多·昆塔纳、A. B. 钱伯斯等，与格瑞厄森意见相近，认为所有"替代者"都是可能的"先哲"，其中也包括毕达哥拉斯（Stringer 6：430）；而格罗萨特则非常肯定地说"那位先哲"就是毕达哥拉斯（Grosart 1：155）。最后，从诗行本身的角度，"她本身就是和谐"一句，与费尔班克斯译本之毕氏"全宇宙就是和谐与数"几乎如出一辙，与罗斯译本也并无本质差异，一则因为亚里士多德之言毕氏数论，本身就是与其天体音乐联系在一起的，二则因为在亚里士多德的论述中，"数"与"和谐"之间，本身就具有出发点和落脚点的关系。所不同者，多恩之言"和谐"，虽也重在落脚点，但从所引诗行看，其出发点并非抽象的"数"而是具体可感的"完美的均线"和"匀称的标杆"。这恰好表现了诗人对毕氏旧学的诗化处理，同时也说明，对多恩的解读，当以"旧学"的冲击为衡量尺度，以"毕氏学说"的和谐为核心。

但较之于《灵的进程》直言"毕氏学说"，《第一周年》的"那为先哲"只能算暗示。那么多恩为何只暗示而不明说呢？笔者认为至少有两个原因：一是背景使然，二是走向使然。从走向看，《灵的进程》写灵的尘世之旅，而《第一周年》则写其天国之旅，二者的方向截然相反。从背景看，两部作品间隔十年之久，其间发生了种种变故。创作《灵的进程》时，诗人可谓无所顾忌、无所约束，全然一副天马行空的样子；而创作《第一周年》时，一切都已今非昔比，尽管鲍尔德在《多恩与德鲁里一家》中给出过多种解释，但寄人篱下、入不敷出的窘迫和感恩戴德的心情，依然是历历在目的。因毕氏之灵魂轮回，按诗人所言，是可以由人而人、由人而兽、由人而物

---

① 比如，曼利在引格罗萨特、钱伯斯、C. E. 诺顿、罗伯特·伯顿、格瑞厄森等之后说，"既然有这么多的可能，要肯定多恩那含混不清的所指到底是谁，我深表怀疑"（转引自 Manley 155-156）。

② 乔丹所谓的"意图性歧义"即德鲁里小姐既是"宇宙灵魂"，也是"沉默的英雄"。在前一意义上，德鲁里小姐的离去即"宇宙灵魂"的离去，亦即肉体世界的死亡；在后一意义上，德鲁里小姐的壮举在于沉默，而没有直呼姓名，也与作为"沉默的英雄"的德鲁里小姐相应。

的，而《第一周年》中的"宇宙灵魂"所实际走过的历程乃是由天而地、由物而兽、由兽而人的，但总体地说，灵魂并未改变其世俗之旅的性质，所以，作为对德鲁里爵士的知遇之恩的一种回报，《第一周年》不便明言毕氏，乃是情理之中的事。

那么创作背景和灵魂走向之间是否存在矛盾呢？在笔者看来，二者非但没有矛盾，反而更增强了相互的联系。首先，《灵的进程》之尘世之旅和《第一周年》之天国之旅，虽然使灵的走向发生了逆转，但"宇宙灵魂"的理念并未改变，反而更加突显，使前者的道成肉身和后者的肉身成道，在德鲁里小姐身上，都双双有了更加现实的依托。其次，道成肉身的前提，即肉体之死，与德鲁里小姐的死正好吻合，所以诗中的死亡意象及灵与肉的对立也因此而有了依托。这大概就是为什么伊丽莎白·德鲁里的名字，从未出现于诗的正文而只出现于标题，可标题又不过"借机"的根本原因；同时，这也是为什么诗的主题是生命而非死亡的根本原因。在这个意义上，德鲁里小姐之死的确只是契机，肉身成道才是诗人所真正关心的内容；相应地，德鲁里小姐本人则超越了"小我"的个体属性，成为"大我"的一个象征，并以其"完美的均线"和"匀称的标杆"，象征着全宇宙的和谐。

那么，这种和谐又是什么呢？乔丹显然认为就是"宇宙灵魂"本身，所以其《沉默的英雄》多恩部分的标题即"她就是和谐"，而开篇便是"宇宙灵魂"。这一见解既是相当深刻的，也是直接来自作品的。前者已有讨论，故不赘述；后者则可从上引诗行之"均线""匀称""灵魂造就于和谐"中看出。纵观乔丹有关多恩的论述，我们可以发现贯穿始终的三个特点（尽管他没有明说）：第一，和谐即匀称、色彩、美德和对应，其中处于核心地位的是匀称。第二，和谐不仅是《第一周年》的也是《第二周年》的核心。第三，和谐具有终极意义，并直接指向《圣经》：于《第一周年》重在《旧约》，特别是《摩西五经》；于《第二周年》则重在《新约》(Jordan 62-121)。第一点可以明显地看出马茨的影子，但以"匀称"为和谐的核心，却是马茨所没有的。第二点也很有说服力，因为"匀称"一词的出现，于《第一周年》多达 12 次，而且始终都是灵魂的一个基本特点，于《第二周年》虽只两处，但却分别与"命运链"和"天"联系在一起，又以"幸福的和谐"为终极追求，所以其表现力非但没有降低，反而有所增强①。乔丹所特别注重的是第三点，在乔丹的分析中，这既是出

119

---

① "匀称"(proportion)一词，于《第一周年》在第 250、252、257、277、285、302、306、308、309、312、333 和 341 行；于《第二周年》在第 141、468 行。前者伴着第 143 行的"命运链"(chaine of Fate)，后者伴着第 469 行的"天"(heaven)。"幸福的和谐"出现在《第二周年》第 92 行。

发点也是落脚点，因此篇幅也最多；但这已超出了"旧学"范围进入基督教信仰了。整体而言，乔丹的分析虽也提及毕氏的和谐，但只局限于毕氏的天体音乐，既未论述毕氏的宇宙生成，也未论及多恩的宇宙人生意识。之所以如此，恐怕与忽视《灵的进程》有关，所以他认为多恩之和谐观，更多地来自马蒂亚内斯·卡佩拉和阿格里帕，而非毕达哥拉斯①（Jordan 111）。

从宇宙生成角度看，联系毕氏旧学，则诗中的"和谐"，如后面将分析的，既是一种"对立和谐"，也是一种生活方式。作为"对立和谐"，它是毕氏旧学的再现；作为生活方式，则指向诗人的宇宙人生。二者的核心都是心灵的净化。

前面曾说过，最早使用"宇宙"一词的是毕达哥拉斯，而"宇宙"的本义就是"和谐"与"秩序"。这表明，毕氏数论所要解决的诸多问题之一，就是宇宙的和谐与秩序问题。后来的赫拉克利特虽否认数而以火为万物之原，但依旧把宇宙称为"世界秩序"，并说它"不是神也不是人创造的，而是过去、现在、将来永远存在的"②（转引自杨适 180）。时至今日，"科斯摩斯"的基本词义，按牛津词典的解释，仍然是"宇宙，尤指秩序井然的整体"。这意味着，和谐与秩序乃是宇宙的本质，而这个概念则出自毕达哥拉斯。

毕氏的宇宙是一个以地球为中心、遵循着秩序的地心说圆形体系。"球形的地球位于宇宙中心，其周围的区域称乌拉诺斯，即天空，那里充满着空气和云；在这之外的区域称科斯摩斯，是太阳、月亮、行星作匀速圆周运动的地方；再往外的一个区域称奥林波斯，是纯元素聚集之地，也是恒星所在之地；最外层则是永不熄灭的天火。"（宣焕灿 83）宇宙之所以呈圆形，按宣焕灿的解释，是因为"毕达哥拉斯从美学观念出发，认为宇宙不仅是和谐的，而且是完美的，宇宙中所有天体的形状和它们的运动轨道都应当是完美的。他还认为一切立体图形中最美的是球形，而一切平面图形中最美的是圆形，因此，天体的形状都应该是球形，而它们的运动都应该是匀速圆周运动"（83）。亦即说圆形体现着最完美的和谐。这就从宏观角度对宇宙和谐作了最高的规定。但这种和谐，与其说是一种实在，不如说是一种象征，其对"诗性想象"的作用，恰好也在于这种象征，结合前面对多恩圆形意象的分析，则多恩

---

① 在马蒂亚内斯·卡佩拉（Martianus Capella）的《语言学与水星的结合》（*The Marriage of Philology and Mercury*）中，有个角色就叫"和谐"，离开地球后成了不朽。

② 杨适还引基尔克、格斯里、卡恩等对"科斯摩斯"的考证，以及荷马、赫西俄德、德谟克利特、恩培多克勒特等人的实际应用加以证明。

之所以借"毕氏学说"以再现其灵魂的历程，一个重要原因恐怕就在于其中所蕴涵的宇宙和谐。

那么，宇宙和谐又象征着什么呢？不同的人或许会有不同的回答，如对自然的敬畏、对秩序的崇拜等。就多恩三部曲而言，恐怕至少包含着两个方面：一是唯一性，二是包容性。唯一性既关乎《圣经》，也关乎毕氏的宇宙生成，前者将在本章第四节作具体分析，后者则涉及毕氏宇宙观中的秩序。因"毕氏学说"以数为万物之原，所以和谐与秩序也都体现于数，并在宇宙发生时就已然存在。根据拉尔修的观点，毕氏的宇宙秩序来自万物的法则，亦即具有万物始基性质的"元一"，所以，

> 万物的法则是"元一"，"元一"生不定的"元二"，"元二"是材料之基，"元一"则是因；从"元一"和不定的"元二"而生各种数；由数生点，由点生线，由线生平面，由平面生立体，由立体生各种感官所及的物体，生火、水、土、气四元素，四元素交互转换、完全互变、共同作用，产生有活力、有智能的球形宇宙；地球位居中央，自身也呈球形，四周住人，且有对极，我们的"下"即他们的"上"[①]。(Laertius 35)

这是一个充满秩序、静动结合的和谐的宇宙。在《灵的进程》的序中，多恩明确指出了"毕氏学说"的极端重要性，但他所强调的，显然不是其中的静态因素，而是动态的灵魂轮回。从创作角度看，这样的宇宙只能算作背景舞台，是供"宇宙灵魂"上演其轮回的。而就灵魂轮回本身而言，虽其走向存在变化，却并非杂乱无章的闹剧，而是始终遵循着秩序的：一是三重灵魂的历程秩序，二是天堂与人间的空间秩序，三是包括过去、现在与未来的时间秩序。所有这些秩序，都贯穿着三部作品，只是各有侧重而已。这种侧重，如前所示，于《灵的进程》在三重灵魂，于《第一周年》在空间秩序，于《第二周年》在时间秩序。但是种种侧重，并非截然脱节的，而是彼此照应、互为增强的，这可以从四大主题的贯通中看出。这意味着诗人所塑造的是"宇宙灵魂"，所追求的则是以秩序为表征的和谐；当这种具有本体意义的秩序需要载体时，选择"宇宙灵魂"，即便说不上必然，也称得上明智。这可

121

---

① 比较波吕赫斯脱："万物的始基是'一元'。从'一元'中产生出'二元'，'二元'是从属于'一元'的不定的质料，'一元'则是原因。从完满的'一元'与不定的'二元'中产生出各种数目；从数目产生出点；从点产生线；从线产生出平面；从平面产生出立体：从立体产生出感觉所及的一切物体，产生出四种元素：水、火、土、空气。这四种元素以各种不同的方式互相转化，于是创造出有生命的、精神的、球形的世界。"(杨适 138)这里的"一元"和"二元"就是"元一"和"元二"。

能也是多恩之所以强调"毕氏学说"的动机之一。

但更为重要的是，在灵魂轮回的背后，正如第三章所分析的，是人文关怀；而灵魂的整个游历过程，本质上乃是人性之觉醒和升华的过程。这个过程，必然会涉及认识的深化，其在灵魂三部曲中的集中反映，就是灵与肉那种既对立又依存的双向互动关系；而这种关系的源头，也可以上溯到毕达哥拉斯。亚里士多德在比较毕氏诸原理与他的诸原因之间的关系时，非常肯定地说，毕氏学派"认为数就是宇宙万有之物质，其变化其常态皆出于数；而数的要素则为'奇''偶'，奇数有限，偶数无限；'元一'衍于奇偶（元一可为奇，亦可成偶），而列数出于元一；如前所述，全宇宙为数的一个系列"（亚里士多德 13）。他还清楚地整理了毕氏数论的两个系列及十组原理：有限与无限、基与数、一与多、右与左、雄与雌、静与动、直与曲、明与暗、善与恶、正方与长方，并根据这些对立的原理，从"动因"和"动因外之动因"的角度，对先哲们的"本原思想"做了比较，将其归为"动因只一"和"动因有二"两类，之后他说："哲学家们对这些问题的讨论还是晦涩的，只是实际上他们也引用了两因——两因之一是变动的来源。这来源或一或二。但毕达哥拉斯派也曾说到世间具有两理的意思，又辅加了他们所特有的道理，认为有限与无限不是火或地或类此诸元素之属性，'无限'与'元一'正是他们所谓事物之本：这就是'数'成为万物之本体的根据。"（15）

所谓"两理"就是"有限"与"无限"，而"无限"也就是"元一"，所以"数"是"万物之根本"。由此看来，毕达哥拉斯的灵魂在亚里士多德眼中，便同时具有了"物"和"相"的双重属性。戈尔曼在说到"毕氏学说"的十组原理时，直言不讳地称之为"二元论"和"宇宙对立"（Gorman 141），但在这之前也肯定地说，"这些宇宙对立构成了宇宙和谐"（66）。换言之，"元二"是来自"元一"的，对立是源自和谐的。杨适显然也持同样的观点，在《哲学的同年》中，他不但认为亚里士多德将毕氏的"数"看作感性与非感性的结合，而且还根据这段语，以举例的形式，分析了第一、第三和第六组原理，提出了"对立和谐"的概念。

> 对立和谐也是一种有规定性。而且我们也许可以认为它是毕达哥拉斯派哲学中更高的规定性。因为"和谐"是同"完满"、"美"、"善"属于一类的规定，体现着完满和谐的"天"、最美最善的形状、音乐、社会秩序、道德和纯洁的"灵魂"，是他们心目中神圣的东西，也可以说是高级的"有规定者"。（杨适 158-159）

按这样的理解，至少可以得出如下结论：第一，"有限"与"无限"既是对立的又是统一的，而本原都是"有限"。相应地，多恩诗的灵魂轮回与肉体消亡，同样是既对立又统一的，其本原都是灵魂。第二，作为"相"的灵魂与作为"物"的灵魂应该是有所区别的，可这种区别，要在"毕氏学说"中找到明确的规定或陈述，犹如要明确"毕达哥拉斯说"一样，几乎是不可能的，这也许可以看作"毕氏学说"之所以诱人（特别是能启迪"诗性想象"）的重要原因之一。相应地，多恩《第一周年》和《第二周年》中"她"的两种拼写形式，也具有类似的效果。首先，多恩本人并没有用"旧学"这一术语，这似乎意味着诗人眼中之"毕氏学说"，并非什么过时的"旧学"，而"她"或"灵魂"，因同时兼有"大我"与"小我"的特性，所以就其表现而言，有时是纯然的"相"，有时又不是，连标题本身也具有两可的性质。其次，《第一周年》和《第二周年》那显著的思辨性，与"毕氏学说"的"对立和谐"有着惊人的类似，不仅是表面的，更是深层的，所以才与《灵的进程》有着必然的内在联系，而这也反映了三部曲在宇宙人生意识上的同一性。最后，作为"高级的有规定者"，和谐体现着秩序和灵魂；反过来，则灵魂和秩序都体现于和谐之中，并分享着和谐的神圣。相应地，多恩的灵魂三部曲也体现着秩序，犹如"我们的'下'即他们的'上'"既相互对立又统一于整体的宇宙和谐一样，每一部不但有自己的秩序，而且还共同体现于整体的和谐之中，并分享着整体的特性。从这些结论看来，如果仅注意到"新学"的角度而忽视了"旧学"的视野，则三部作品的割裂也就在所难免了；反之，从"旧学"的视野出发，则不仅能理顺三者的哲学联系，而且对立和谐的宇宙观也会赫然显现。这些结论显示，如果说"失误和恒变主导着诗性的想象"可以理解一般诗歌作品，那么对于多恩的灵魂之歌，这种想象只能提供素材，而不能主宰诗人的创作。这大概就是诗人所以特别强调"毕氏学说"的又一根本原因。

进一步说，这种诗性想象，不仅有"新学"的冲击，更有"旧学"的呼唤，所以"失误和恒变"并非游离于外而是受制于内的，是宇宙和谐的有机组成部分。相应地，在多恩三部曲中，种种混乱及其因此而来的强烈的失落感，既有失误也有正途，既有恒变也有永恒，所以也不能简单地将其划归"新学"，而是毕氏"对立和谐"的有机组成部分，同样并非游离于外而是受制于内的。从这个意义上说，三部曲中的全部混乱不过表象而已，深层则是与之对立的和谐，借用写作术语，表面的混乱只是题材，深层的和谐才是中心。诗人正是借助灵魂主人翁的固有和谐，在三部曲中对尘世的混乱给予讽刺、解剖与批评，从而反衬出天国的和谐的。再进一步说，既然数是万物的始基，既然灵魂可以用数来说明，那么数自然也就是灵魂的基础；

123

多恩既以"宇宙灵魂"(而不是任何现实的人)为主人翁,所以在"毕氏学说"中寻求思想根源乃是理所当然。甚至还能再进一步说,"一"和"二"既是"元一"和"元二",而数又是从不定的"元二"产生的,那么所有的数必将分享完满的"元一";多恩的"宇宙灵魂"之所以具有"美的本原"的性质,以及能够用以反观和解剖多元的物质世界,恐怕与这样的思想也是密切相关的。总之,当诗人将这一切都集中在主人翁身上,并借以表现"自我"主题时,那么其人生观就不可能不具有宇宙人生的性质。

此外,从上面简述中还能发现,毕氏的"数"与老子的"道"有着很强的可比性。首先,毕氏的数论很容易让人联想到《道德经》"道生一、一生二、二生三、三生万物";其次,亚里士多德所归纳的十组原理,既可以在老子著作中找到很好的对应,也颇似老子"万物负阴而抱阳,冲气以为和"的思想。这种可比性,不只限于中国读者,比如法国学者若-弗·马泰伊也有所注意。在评毕达哥拉斯时,他就曾这样说过:对立是万物之原,它类似于中国思想的某些方面,比如道家的阴阳学说(马泰伊 83)。这再次证明,将多恩称作"玄学诗人",并非空穴来风。当然,这并不意味着多恩本人也像中国玄学家那样是有意为之,甚至刻意求玄的,而只能说明后人的看法;但当他自觉地走向"毕氏学说"时,特别是当他选择"宇宙灵魂",并用以承载自己的人生感悟时,那么"大我"与"小我"的融合,就不能不打上"元一"和"元二"的烙印。从这个意义上说,三部曲中的灵肉关系,一方面集中了十组原理,另一方面也承载着动态的宇宙和谐;而当这种和谐表现为具有"大我"和"小我"性质的"宇宙灵魂"时,那么诗人的人生意识便随之而打上了宇宙人生的烙印。

那么,这样的宇宙人生意味着什么呢?简单地说,就是以心灵净化为最终追求的生活方式。考夫曼和贝尔德的《古代哲学》,在介绍毕达哥拉斯时,除了简要提及其数论和团体外,更从其历史地位的角度,特别是对柏拉图的影响,对毕氏学派作了归纳,列了如下八个要点:灵与肉的二元观念和肉体乃灵魂坟墓的概念;灵魂不朽的信念;灵魂轮回的学说;灵魂拯救需要知识与智慧的思想;建立社会并使之成为拯救全体成员的工具的主张;允许妇女加入社会生活的意识;财富共享的主张;人分三等的理念(Kaufmann and Baird 12)。这些要点其实可归为两个方面:前四个属灵魂,后四个属人生。多恩的三部长诗,以"宇宙灵魂"为主人翁,以自我、生命、爱和恒变为基本主题,显然囊括着两个方面的内容。这一点,从前面的分析可以看得非常清楚。但是,毕氏的灵魂观和人生观,犹如其宗教观和哲学观一样,并无本质差别,而是统一在数论之下的,是其"万物皆数"宇宙观的必然反映。换言之,自我、生命、爱和恒变,所以由"宇宙灵魂"为载体,乃是因为前者是出于后者而归于后者的,犹如宇宙万物都出于数而归于数一样。这表明，既以"毕氏学说"为依据，那么统一于这样的宇宙观下的人生，同样不能不打上宇宙人生的烙印；而毕氏的宇宙人生，从这里的要点也可以看出，是包含着多重理念的，灵的轮回只是其中一，还是服务于和谐的。由此看来，多恩之强调"毕氏学说"，恐怕在于借灵的轮回以表达对和谐的宇宙人生的渴望与追求，所以其宇宙人生意识，从根本上说，乃是一种和谐意识。

这又意味着，多恩对"宇宙灵魂"的歌颂，将其等同于美和善的原质，与毕氏数论中的和谐观念，有着同样紧密的联系。马泰伊曾引黑格尔《历史学讲义》对毕达哥拉斯的评价："无可置疑，毕达哥拉斯从埃及带回了一种秩序意象，一种稳定生活的意象，那是必定永世不衰、为科学道德所教化的意象。"（马泰伊 24）这里的所谓"秩序意象"，其实就是"和谐"，黑格尔不仅把它看作生活，而且把它看作道德，还赋予它永恒的性质。多恩所以歌颂"宇宙灵魂"，原因之一恰好就在于其中所蕴涵的道德因素，这一点，除前面所给例子外，还见于多恩《第一周年》中的下列诗行，

> 因为人人都本该看见的她，现已
> 别无它途，要见她惟有凭借善良，
> 所有人都得努力为善，像她一样，
> …………
>
> 尽管她可能已经死去，可她的魂，
> 仍然在这最后的漫长黑夜中穿行，
> 那丝微光，那缕对德和善的眷念，
> 仍在懂得她价值的人们身上映现，
> …………
>
> 我们的行为，理当既善良又得当，
> 邪恶与轻率，要分高下纯然妄想。（16-18，69-72，337-338）

以及《第二周年》的下列诗行。

> 她先以美德验证渴望的无关痛痒，
> 又以宗教之火，对美德加以验证，
> …………
>
> 我们因而知道，善良的人有权力
> 升入天堂，但获得该权得靠信仰。（75-76，149-150）

这些诗行都明显地包含着宇宙、道德与生活的诸多关系。至于道德与和谐的关系何以关乎"毕氏学说",马泰伊所引斯托贝《文选》对毕氏的一段评述,大概可以用作诠释:"若不是存在着一种万物的根本存在,世界由它们组成——即:由限制者与无限者组成——的话,任何存在着的事物就都不可能被我们知道。但是,既然这些本原以非相似者、非同质者而存在,如果不加上一种和谐——无论这种和谐是怎样产生的——的话,世界就不可能由它们组成。"(马泰伊 95)

这意味着,宇宙、道德与生活的关系,既表现着诗人的和谐观念,也包含着认识论的因素。就后者而言,作品中的道德观与和谐观,因与宇宙观结合在一起,所以便自然而然地带上了天人对应的思想。根据若-弗·马泰伊的观点,亚里士多德在其遗失了的《论哲学》中,曾这样解释认识论:"睿智(nous)是'一',学识(episteme)是'二',因为学识以单一的方式趋向于元一,面之数是见解(doxa),体之数是感觉。数实际上被称作形式本身,被称作本原,数由元素构成;另一方面,事物有些由睿智掌握,有些由学识掌握,有些由见解掌握,还有些由感觉掌握,这些数都是事物的形式。"(114-115)这样的认识论,有着明显的毕氏味道,首先,它与毕氏学派之"元一"和"元二"的理论是一致的;其次,它与毕氏关于人分等级的观念是一致的;再次,它还暗示着与毕氏关于智慧的观念也是一致的。我们知道,哲学家的本义是"爱智者",而"爱智者"一词的发明人就是毕达哥拉斯。

宇宙生成、伦理道德和认知原理,在"毕氏学说"中,是一种相互独立、相互依存的三位一体关系。它们各有重点,但都出自"元一",因此从根本上说,它们同宇宙一样,也具有和谐的属性。由此展开,既然整个宇宙是和谐的,那么包括人在内的宇宙万物也应该是和谐的,于是就出现了前面提及的天人对应关系。最先得出天人对应关系的,据说就是毕达哥拉斯学派的阿尔克米翁。他以毕达哥拉斯的十组原则为基础,认为人体是世界构造的反映,人的灵魂就是数的和谐,因此人是一个小宇宙,是大宇宙的缩影。柏拉图的《蒂迈欧篇》还根据这种类比,推演宇宙的性质和结构及人体的生理。叔本华在《作为意志和表象的世界》中说:"'世界是我的表象',这是一个真理,是对于任何一个活着和认识着的生物都有效的真理,……一句话,都只是表象。……一切一切,凡已经属于和能属于这个世界的一切,都无可避免地带有以主体为条件[的性质],并且也仅仅只是为主体而存在。世界即是表象。"(叔本华 3-4)叔本华的这段话也许可作参考。人与宇宙的对应集中体现在"人即小宇宙"的理念中。虽然这个理念被认为是来自德谟克利特的,但正如巴顿所说,"也与毕达哥拉斯派有关"(Barton 107)。因为人是小宇宙,是大宇宙的对应体,所以宇宙和人生便因此而统一起来，这就是"毕氏学说"中原始的宇宙人生观念。这一观念的实质，可以借用下面的话来概况："毕达哥拉斯把哲学即爱智慧本身就理解为一种新的生活态度，是人们所选择的一种比追逐名利要好的生活方式或生活道路。这是他们一切言行的目的所在，他们全部学说和世界观里都渗透着这种基本精神。"（杨适 126）

正因为如此，天人对应的宇宙人生意识，于哲学、宗教、医药、文学等众多领域，才在文艺复兴时期有着广泛的认同与再现。于哲学，它构成具有本原意义的真；于宗教，它构成基督教神学的基础；于医学，它成为战胜疾病的理论依据；于文学，它属于锡德尼模仿论的最高层次。作为一种根本性的生活态度，宇宙人生意识具有贯通古今、超越国界的特点，在中国文化中也占有重要的独特地位。汤一介教授在论述魏晋玄学的产生时，就把宇宙人生看作"才性问题""有无问题""一多问题"和"圣人问题"的根本问题。

> 从汉末到魏晋的思想发展看："才性问题"是要给人性找存在的根据；"有无问题"是要给天地万物找存在的根据；"一多问题"是要给社会（当然是指封建社会）找存在的根据；"圣人问题"则是给当时人们的思想人格找根据。从这几个方面构成了一个总问题，就是**宇宙人生**的存在的根据何在？（汤一介 27）

127

从前面的简析中可以看出，毕氏旧学同样涉及"才性问题""一多问题"和"有无问题"。这意味着，古今中外，人们对天道与人道的追问，或者说对宇宙奥秘与人生真谛的关注，有着相通之处①。然而，如果说李白的"俱怀逸兴壮思飞，欲上青天揽日月"只是中国诗人的一种豪情，那么英国文艺复兴诗人，包括多恩，则更多地把上天与入地看作现实人生的终极归属，而不仅仅是浪漫遐思。这种归属，从信仰上说，当然源自基督教神学，而从哲学源头上说，则来自"毕氏学说"的数论及其所包含的和谐观念。

可是由于"新学"的冲击，这样的和谐连同其包含的宇宙人生，从理论上说，

---

① 2002 年，英国理论物理学家史蒂芬·霍金访华，将人们的天文学兴趣再度推向一个高潮。这表明，即便在现代拜金主义成风的情况下，人们对天文知识的好奇也是不会泯灭的。换言之，好奇与追求真理是人的天性。正如培根在《论真理》中所说："只受自身评判的真理依然教导吾辈探究真理、认识真理并相信真理。探究真理就要对其求爱求婚，认识真理即要与之相依相伴，而相信真理则要享受真理的乐趣，此乃人类之至善。"（曹明伦译）这一点，不仅在今天，而且在整个人类历史长河中，都是如此，多恩的时代和多恩本人也不例外。所不同的是，多恩时代是在"新学"的旗帜下走过的。

便因此而越发紧迫了；正因为如此，"新学"的冲击才是巨大的。但对多恩而言，这种冲击，如上面的分析所示，同时也如下面的分析将显示的，却很难称得上是真正的革命，因为无论从"新学"还是"旧学"角度，核心问题都是和谐问题。这一点与诗人的宇宙人生意识，完全是不谋而合的。换言之，"新学"的冲击，并没有冲破或妨碍和谐，而是对和谐的进一步呼唤，所以宇宙的重建也就是和谐的重建，其文化本质乃是宇宙人生的重建。在这种重建中，每个诗人都会打上宇宙人生的烙印，区别只在于重建意识的强弱，在于各自的不同价值取向，在于表述方式的选择。比如，斯宾塞的《牧人月历》便以牧歌的形式"微妙地传达出宇宙的基本概念"（胡家峦 277）；弥尔顿的《失乐园》则以史诗的形式直言不讳地宣称要"调整神与人的关系"（Milton 26）；而具体到多恩，则是前引之"矫正自然，还原其本性"。

"矫正自然，还原其本性"，在多恩的不同作品中有着不同的表现形态，包括多乔泰所说的各种关系，然而有一点却是共通的，那就是力求在"回归中心"的过程中，确定人的本性、人的位置、人的价值。具体到三部曲，因与"毕氏学说"联系在一起，又有浓厚的基督教人文主义概念，所以这种确定往往具有本原的性质。比如《第一周年》，按马茨的"精神冥想"说，本诗分导论、结论和正文三大部分，正文的每个部分又细分为冥想、颂词和叠句三个层次，所以无论从整体还是从部分看，这种布局都是典型的"三位一体"，是从耶稣会宗教仪式中直接演化而来的（Martz, *Poetry of Meditation* 224），于是就引出了这样的问题：一方面是三位一体的布局，另一方面又是伊丽莎白·德鲁里小姐之青春早逝，那么德鲁里小姐能不能成为美德的第一典范呢？或者说，当美德的典范仅是一个早逝的女孩，多恩该用如此的传统方式加以颂扬吗？对此，琼生早就给予了彻底的否定，斥之为"亵渎神灵，如写圣母马利亚可能还有点意思"（Jonson 1：133）。但是，即便改为马利亚，这诗仍是渎神之作，因为圣母也不是三位一体的。

然而，多恩所写的，并非具体的人，而是人的理念；诗中的德鲁里小姐，作为"宇宙灵魂"的化身，不仅是现实的"小我"，更是理念的"大我"，体现着天人对应的思想。这种思想的源头，也并非来自"新学"而是源自"旧学"的，亦即福提乌斯所记载的"毕氏学说"中的天人对应。因此，德鲁里小姐不仅是体现大宇宙全部特质的小宇宙，甚至本身就是一个大宇宙。我们知道，伯顿的《忧郁的解剖》就是把人称为小宇宙，因为人是世界的典范、大地的君主、万物的唯一统帅。多恩《挽歌，1613 年 12 月 26 日》《神圣十四行诗第 5 号》《应急祷告》等，也都包含人即宇宙本身的思想。当多恩集冥想、颂辞和道德叠句于德鲁里小姐，而不是圣父或圣母的时候，他所关注的乃是一个独立的世界或完整的宇宙。因而她的美德也就是至善的，是世界的精华；她的夭折就是世界的泯灭、健康的丧失和生命的短促。从这个意义上说，"她"本身既是"小我"也是"大我"，其夭折既是个人的消失也是世界的死亡。所以，多恩所解剖的既是一个世界，同时也是一个肉身。而不以世界看肉身，却以肉身看世界，从个人小世界的生老病死看整个大宇宙的运动变化，本身就反映着"毕氏学说"中天人对应的宇宙人生意识。

《第一周年》借德鲁里小姐的形象，寻觅人的生存价值和意义，以及人在世界中的位置和分量，其根本企图，与"矫正自然，还原其本性"的认识论、与诗人"我就是小小世界，炼就于元素和天仙"的理念、与"回归中心"的企图，都是一致的。《灵的进程》和《第二周年》中的"宇宙灵魂"，同样具有天人对应的种种属性，因此在人性化和神性化的过程中，包括四元素在内的一切，莫不是诗人的题材。正因为如此，宇宙重建问题，既是诗人的创作背景和素材，同时也是其宇宙人生意识的组成部分。

第三节　哥白尼新学与形而下的运动变化

多恩的宇宙人生意识，除毕氏旧学外，还有哥白尼新学①。如前所述，这个问题不但早已有所论述，而且还呈现了"二同二异"的态势。不过细加分析便会发现，在"二同二异"之上，还有一个更高层次的共通点：把"新学"看作"旧学"的对立，甚至一场革命，并以此为立足点，分析"新学"对多恩的影响。但是，实际情况恐怕并非如此。即便前述格厄尔森所引多恩诗行，也不能证明新旧学在多恩作品中的全然对立，因为即便在多恩的《第一周年》中，虽有"新学叫人怀疑所有的一切"（205），可同时也有"太阳弄丢了，接着是地球，没有人，／能凭自身的智慧，去为它指点行程"（207-208）。作为读者，我们不能简单地认为，弄丢了地球的是"新学"，或者弄丢了太阳的是"旧学"，反过来也同样不能成立。以前者否定后者或以后者否定前者，都明显有悖于诗行本身的含义。所以批评家们着眼于"新学"时，可能夸大了其对"旧学"的冲击，忽视了其与"旧学"的联系，因此不但忽视了"新

---

① 笔者之所以把多恩的"新学"看作哥白尼日心说，是因为他在《悖论与问题》和《依纳爵的加冕》中分别提到过开普勒和哥白尼。《悖论与问题》出版于 1633 年，但其写作年代，根据各种辑本，应在 1598~1602 年。它包括《悖论》和《问题》两个部分，其中《问题》中的第八篇《金星为何只有影子？》提到开普勒，但没有任何展开，只是提及名字。《依纳爵的加冕》，根据伊夫琳·辛普森的观点，有两个版本，一是拉丁文版，现存于不列颠博物馆，另一个是英文版，现存于不列颠博物馆和剑桥大学图书馆，两种都出版于 1611 年。该书不但提及哥白尼、伽利略和开普勒，还就哥白尼的日心说有一段专门的论辩。而其他人，在多恩作品中则找不到更多的根据。

学"所坚持的和谐观念，而且也歪曲了诗人对"新学"的运用。当然，重复或否认前人的成就，都是无益的，但被忽视的和谐却是值得注意的，因为它关乎诗人的宇宙人生。事实上，哥白尼体系本身并不否定和谐，多恩作品也没有什么脱胎换骨的革命；一定意义上说，新旧学都体现着对传统的继续，多恩的宇宙人生意识更是如此。

首先是哥白尼新学。毋庸置疑，有关哥白尼的著述实在太多了，但有关《天体运行论》的[①]，则大多聚焦在第 1 卷上，因为这里有两个影响深远的核心内容：一是哥白尼所描述的"宇宙的总的结构"[②]（哥白尼 xxxii），二是后人所发现的所谓的"哥白尼革命"。《天体运行论》第 1 卷最显著的特征，除太阳取代地球位于宇宙中心外，其余都与"旧学"非常相似，如天球是圆球、天球运动是圆周运动、宇宙全貌是圆形结构等，这一系列的所谓"假设"[③]（2），其背后都有同一个信念，即宇宙"具有超越一切的完美性"[④]（1）。在哥白尼看来，这种完美性体现着诸天的运动，所以"否认地球运动是没有道理的"（1）。反之，

> 如果从一种太阳运动转换为一种地球运动，而认为太阳静止不动，则黄道各宫和恒星都会以相同方式在早晨和晚上显现出东升西落。还有，行星的留、逆行以及重新顺行都可认为不是行星的运动，而是通过行星表现

130

---

① 1973 年，为纪念哥白尼诞辰 500 周年，波兰科学院用拉丁文、波兰文、俄文、英文、法文和德文，同时出版了哥白尼的《天体运行论》，其中英文版是爱德华·罗森的译本，这可以看出罗森本的世界意义。同年，为配合哥白尼的国际纪念活动，北京天文台李启斌先生汉译了《天体运行论》第 1 卷，由科学出版社出版。1985 年，南京紫金山天文台叶式辉先生根据罗森版，汉译了第一个中文全译本《天体运行论》。叶译本又有武汉版（武汉出版社，1992 年）和西安版（陕西人民出版社，2001 年），北京大学图书馆均有。在本书中，凡引译文均出自叶本武汉版，分析和注释中的原文则出自罗森英文版。

② 在《天体运行论》"原序"中，即《给保罗三世教皇陛下的献词》中，哥白尼说："在第 1 卷中讲述了天体的整体分布以及我赋予地球的运动。因此这一卷可以说包含了宇宙的总的结构。然后在其余各卷中，我把别的行星和一切球体的运动都与地球的运动联系起来。"（哥白尼 xxxii）不过真正的宇宙总结构，似乎并不包含该卷第 12~14 章，因为第 12 章《圆周的弧长》有相当的篇幅给了"圆周弧长表"，根据开普勒，这该属于附表，而哥白尼的原定方案则为第二卷第 1 章。

③ 在《天体运行论》第 2 页，哥白尼就提出了他的假设。根据罗森的观点，"哥白尼认为，一条假设是一个基本的命题，它含有一整套理解过程。在他的词汇中，一条假设并非一个实验性的或不肯定的建议，他把后者称为一个猜想。牛顿于 1713 年发出他的著名惊叹'没有创造的假设'。他和哥白尼一样，于 1687 年把自己的基本概念称为'假设'。举例来说，他在《自然哲学之数学原理》第一版中，宇宙中心是静止的这一命题是第四假设"（哥白尼 503）。这意味着"假设"就是基本概念，是不用怀疑的一种信念。

④ 叶译本作"天空具有超越一切的完美性"，但罗森原文为 heaven's transcendent perfection，其中 heaven 即 heavenly bodies（天体），因而当解作宇宙，而不是天空。

出来的地球运动。最后，我们认识到太阳位于宇宙的中心。正如人们所说，只要"睁开双眼"，正视事实，行星依次运行的规律以及整个宇宙的和谐，都使我们能够阐明这一切事实。（哥白尼19）

这是《天体运行论》第9章的结尾，也是第一次在正文中提到日心说。在这里，哥白尼阐述了他的整个运思过程，但其落脚点却在宇宙和谐，因为"认识到太阳位于宇宙的中心"，是为了解释"行星依次运行的规律"，而这个规律的终极意义，却在于"整个宇宙的和谐"。更重要的是，这种和谐，作为基本"假设"，乃是人所共知的信念，是为"正如人们所说"，因而是毋庸置疑的。正因为如此，哥白尼之"宇宙的总的结构"，从宇宙的有限性到天体的运行轨道，再到天体本身的形状，都呈现为一系列的圆，象征着最高最完美的和谐；而太阳和恒星天，之所以静止不动，以及托勒密的本轮、均轮等概念的运用等，其根本意图也都体现着这样的终极和谐。哥白尼之所以对"旧学"提出尖锐批评，并非由于"旧学"的全然错误，而是由于其存在着规律的不协调①。"正像一位画家，从不同地方临摹了手、脚、头和其他部位，尽管都可能画得非常好，但不能代表一个人体。这是因为这些片段彼此完全不协调，把它们拼凑在一起就成为一个怪物，而不是一个人。"（21）可见哥白尼的日心说，并非对宇宙秩序的否认；相反，它是对宇宙和谐的强化。

《天体运行论》正文再次提到日心说，是紧随上面思路而来的第10章。在这里，哥白尼以"拉丁学者……所熟悉的观点"和"如所周知……的事实"，首先肯定了"宇宙的中心靠近太阳"（22），接着排列了诸天的顺序，这就是哥白尼的宇宙论②。最后，他得出了这样的结论：

因此，我们从这种排列中发现宇宙具有令人惊异的对称性以及天体的运动和大小的已经确定的和谐联系，而这是用其他方法办不到的。……最卓越的造物主的神圣作品无疑是非常伟大的。（25）

---

① 特别是行星的运行规律。在哥白尼看来，宇宙就应该像"毕氏所说"是和谐的、有序的，而托勒密体系则极不协调：一方面是太阳、月亮和行星，它们既自西向东运动又与恒星一道自东向西转动；另一方面是行星本身，水星和金星服从一个规律，而火星、木星和土星则服从另一个规律。

② 这就是哥白尼《天体运行论》的宇宙理论：首先是恒星天，它包罗自身与万物，所以是不动的，也是宇宙的间架，其余诸天的位置与运动都是对它而言的。恒星天以下是绕日运动的天体：第一是土星，三十年一周；第二是木星，十二年一周；第三是火星，两年一周；第四是地球和作为本轮的月球，每年一周；第五是金星，九个月一周；第六是水星，八十天一周。"静居在宇宙中心处的是太阳。在这个最美丽的庙堂里，它能同时照耀一切。难道还有谁能把这盏明灯放到另一个更好的地位吗？"（哥白尼24）

这里的核心，依旧是宇宙和谐。此外，这里还显示着两个基本概念：第一，日心说的本质是揭示宇宙和谐的一种最佳途径；第二，宇宙和谐本身乃是上帝的意志使然。前者意味着新旧学之间的关系，乃是一种继承和发扬的关系，而不是革命性的颠覆；后者则与"引言"一脉相承①，借用《天体运行论》中《给保罗三世教皇陛下的献词》的话说，就是"在上帝对人类理智所允许的范围内，寻求一切事物的真谛"（哥白尼 xxix）。而这也同样显示着新旧学之间的继承与发扬关系。由此可见，两个基本概念都体现着"旧学"之"宇宙即和谐、秩序"的根本理念。

哥白尼对宇宙和谐的强调和对"旧学"的继承，还可以从他的目标中看出。科恩在《科学中的学问》中指出，哥白尼有两个既定目标：一是要与托勒密的宇宙模型保持一致；二是要坚持天体的匀速圆周运动（科恩 141）。为了与托勒密的宇宙模型保持一致，哥白尼除了整体搬用托勒密宇宙图外，还像托勒密一样，决心展示宇宙的"数学结构"②。他把托勒密看作一位"最杰出的天文学家"（哥白尼 116），所以不但大量利用托勒密的相关理论、概念和数据③，而且《天体运行论》的结构，正如科恩所说，也与托勒密的《至大论》密切相关，甚至"章与章之间、定理与定理之间、星表与星表之间都有着一种对应的关系"（科恩 153）。为了坚持天体的匀速圆周运动，哥白尼引入亚里士多德的运动理论，即圆周运动和直线运动、简单运动和复杂运动，以及简单运动中的离心、向心和绕心运动等，将自己的著作完全建立在圆周运动上，以便符合宇宙那井然有序的和谐④（哥白尼 17-18）。正因为如此，所以他才抛弃了托勒密的"等分点"理论，用本轮、均轮和偏心圆的组合来解释行

---

① 在《天体运行论》第 1 卷"引言"中，哥白尼说："我认为必须用最强烈的感情和极度的热忱"去探究"宇宙的神圣运动"，因为"一切高尚学术的目的都是诱导人们的心灵戒除邪恶，并把它引向更美好的事物，天文学能更充分地完成这一使命。……一切幸福和每一种美德都属于上帝。难道《诗篇》的虔诚作者不是徒然宣称上帝的工作使他欢欣鼓舞？难道这不会像一辆马车一样把我们拉向对至善至美的祈祷？……然而这门研究的最崇高课题，与其说是人文的倒不如说是神灵的科学，并不能摆脱困境。主要原因是它的原则和假设（希腊人称之为假说）已经成为分歧的源泉。……诚然，亚历山大城的克洛狄阿斯·托勒密，利用四百多年的观察，把这门科学发展到几乎完美的境地，……可是我们察觉到，还有非常多的事实与从他的体系所应当得出的结论并不相符……我将试图对这些问题进行比较广泛的研究。我这样做是由于上帝的感召，而如果没有上帝，我们就会一事无成"（哥白尼 1-3）。

② 这一点，突出地体现在扉页上那句用以警告读者的名言中：Let no one untrained in geometry enter here（"不懂几何学者就此止步"）。

③ 比如第 12 章《圆周的弧长》就是"严格按托勒密的办法，用六条定理和一个问题"加以讨论的。

④ 哥白尼对这些运动的论述见于第 1 卷第 8 章。正是在此基础上，他于第 9 章开宗明义地说道："否认地球运动是没有道理的。"并进而想到地球的运动必然在"许多天体上反映出来"，从而在正文中首次假设出日心说的。

星的运动①。从科恩的这些评论看，哥白尼的两个目标都达到了，但他成功的一个重要原因，在于套用由毕氏发明、经亚里士多德发展、到托勒密而最终固定的圆形宇宙②。

哥白尼对"旧学"的继承和发展，无论从日心说体系本身，还是主观目标、立论基础、基本观点、论证方法、引证资料等角度看，都是显然的。其实，这也是情理中的必然，因为，作为天文学著作，《天体运行论》是不可能脱离和谐、秩序的宇宙理念的。笔者并不否认哥白尼的巨大成就，但也赞同科恩的基本评价，即《天体运行论》"并没有真正构成什么人们可以察觉到的、焕然一新的离经叛道行为"（科恩 153）。甚至还可以说，哥白尼新学，本身就是对"旧学"的一种完善，是服务于"和谐与秩序"的宇宙观的。

由此看来，如果说真有"哥白尼革命"，那么这个革命的最突出表现，正如科恩所暗示的，就是日心说的确立和等分点的取消（156）。可是后来，第谷否定了前者，提出了准地心说③；开普勒否定了后者，恢复了等分点，同时否定了匀速圆周运动，提出了"椭圆轨道"概念④。从这个意义上说，"哥白尼革命"的影响，也只有等到

133

---

① 正因为如此，人们才普遍认为，哥白尼坚持匀速圆周运动，至少在哲学层面，乃是向柏拉图的倒退。尽管斯韦德罗极力为哥白尼辩护，说他在《短论》中提供了一个物理学基础，但也承认"对于（诸如有关天体特有的运动的哲学的或形而上学的原则）这类事物的思索，不属于数学天文学的领域"（科恩 140-141）。根据科恩的观点，伊拉兹马斯·莱因霍尔德完成了《普鲁士星表》（1551 年）的编写工作，他在他本人收藏的一本《天体运行论》的扉页上（用拉丁文）写着："天文学公理：天体的运动是匀速圆周运动，或者，是由匀速圆周运动部分合成的运动。"（科恩 151）

② 哥白尼也多次提到毕达哥拉斯，每次提及都没有批评，只有借鉴；甚至在考虑《天体运行论》的出版时，也以毕达哥拉斯为例（哥白尼 29-32）。

③ 江晓原对此有个非常简明的阐释："第谷正是日心说的怀疑者之一。他提出了自己的新体系（De Mundi, 1588），试图折衷日心说和地心说。尽管伽利略、开普勒等人不赞成，但第谷体系在当时和此后一段时期内还是获得了相当一部分天文学家的支持。例如 N. Reymers 的著作（Ursi Dithmarsi Fundamentum Astronomicum, 1588），其中的宇宙体系几乎与第谷的完全一样，第谷还为此和他产生了体系的发明权之争。又如丹麦宫廷的"首席数学教授"、哥本哈根大学教授 K. S. Longomontanus 的天文学著作（Astronomia Danica, 1622），也完全采用第谷体系。直到 J. B. Riccioli 雄心勃勃的著作（New Almagest, 1651），仍然明确主张第谷学说优于哥白尼学说。该书封面图案因生动地反映了作者的观点而流传甚广：司天女神正手执天秤衡量第谷体系和哥白尼体系，天秤表明第谷体系更重，至于托勒密体系则已被弃于地下。"（江晓原 48）

④ 具有"天上的立法者"称号的开普勒是哥白尼的热烈拥护者，可更是真理的不倦探索者。在《宇宙的和谐》（1619 年）中，他情不自禁地把发现"椭圆轨道"比作"认识真理"，人们普遍认为，这是对哥白尼的重大贡献。但是，开普勒所否定的匀速圆周运动，根据伊拉兹马斯·莱因霍尔德、欧文·金格里奇等人的观点，乃是哥白尼的伟大成就之一，完全可以媲美"把地球从宇宙中心的宝座上撵走而把太阳定为宇宙中心"。

康德时代而不是在多恩时代①。

本节开头曾说到，对多恩之"新学"的研究，开始于20世纪，亦即康德之后。此时，随着理论的不断开拓，各种视角的研究，如审美的、哲学的、政治的、语言的等，可谓层出不穷。在这样的背景下，用康德的"哥白尼革命"解读多恩，本也无可厚非，多乔泰的《多恩解读》就是这样的专著。问题是，如若过分强调日心说的革命性，特别是颠覆意义上的革命性，就可能显得片面了。以此反观多乔泰的《多恩解读》，则他所理解的"新学"，因立足于"革命"，所以无论对受影响的多恩，还是对施影响的哥白尼，恐怕都作了过高估计，也都是一种意图性误解；而将"游走的星"解读作"失误"则恐怕过于牵强。比如，巴顿就特别提醒说，希腊人区分行星和恒星，是公元5世纪以后的事；而在这之前，行星的字面意义就是"游走"（Barton 21）。

换言之，将"新学"对"旧学"的冲击看作一场革命，恐怕是有失偏颇的；认为这种革命具有立竿见影的效果，恐怕是有失实证的；而以此为出发点去研究多恩的"新学"，则恐怕是有失公允的。前两点，从上述对新旧学的极为简略的分析与回顾中，已经足以说明；而后一点，除了从这里已经可以看出间接证明，还可以从多恩的作品中找到直接证明。

在许多作品中，多恩都或多或少地涉及"新学"，但最直接、最集中的，当数《依纳爵的加冕》和《第一周年》，前者将哥白尼写作人物，后者则是"新学"一些基本概念的再现。根据鲍尔德的观点，《依纳爵的加冕》属时事性作品（Bald, *Life* 211），即天主教和新教论战时期的作品。根据辛普森的观点，该书之所以引人注意，在于其中提到多恩的新学（Simpson 180），因此不妨从这部作品开始。

《依纳爵的加冕》是多恩流传于世的仅有的一本小说，也叫《依纳爵罗耀拉：在地狱的新近选举中受冕主教。以此关于耶稣会的格局、关于新地狱的创造、关于在月球建教堂，均再现于讽刺方式中。并附为耶稣会一辩。献给两位敌方天使，他

---

① 康德的《纯粹理性批判》（1781年）提出"哥白尼革命"后，对这个课题的讨论，如卢卡奇（1923）、林赛（1934）、佩顿（1936）、罗素（1945、1948）、谢瓦利埃（1961）、波普尔（1962）、伯德（1973）、德勒兹（1971）等，都把康德与"哥白尼革命"联系在一起；维尔莱明还出版了专著《康德的遗产与哥白尼革命》（1954年）。一种权威说法是："康德自豪地宣称，他完成了哲学中的哥白尼革命。正如近代天文学的创始人哥白尼用观察者的运动来解释星体似乎在运动的部分原因，同样，康德说明了心灵的先天原则作用于客体，显示了客体服从于心灵：在认识活动中，不是心灵服从于事物，而是事物服从于心灵。"（McHenry 9：166）迄今，争论仍在进行，著述之丰，难以计数。

们是罗马红衣教会和索邦神学院的守护者》^①。作品以梦幻文学的形式，写自己的灵魂出窍后在广袤的宇宙中漫游，不经意间看到洞门大开的地狱，发现不计其数的亡魂正逐一地在魔王路西法面前表功。其中所占篇幅较大的有哥白尼、帕拉塞尔苏斯、马基雅弗利、阿雷蒂诺、哥伦布、圣菲利·内利，但他们的功劳都被罗耀拉逐一驳回。路西法深感自己的地位面临威胁，于是要求罗耀拉带领他的信众到月球建立新的地狱。此时传来一个消息称，在法国国王和西班牙国王的力荐之下，教皇即将把罗耀拉封为圣徒。

有趣的是，在《依纳爵的加冕》中，研究天文的哥白尼等都不在天上，而是在地狱的底层，那是一个"尚且还不为人知的地方"（Donne，*Ignatius* 9）；一个"藐视一切遗产、诱发种种怀疑、引起全部忧虑、处处裹足不前、人人随心所欲、而最后所得皆与已有观念截然相左"（9）的地方；一个"纷争四起、妖言惑众、真理丧失"（11）的地方；一个除路西法外，唯有少数狂人，亦即成就过所谓的伟大创举，既能自我证明、又能说服所有狂徒的人，才有资格进入的地方（11）。这些人中，第一位就是哥白尼。

135

> 那门吱吱一响，我瞥见了一个数学家，为着查证、嘲笑和推倒托勒密，他一直忙着。现在他昂首挺胸、步伐稳健地来到门前，向着那房门手脚相加（对路西法很是不以为然的样子），口如洪钟：我是地球的灵魂，是我让地球运动，诸天向来为我敞开大门，难道这里反要将我拒之门外？
>
> 我这才知道，来的是哥白尼。当然，我未曾听说过对他的中伤，所以也就未曾料想会在那里见到他。不过我倒也记得，主教们传播过这个名字，惩处过异端，几乎牵涉万物；我也还记得用过格里历，并用比德镜见到过俄利根，他本该受基督堂敬重的，却在地狱中焚烧，于是我不再怀疑，而是坚信，我所见到的，正是哥白尼本人。（13）

读《依纳爵的加冕》，每每使人想起但丁的《神曲》。但多恩的出窍灵魂，并无

---

① 该书有两个版本，一为拉丁版，另一为英文版，其中拉丁版标题为 Conclaue Ignatij：siue eius in nuperis Inferni Comitij Inthronisatio. Vbi varia de Jesuitarumindole, de novo Inferno creando, de Ecclesia Lunatica instituenda, per Satyram congesta sunt. Accessit et Apologia pro Jesuiticis. Omnia Duobus Angelis Aduersariis, qui Consistorio Papali, & Collegio Sornonae praesident, dedicata。最先的英文版标题为 Ignatius his Conlaue：or His Inthronisation in a late Election in Hell，为十二开本，扉页注明是从拉丁版翻译过来，并于 1611 年出版。现在通行各种版本的英文标题，均作 *Ignatius his Conclave*（《依纳爵的加冕》）。另有一说认为英文版出版于 1610 年，拉丁版出版于 1611 年。

维吉尔或什么人的引导，而是像《灵的进程》中的主人翁，在天地间尽情徘徊，全然一个无拘无束的自由精灵，其所以走入地狱，纯是运气使然，因为"地狱之门顿开实属罕见，终身也难得一遇；蒙命运错爱，方得一睹所有狂人"(Donne, *Ignatius* 13)。但哥白尼却全然不同，他并非命运安排，也无猛兽挡道，而是有意为之的，其所以进入地狱，纯属自以为是；而其欲在地狱争得一席之地的企图，也与那些骄傲自大的狂徒并无二致。这样的基本定位显示，多恩眼中的哥白尼乃是另类人物；天主教之因他而惩处异端也暗示并增强了这样的思想。

与此同时，读《依纳爵的加冕》，更令人想到后来的弥尔顿及其《失乐园》。这一点，从上面的引文中，特别是哥白尼的口气中，可以清楚地看出。同样可以清楚看出，但却更具说服力的，还是紧接而来的对话。

> 路西法问来者："你是谁？你胆大妄为，甚至在地狱也有一小挫，似乎有权进来，但你还得首先说服四周站列的人，他们的命运也将与你一样。"
>
> "哦，路西法，"哥白尼回答，"要不是你就是路西法星，而我又对之那么熟悉，我就不会与你说话。我就是哥白尼，我同情你被打入世界的中心，我把你和你的监狱地球，都双双升到了天上。依我看来，上帝才不乐意向你报仇呢。太阳是个多事的间谍，一个吹毛求疵的家伙，也是你的敌人，我已让其到了世界底层。有些创新不过雕虫小技；而我则改变了世界的整体格局，几乎就是一个创造者。难道这里的大门要向他们开放，却把我关在外面？"他停住了，不再言语。[①] (13-15)

这是一个可以和弥尔顿《失乐园》第 1 卷之撒旦媲美的哥白尼：狂妄自大、目中无人，使路西法也顿感语塞，自愧不如，觉得自己堕落前的那次反叛，较之于哥白尼的雄心和成就，简直微不足道。具有讽刺意味的是，哥白尼的孤芳自赏，在随后的罗耀拉的一系列质问中，竟显得那么苍白无力，因此最终语塞的，并非路西法而是哥白尼。

> "可是你，"依纳爵对哥白尼道，"你有什么新的发明？我们的路西法又因此而得到了什么？地球走也好不走也罢，与他有什么关系？你把地球

---

① 本书所用的版本是双语版，单页为英文，双页为拉丁文，上述引文如果在一般的单语书籍中，相当于第 7~8 页。这里遵照原书页码来标注，特此说明。

举到天上，难道人的信心就能上去？他们可曾建了新的高塔？可曾再次威胁着上帝？你的地球观可曾否认了地狱的存在？人们可曾放弃了对罪的惩罚？难道人们没了信仰？难道他们不再活得公正，就像从前一样？此外，诽谤你的学识尊严、贬损你的来到权利，就在于你那些观点可能是真的。因此而言，在天文领域，如果谁有幸该来的话，也非克拉维于斯莫属"。（Donne，*Ignatius* 17）

接下去是罗耀拉对克拉维于斯之破坏力的简短赞美，而后，罗耀拉再度转向哥白尼，不但指责他没有创造，还藐视他胆敢前来，并力主将他赶出地狱。

"可是哥白尼，你的种种创造，却很难称得上是你自己的，因为赫拉克利特、艾方杜斯、阿里斯塔胡斯等，早在你之前很久，就向世人宣讲过那些东西。他们都与其他哲人一道，对下界感到满足，没有想来这里的意愿，因为这里是专为反基督的英雄们准备的。此外，你们内部也意见纷纷，并非都认为你改变了秩序，第谷是按你的方式做的，可别人则另有一套，所以你算不得立了什么派别。所以可怕的魔王啊，让这个渺小的数学家滚蛋吧！让他滚回自己的同伴中去吧！从今往后，如果神父们能从教皇那里获得上谕，就能以信仰的名义判定：地球是不动的，同时凡持相左意见者都将尽数革出教门。只有到那时，颁布上谕的教皇和哥白尼的追随者（如果为天主教徒的话），才可能高贵地来到这里。"路西法表示赞同；哥白尼则一个字儿也咕哝不出，只是静静地站着，像在想太阳的事一样。（19）

137

如同弥尔顿《失乐园》中的撒旦，哥白尼的高大形象，很快便泡影一般，被击得粉碎，连"一个字儿也咕哝不出"，都近似于撒旦的结局。《依纳爵的加冕》对哥白尼的描述，也就到此为止了[①]。值得注意的是，当罗耀拉称赫拉克利特等"对下界

---

① 接下来有帕拉塞尔苏斯（Philippus Aureolus Paracelsus，1493—1541，瑞士医师、炼金术士、化学新药发明者）、马基雅弗利（Nicolo Machiavelli，1469—1527，意大利政治学家、政治学之父），另有许多各式各样的发明家，如阿雷蒂诺（Pietro Aretino，1492—1556，意大利作家、现代情色文学之父）、哥伦布、内利（Saint Philip Neri，1515—1595，罗马司铎、清唱剧制度创始人）等，都被罗耀拉给打发了。鉴于罗耀拉越来越放肆，冥王路西法决定将其赶走，于是写信给罗马主教，建议罗耀拉前往伽利略所熟悉的月球。一个精灵很快带来教皇口谕，称将派罗耀拉到月球建教会，并将为他加冕。

感到满足"时，似乎他并没有把自己看作就在"下界"（原文 the lower world），可这并非意味着地狱是"上界"，而是多恩对罗耀拉的讽刺。辛普森曾引多恩的上述引文，特别是"地球不动"一句，说多恩借罗耀拉之口，预见了伽利略后来所面临的裁决（186）。但在《依纳爵的加冕》中，伽利略并未出场，只被提及名字而已①。同时被提及名字而没有出场的还有开普勒。鲍尔德说《依纳爵的加冕》可能受了开普勒《梦游记》的影响，因为前者的宇宙之旅和将月球视为可居之地，都与后者的描述近似，并称开普勒本人也如此认为（Bald，*Life* 229）。尼科尔森更是深信不疑，作为实证，她还引用了开普勒的原话："《依纳爵的加冕》之讽刺真是入木三分。我猜想，作者可能有我那本小书，因为他在开篇点了我的名。而后是那可怜的哥白尼，他被带到冥王座前接受处罚。"（Nicolson，*Science and Imagination* 67）这一切，实质上只有一个目的，借格瑞厄森的话说，是关注"科学的进步"；而用鲍尔德自己的话，就是"跟随新学"（Bald，*Life* 229）。

但这些评说却存在两个问题。第一，开普勒之"我那本小书"既然指《梦游记》，可《梦游记》又出版于 1634 年，那时多恩已去世三年，开普勒也已去世四年，那么，多恩是如何读到《梦游记》的呢？第二，《依纳爵的加冕》虽提到伽利略和开普勒，但被视作狂徒的却是哥白尼，而非他们二人，那么，开普勒和伽利略到底与多恩有多大关联呢？对于第一个问题，尼科尔森虽有开普勒的证言，但并不足以为证；而鲍尔德的种种证明，也不过纯然的推测（228-230）。因此，将《梦游记》与《依纳爵的加冕》做直接联系，尽管存在可能性，但说服力不强。对于第二个问题，尼科尔森和鲍尔德一样，都认为《依纳爵的加冕》中到月球建教会的思想，揭示着灵魂的他乡之旅的主题，而这个主题就见于开普勒的《梦游记》。但《依纳爵的加冕》并无真正的月球之旅；就算退一万步讲，则即便有也不一定来自开普勒的《梦游记》。首先，他乡之旅的主题古已有之，按鲍尔德本人的说法，起码可上溯到第一世纪的普卢塔赫和留奇安（229），如果结合毕氏旧学，则还能上溯得更早②，即便只考虑文艺复兴时期，也有斯宾塞的《仙后》。其次，在《依纳爵的加冕》中，伽利略和开普勒

① 一处在开篇，另一处在结束。结尾处是借路西法之口，开篇处则出自诗人之口。路西法想把罗耀拉赶到月球，理由是伽利略靠那面镜子，已对月球了如指掌，所以尽可将其拉近地球的任何地方。开篇处，出窍灵魂详察了诸天的种类、形状、位置，以及那里的居民和实施的政策；但对其中的任何一样都没有细说，只是一笔带过，原因是怕让人误解对伽利略有所不恭，因为伽利略新近刚缩短诸星的距离。

② 根据拉尔修《贤哲传》第 8 卷记载，毕达哥拉斯曾说他自己原本是赫耳墨斯之子 Aithalides，后化身为 Euphorbus，再化身为 Hermotimus，再化身为 Pyrrhus，其中的核心当然是灵的轮回，但也涉及灵魂的他乡之旅（Gorman 28）。

都很少被提到；较之于哥白尼，无论篇幅还是思想交锋，都相去甚远。再次，在多恩作品中，"新学"总是与运动和变化联系在一起的，而这种运动和变化，并非单纯的空间关系，更非否定"新的作为"。最后，作为文学作品，《依纳爵的加冕》本身就是想象的产物，不一定非要什么月球之旅作为参考。这一切都意味着，无论是关注"科学的进步"还是"跟随新学"，从宇宙观角度看，诗人所真正在意的，如前所述，乃是哥白尼的"新学"。

更重要的是，《依纳爵的加冕》所讽刺的，虽也包括哥白尼，但主要的还是罗耀拉，因为加冕为依纳爵的正是罗耀拉本人。一方面，它显示着宗教的纷争，也是多恩宗教立场的转变标志[①]；另一方面，哥白尼与罗耀拉的对立是显著的，说明多恩的宇宙观内入了新的内容。哥白尼最终被赶出地狱、"滚回自己的同伴"，既揭示了他与地狱的无缘，也暗示着多恩无意将其归入"真理丧失"之地的意图。哥白尼的形象之所以在地狱被击碎，乃是因为地狱只属于"反基督的英雄"，而不是因为哥白尼学说本身；反倒是哥白尼"那些观点可能是真的"，才使他更接近真理，亦即更接近基督，因此也才更加不能留在地狱。换言之，多恩借罗耀拉之口，既揭示了耶稣会的虚伪，讽刺了罗马天主教的权威，也一定程度地肯定了哥白尼的正确性。

之所以说一定程度，在于这种正确性是有条件的，那就是可能性。一方面，哥白尼学说的"真"只是"可能"的"真"；另一方面，多恩给哥白尼的最后一笔是"像在想太阳的事"。二者均以可能性为前提。多恩之所以将其"带到冥王座前"，而不是基督的座前，原因之一大概就是其可能的而非绝对的正确性。作为读者，我们无从想象，一旦将场景改为天上到底会怎样，但有一点是肯定的：多恩做了教长后，曾对出版其1615年前的某些作品有过后悔，可其中并不包括《依纳爵的加冕》。这意味着他对哥白尼新学的态度是一贯的：承认其有限正确。从这个意义说，多恩对哥白尼，既有摈弃，也有接受，更有突破。

在《依纳爵的加冕》中，所有出场者都是被讽刺的对象，区别只在程度的不同。

139

---

① 我们知道，罗耀拉（1491—1556）是耶稣会的创始人，多恩是在耶稣会家庭中成长起来的，这表明，《依纳爵的加冕》与《伪殉道者》和《讽刺诗第 3 号》一样，都属于诗人探讨宗教问题的作品。耶稣会不仅以殉道为最高追求之一，也使多恩的家庭累遭不幸，多恩本人也因此丧失了获得学位的权利。这一切都有可能促使力求世俗功名的诗人重新定位自己的人生。不过其中到底有多大关联，至今依然不十分清楚。根据现有的各种《罗耀拉传》，罗耀拉是十分虔诚的；而根据沃尔顿的《多恩传》，多恩虽转皈了国教，但却一直深爱着坚定信仰耶稣会的母亲，并在做了圣保罗大教堂的教长后将母亲接来赡养，直至她去世（Walton xxxviii）。所以多恩内心因宗教信仰而起的苦痛到底有多大，尽管论述已有不少，却同样并不十分清楚。

一方面，就哥白尼而言，尽管其学说具有正确性，但他本人却与罗耀拉一样，扮演着小丑角色，这样的形象塑造，本身就包含着批评；哥白尼以傲慢登场而以语塞退场，构成一种前后对照，从而在细节上进一步增强了这种批评；将哥白尼置于他者地位加以审视，完全不同于多恩作品中常见的"大我"与"小我"的对应，构成了另一层面的对照，彰显着"我者"与"他者"在诗人意图上的区别，这一区别之最突出的表现，在于多恩借以认定哥白尼的那句话"我赋予地球运动"。这一切都显示着多恩对哥白尼的摈弃。

另一方面，对哥白尼的运动观，多恩又是认可的。比如在《应急祷告》第21章中，多恩就表达过"新学"的观点："我是新学的新论点，即地球在转动；地球确实在动着，以圆周运动方式，我怎么可能不相信呢？"（Donne, *Devotions* 133）对"新学"的认可不仅因为"旧学"包含着运动，而且因为"新学"的运动是隶属于和谐的。在"旧学"中，和谐产生运动，运动归于和谐；在"新学"中，这种概念并无根本改变，区别只在动的主体和方式。前面说过，哥白尼的宇宙观主要体现在《天体运行论》第1卷。而该卷最突出的特征，一是圆形，二是运动。前者以第1~3章为主，后者以第4~11章为主，二者合一的顶峰则为第10章。在这里，哥白尼清楚地给出了他的宇宙图：一个处于匀速圆周运动中的圆形宇宙。以此反观"旧学"，则"旧学"之谬，正如第1卷第8章所说，在于"坚持地球静居于宇宙中心"，误以为这就是和谐的"最佳状态"，因此"毫无根据"地担心地球如若运动则"一切会土崩瓦解"（哥白尼 15）。所以，从根本上说，"新学"之区别于"旧学"，只在于以地球运动取代太阳运动，而寓和谐于运动、以运动体现和谐的观念依然如故。正因为如此，所以哥白尼别无选择，只能舍弃直线运动而坚持圆周运动，所给理由也异常简单："圆周运动完全保持自己原来位置，与静止相似。然而直线运动会使物体离开其天然位置，或者以各种方式从这个位置上挪开。物体离开原位是同宇宙井然有序的布局和完整的图像格格不入的。"（17）由此也可以看出，多乔泰的《多恩解读》，实际上是以直线运动为切入点的，其位移显示着人生状况的结论，与哥白尼的本意正好相左，是一种明显的意图性误解。

由于新旧学都强调和谐，所以多恩的宇宙人生兼容二者，也就不足为怪了。但新旧学之间，并不因强调和谐而丧失彼此的巨大区别。从文化的角度，"旧学"更注重和谐，而"新学"则更注重运动。对多恩而言，新旧学的结合，或运动与和谐的结合，便是和谐中的运动或运动中的和谐；所以新旧学之间，虽然存在矛盾，但在和谐观上却反而相互增强，既有理论作基础，又有实践为支撑，即便算不得投合着诗人的思辨禀性，也可看作是这一禀性的必然反映。从这个意义上说，"新学"也没有对多恩造成革命性的影响。多恩的作品显示，"新学"之于多恩，其"革命性"只存在于读者的理论解读中，而不在诗人的实际创作中。从文学创作的角度，无论"新学"还是"旧学"，都不过是创作背景，是服务于作品内容的。因此即便从康德以来的"哥白尼革命"入手，大概也只能得出这样的结论：就多恩的创作而言，哥白尼新学的真正革命性，在于对宇宙人生的呼唤，但其核心依然是和谐，而不是颠覆。正因为如此，"新学"的冲击才能唤醒沉睡的和谐，并在运动中增强这种和谐。还是因为如此，"新学"才和"旧学"一样，在反思"大我"与"小我"的关系中，演化成对人生真谛的终极探索，并外化为"运动和谐"的终极形态，成为诗人宇宙人生的组成部分，但这已不再属于哥白尼，而属于对哥白尼的突破了。

可见，多恩对哥白尼的接受，是受制于有限正确的，也是有所突破的。对此，除运动和谐外，还可以从四大基本主题的表现中看出。此外，三部曲的一个显著特征，就是着眼于对立并以此来反衬主题，所以犹如美之于丑、灵之于肉、生之于死一样，动是之于静的、和谐是之于不和谐的，因此"运动和谐"本身就是一个悖论。在这个悖论中，美、生、和谐都倾向于灵魂，而丑、死、不和谐则倾向于肉体。这种"对立反衬"横贯三部曲的始终，但以表现之最为明确而论，当数《第一周年》。

在《第一周年》中，多恩之所以能够解剖世界，就在于灵与肉的对立，在于灵魂去往天堂后，剩下的便只有僵死的肉体。这一点，前文已经论及。可是，灵魂之于肉体的关系，不仅只是对立的，同时也是相互的，是一种反衬关系，亦即我者寓于他者、他者再现我者的互动关系。所以，如果进一步说，则肉体世界之死意味着精神世界之生；如果退一步说，则肉体世界之死意味着互动关系的丧失。显然，进与退都各自构成悖论，但后者却是不能成立的。这一点，诗人想必是十分清楚的，所以才写道：

> 谁说我们的世界它自身已经死去，
> 否则种种的努力，就将前功尽弃，
> 因为即将发现的世界的种种虚弱，
> 哪会有活着的人来研读这篇解剖。（《第一周年》63-66）

大概是为了确保进与退的悖论均能成立，同时又不至于丧失灵与肉的互动，所以诗人才在《第一周年》中把德鲁里小姐的离去首先比作惊人的地震(11)，进而又借天人对应关系，将"小我"类比为"大我"，逐次展开。为此，诗人在灵与肉、生与

141

死、动与静等的对立反衬之外，引入了健康与疾病两个概念。所以在"导入"部分起笔处，诗人以26行为一句，分两个层次展现了向上的运动和向下的运动。安泽尔门特甚至仅从其中的前20行就发现了其中的端倪，并在《〈周年诗〉中的巴别塔》一文中明确指出，多恩《第一周年》的开篇20行体现着运思上的一种平衡关系：前10行为向上的运动，写灵的解脱；后10行为向下的运动，暗示着《圣经》中人类始祖之堕落的故事(转引自 Stringer 6：368)。从《第一周年》的文字表述可以发现，向上的运动是两个"当"字引出的时间状语，内容为灵魂的升天；向下的运动是主句所带的原因状语，内容为现世对灵魂离去的反应。这个反应的着眼点，就是地震带来的"巨大消耗"，而中心内容便是健康与疾病。

> 这巨大的消耗，已化作热病一场，
> 这个世界正好相配，欣慰又悲伤；
> 人人都以为，痼疾用药便可治救，
> 一旦症状消退，便可以高枕无忧，
> 生病的世界啊，你已是病入膏肓，
> 却还茫然乐观，误以为仍然健康，
> 她的死去已将你驯服，将你击伤，
> 你或许就能善待人类，或者太阳。(《第一周年》19-26)

从诗歌创作角度而言，诗人无论作何扩张联想，都是自然的、不足为奇的，因为诗歌本身就是联想的产物，所以这里的健康与疾病，本来也没有什么特别之处。但是，既然以"小我"审视"大我"，又将太阳和人类并列，则诗的内容便有了巨大的拓展，这是因为在多恩诗中，太阳具有多重喻指：或太阳本身、或基督、或诗人自己。而这些在他的爱情诗和宗教诗中都是相同的。在《第一周年》接下来的诗行中，作者不但直接点了"新学"的名，更有大量的诗行与天文直接相关，比如在《第一周年》中，集中论及天文，特别是"新学"的诗行，就有第185~210行、第253~291行、第391~400行，共计85行，约占474行的18%。这一切表明，我们便没有理由回避宇宙人生，也没有理由漠视或回避哥白尼。而一旦联系到哥白尼，就会发现，这里所引入的健康与疾病，实际上就是对哥白尼运动说的借鉴与发挥，因为在《天体运行论》第1卷第8章，哥白尼在提出运动之两种属性的同时，就有过近似的喻指。

我们必须承认，升降物体在宇宙体系中的运动都具有两重性，即在每一个情况下都是直线运动与圆周运动的结合。……因为圆周运动属于整体，而各部分还另有直线运动，我们可以这样说，圆周运动可以和直线运动并存，有如"活着"与"生病"并存一样。……作为一种品质来说，可以认为静止比变化或不稳定更高贵、更神圣，因此把变化和不稳定归之于地球比归之于宇宙更恰当。（哥白尼 17-18）

显然，多恩的"健康"与"疾病"，与哥白尼的"活着"与"生病"有着承袭关系。在哥白尼那里，前者属于圆周运动，是和谐的运动方式；后者属于直线运动，是不和谐的运动方式。在多恩这里，前者属于灵魂，以死亡为反衬；后者属于肉体，以健康为反衬。所以多恩与哥白尼没有本质的区别，只有内涵的延展。这种延展，包含着多重的结果，如生命的存在与非存在、世界的健康与病态、人生的长寿与短暂、人性的伟大与渺小，以及自然的腐朽、解体、混乱，还有天国与人世的对应等。进一步还可以发现，这种种结果不是别的，正是《第一周年》正文各部分的核心内容，也是旁注所特别提醒的要点。这就意味着，开篇的健康与疾病，既是全诗的点题，又是正文的解剖对象；同时也意味着，无论从整体布局还是从细节选择角度来看，《第一周年》都显示着对哥白尼新学的接受与扩展。

如果再进一步，则不仅《第一周年》，而且《灵的进程》和《第二周年》也有对哥白尼的接受与发挥。哥白尼在《天体运行论》中讲到培育良好心智的阻力时曾这样写道："我认为这种阻力的根源是纵欲和贪婪，而这两者都极为猖獗。纵欲引起乱伦、酗酒、强奸、淫乐和某些暴力冲动，这些可以酿成死亡和毁灭。事实上，有些人受情欲刺激达到顶峰时，竟可全然不顾自己的母亲和女儿，甚至触犯刑律……贪婪产生斗殴、凶杀、抢劫、吸毒以及其他种种恶果。因此，我们应当竭尽全力，用火和剑来根除这些木头上的罪恶之穴。"（哥白尼 29-31）在《灵的进程》中，大量的篇幅所表现的正好是欲望、争斗、乱伦、强奸、杀戮等恶习，而且也都近似于哥白尼所说的"不稳定"，甚至灵的历程本身也近似于哥白尼的"变化"。这样说，并不等于《灵的进程》与《天体运行论》具有必然联系，但后者所体现的宇宙人生意识则是应当注意的，而这恰好是多恩三部长诗的重要特点之一。在多恩笔下，"宇宙灵魂"的尘世之旅，作为人性化的觉醒过程，本身就包含着对人性之善与恶、正与邪、美与丑、真与伪、褒与贬等的认识、揭示与评判，体现着上界与下界的对应，这与哥白尼是相通的。此外，"宇宙灵魂"的完整历程处处体现着对立反衬，既有

143

高贵与神圣，也有变化和不稳定，甚至"纵欲和贪婪"的种种恶习，既是节制和善良等诸多美德的反衬，也是鱼贯三部作品的永恒与变化的具体呈现方式。比如《第二周年》，它既以上界与下界的对照为主，又是《第一周年》的延伸，所以较之于《灵的进程》，其与"新学"的联系反而更加紧密，所以不但有"宇宙灵魂"本身就包含着疾病之说，而且还将灵魂之不适于肉体归结于变化不定的时间（《第二周年》147-148）。

上述简析表明：第一，从《天体运行论》到《依纳爵的加冕》再到《第一周年》，都很难说有彻底的革命或全然的怀疑；相反，哥白尼也好，多恩也罢，都是立足于传统并着眼于和谐的。第二，对于多恩而言，特别是作为诗人的多恩，并没有（也不会）在新旧学之间区分孰高孰低或孰是孰非的问题；相反，无论"新学"还是"旧学"，都是他宇宙重建的构成要素。第三，《第一周年》之所以特别提到"新学"，并将其与运动和变化联系在一起，并非只限于"新学"的影响；相反，这种运动和变化，既与《灵的进程》之道成肉身相呼应，又与《第二周年》之肉身成道相联系，因此既符合灵魂之旅的主题，也是这个主题的有机组成部分，与对"毕氏学说"的强调并不矛盾。第四，《第一周年》对现世的描述确实给人以强烈的失落感，但这种失落感并非源自"新学"；相反，它是现实生活的一种再现，既源自当时的政治斗争、经济矛盾、宗教冲突及广泛流行的群体的悲观主义情绪，也源自妻病子丧却无能为力、千辛万苦却依旧前路难料的个人的生活境况（Patridge 10），所以应该分别看待，不能笼统地归于"新学"。总之，对多恩而言，"新学"与"旧学"，犹如灵魂与肉体或圆规的双脚，作为宇宙重建的要素，处于双向互动的关系之中，是其宇宙人生意识的共同支柱。从这个意义上说，多恩思想的进步性在于对"新学"的接受，而不是怀疑。

第四节　基督教神学与永恒的灵魂拯救

在多恩的宇宙人生意识里，"旧学"和"新学"都有着十分重要的地位，但更重要的，还是其宗教信仰。人们普遍认为，从一个天主教徒变成一个新教教长，多恩必定经历了种种难以言状的心理痛苦。但根据帕特里治的观点，在保存下来的约160封多恩信件中，却难以看出这种痛苦（Patridge 10）。表面上，多恩的诗歌和散文也大多如此，因为除《伪殉道者》外，也很难看出因神学信仰而来的痛苦。

但是，这并不意味着多恩作品中没有痛苦；相反，犹如死亡意象一样，痛苦不仅是大量存在的，而且也是深入骨髓的。但一切痛苦的源头，包括《伪殉道者》在内，既有从天主教到新教的转变，也有"新学"的冲击，并表现出诗人对灵魂拯救的深切关注。

那么，灵魂拯救又是如何与"新学"和"旧学"关联在一起的呢？首先，多恩的"旧学"并非托勒密宇宙论，而是"毕氏学说"。在"毕氏学说"中，灵的轮回体现着灵的不朽，所以灵的轮回过程，犹如杨适和戈尔曼所说，乃是灵的净化过程。其次，在哥白尼新学中，诸天的运动之所以呈现为和谐运动，在于其终极的体现方式，即"卓越的造物主的神圣作品"与《旧约·创世记》中的"起初神创造天地"并不矛盾，都显示着物质宇宙乃是神的造物，因此"新学"所唤起的和谐回归，与"旧学"本身的灵魂净化，都符合诗人的灵魂拯救的信仰。正因为如此，在多恩作品中，无论"旧学"还是"新学"，从根本上说，都是受制于其宗教信仰的。还是因为如此，新旧学才双双打上宇宙重建的烙印，而"矫正自然，还原其本性"，也才既着眼于运动又立足于和谐；其最终目的都在于揭示人的位置、价值和归属，而真正支配这一切的，依旧是以灵魂拯救为核心的宗教信仰问题。所谓回归和谐，本质上说，并非"新学"带来了混乱，也非"旧学"没有对立，而是新旧学都体现着某种神性，所以在终极意义上，回归和谐乃是回归神性。也许这才是多恩的根本意图之所在。

这种回归，体现于"旧学"，是对和谐的一种思辨性认识；体现于"新学"，是对和谐的一种实证性认识。多恩作品的最大特色之一，就是思辨性与实证性的结合，亦即新旧学的糅合，或形而上与形而下的合一，所以才有德莱顿、约翰逊等关于多恩好弄玄学、浪费才学的著名评价。多恩的"新学"并非哥白尼的翻版，而更倾向于柏拉图的下界；相应地，多恩的"旧学"则更倾向于上界。但是，倾向并不是等同，认识的途径也有别于认识的对象。新旧学之间既有不同的倾向性，又存在互动关系，所以二者的结合既有助于激发"诗性的想象"，也有助于从广泛认可的"存在链"中选取任何相关意象，从而将个人的情感体验纳入广袤的宇宙之中。多恩之所以区别于同时代诗人，恐怕这是一个很大的原因。但这一特色的背后，依旧是诗人的基督教人文主义思想，借《圣经》的话说即"深哉！神丰富的智慧和知识。……万有都是本于他，倚靠他，归于他"（Bible, Rom. 11. 33-36）。

由于"新学"只是诱发原因，"旧学"才是衡量尺度，因此，既以基督教人文主义为核心，那么人的神性回归，就意味着"新学"冲击所唤起的和谐回归，借用哥白尼的理论，就是"直线运动"向"圆周运动"的回归，正如多恩自己所说：

> 噢，永生的至亲的上帝啊，我认识的你是一个圆，起初是，最后是，
> 总之也是；可你对人的作用则是直线，你引导我们，从初始到结束，走过
> 所有的路。你的恩典使我向前，直到我的终结；也使我向后，追思自初始
> 你就赋予我的仁慈。(Donne, *Devotions* 11)

神是至善至美的圆，所以是永恒的、无始无终的。但人则不然，因为原罪，人在获得知识的同时，却失去了天上的乐园，无缘于生命的永恒，终身劳苦在荆棘和蒺藜之中(Bible, Gen. 3.7-24)。一方面，人因堕落而受苦，落入了直线运动；另一方面，神并没有将人抛弃，而是"从初始到结束"，始终引导着堕落的人，"走过所有的路"。在诗人看来，人因堕落而来的痛苦与死亡，远不及神子为拯救人类而做出的巨大牺牲；因此人所获得的一切知识中，最为重要的是知晓"永生的至亲的上帝"，知晓自己与生俱来的向天的本性，因为"我们高于其他造物，其实只有一处是特别的，那就是身体的优势。别的造物都五体投地；而人的身体却是笔直的，那是天生的、用以沉思天堂的形态"(Donne, *Devotions* 17)。《第一周年》借"小我"对"大我"的沉思，其实就是这种知识的一种体现形式。一定程度上，它与从直线运动沉思圆周运动，具有异曲同工之妙；而三部曲中灵魂的整个历程，则从宏观运思或整体谋篇上，肯定或强化了这种运动的性质。

在多恩看来，人之所以具有向天的本性，除了因为这里所说的人体构造及前面说到的人的双重因素，即"我不在天，因为泥的躯碍着；我也不在地，因为天的灵系着"，还因为天给人的安全感，即"家即天堂"(17)；也因为神对人的热爱，即"我能拥抱你的到来"(21)。而所有这些，归根结底，仍然关乎人的终极归属问题，如多恩的下列诗行。

> 天国的和他的父亲啊，借助他
> 您创造了天国，为天国创造了我们，又为我们
> 创造了别的一切，且永远统治，请来把
> 我重造，我现在已毁坏破损：
> 我的心由于堕落，变成粪土，
> 由于自戕，而变得鲜红。
> 从这鲜红的泥土上，父亲啊，请涤除

一切邪恶的颜色，好让我得以重塑新形，

在我死去之前，可以从死亡之中上升。(《连祷》1-9)[①]

　　这里包含着《旧约》的几乎全部内容，但诗人最关心的，依旧是灵魂的拯救[②]。这一主题在这里形成后，贯穿《连祷》全诗，直至结束[③]。约翰逊在其《多恩的神学》中，从政教结合的角度认定多恩神学的核心是三位一体，而最后的结论依然是"与神同化"(J. Johnson xxii)。在笔者看来，无论"从死亡之中上升"，还是"与神同化"，如果联系到新旧学，都意味着在尘世中"涤除一切邪恶"，上升到圆周运动的天堂。这是一个"神性—人性—神性"的运动过程，所以"宇宙灵魂"的整个历程，包括道成肉身的《灵的进程》和肉身成道的《第二周年》，才表现为一个"自上而下—自下而上"的精神游历。大概也是这样的原因，诗人才将"新学"和"旧学"糅合在一起，并将二者都纳入具有"重塑新形"性质的宇宙人生意识之中。

　　但在上界与下界或灵魂与肉体之间，诗人的出发点和落脚点，依然在前者而非后者，所以其作品往往具有本体论的色彩，而这也更多地体现于毕氏旧学之中。众所周知，毕氏的数具有抽象和具体的双重性质：抽象的数是哲学的数，相当于老子的"道"，所以是万物之原；具体的数则是数学的数。在今天看来，哲学与数学分属截然不同的学科，但在毕达哥拉斯那里，二者并没有分离，所以，正如老子的"道"一样，毕氏的"数"也因具有各种各样的解释而成了哲学界一大研究课题。但无论作何解释，有一点是非常明确的，那就是万物出于一也归于一。这个"一"就是"道"，在中国文化里，相当于老子的"道"；在毕氏旧学里，相当于"元一"；而在《圣经》里，则是神本身，是谓"太初有道。道与神同在，道就是神。这道太初与神同在。万物是借着他造的；凡被造的，没有一样不是借着他造的"(Bible，1 John. 1. 1-3)。宇宙和谐的观念，本质上说，乃是"道"的一种目的论体现。《连祷》开篇之"借助

---

　　① 这里的引文出自傅浩所译的《约翰·但恩：艳情诗与神学诗》(北京：中国对外翻译出版公司，1991年，第229页)。多恩原诗的标题为 The Litanie 或 A Litanie (连祷)，傅浩译作《启应祷告》似有不妥，可能因为该诗作于病中，所以与同样作于病中的散文 Devotions upon Emergent Occasions (《应急祷告》) 混淆了。后来，傅浩将其汉译作了修改，以《约翰·但恩诗选》为书名，以英汉对照的形式重新出版(北京：外语教学与研究出版社，2014年)，但却删除了该诗。

　　② 根据舒热的《毕达哥拉斯与神谕之秘》，毕达哥拉斯小小年纪，就听到了凡人不曾听到的声音："地说：灾祸，天说：上帝，位居中间的人类说：疯狂！痛苦！奴役！而在他的本然深处，这个未来的圣贤听到一个无敌的声音在回答：自由！"所以刚12个月大的毕达哥拉斯就立志于"神的科学"(Shure 17-21)。舒热的书可读性很强而可信度较低，但对毕氏的生活态度还是基本可信的，所以可做一定程度的比较。

　　③ 多恩的《连祷》共25节，每节9行，第5行为四音步，第6行为三音步，其余各行为五音步，全诗主体格律为抑扬格，压 abab bcbcc 韵。25节中，第1~13节各有自己的次标题，第14~25节则无。

他"中的"他"，就是耶稣，即"道"。

出于一归于一，不仅有一，而且有多，所以是一种一多关系。这种关系，借王弼《老子注》的话说，就是"万物万形，其归一也"（转引自汤一介 325）；借张湛《天瑞注》的话说，则是"一气之变，所适万形"（转引自汤一介 299）；而用多恩自己的话说，就是"一切均是从此而来，又填满这个一切"（《灵的进程》37）。王张二人注解《老子》和《天瑞》，虽"一"与"多"的内涵不尽相同，但都是有意为之的，也都反映着各自的宇宙人生意图。王弼旨在"上知造物无物，下知有物之自成"，以便"明内圣外王之道"；张湛则企图说明"群有以至虚为宗"和"万品以终灭为验"（转引自汤一介 295）。多恩虽然不是注解毕氏，但他要读者务必记住"毕氏学说"，则表明同样也是有意为之的。比如，《第二周年》就以毕氏的数论，特别是点与线的关系及四行，证明"她"的健康和与神一体(131-140)。另外，诗中的"宇宙灵魂"，连同其完整历程和所揭示的四大基本主题，因关乎生命的终极意义和价值，所以也有着本体论的色彩，与本体论意义上的一多关系可谓异曲同工。然而，多恩之区别于王张二人的根本之点，在于对"一"的回归。这也是中西宇宙论的根本区别。在中国传统文化中，"道"或天地是自足的而非被造的，天具有至上的"生生"特点，所以"天人合一"亦即"道人合一"，体现着人的高贵品性，是自然而然的，是人的品性所系，因此是没有任何张力的。而基督教中的天地人，都是不具"生生"性的被造物，所以"天人合一"并非"道人合一"；作为被造物的人，不但具有"属泥的"与"属神的"双重特性，而且还有原罪和自由意志，所以道与人齐或人与道齐都是充满张力的，而这种张力的背后，依然是灵魂拯救的渴望。这一点，在多恩的宗教诗、布道文和《应急祷告》等散文中，可谓俯拾即是，如《神圣十四行诗第 2 号》的下列宗教诗。

> 正如与许多名号相称，我应把自身
> 都交付给您，啊，上帝；首先我是
> 由您，为您造就，其次当我败坏时，
> 您的血赎回了我，我原先就属于您；
> …………
> 除非您奋起，为您自己的作品而战，
> 啊，我很快就会绝望，在我真切地
> 看清您热爱人类，却不愿把我选择，
> 撒旦仇恨我，却不肯失去我的时刻。(1-4, 11-14；傅浩译)

所以，出于一归于一或者说一多问题，就是本与象、纲与目的问题，它所关乎的，不仅是"毕氏学说"，更是宗教信仰。在灵魂三部曲中，一多问题常常外化为一系列关系，这可以从横向和纵向两个方面看出。横向的一多关系，于《灵的进程》为灵肉关系，于《第一周年》为上下关系，于《第二周年》为神俗关系；纵向的一多关系则包含着很多层次，且大多贯穿三部作品始终，比如生与死、秩序与混乱、本原与影像、天国与尘世等，但每个层次的一多关系，同时也是灵魂拯救的一个表现层面，如造物层面的：

> 或者被造物的意志能与造物主使交？
> 上天要用全体为一人复仇来显公道？（《灵的进程》55-56）

生死层面的：

> 这难道就是必然，为了一者的伟大，
> 上千无辜的小者，得付出生命代价？（《灵的进程》329-330）

道德层面的：

> 她就是至善，是最初唯一的原本，
> 生发出一切美的副本，……（《第一周年》227-228）

美学层面的：

> 她的美丽丰富多彩，且又是唯一，
> 靠她的给予，才有余者各种美丽；（《第二周年》223-224）

以及世俗与宗教层面的：

> 所有的特权，集于一体在她身上，
> 尘世间，她就是至高无上的君王，
> 她还是宗教的教堂，宗教和世俗，
> 赋予她一切，她就是全部的全部，（《第二周年》373-376）

因为关乎灵魂拯救，所以三部曲之纵向的一多关系中，最突出的自然是一系列的三位一体。《灵的进程》所歌唱的永生灵，经由植物和动物而最后进入人体，其整个历程本身就是三重灵魂相统一的诗化再现过程。诗人的"宇宙灵魂"原本就是一（即夏娃的苹果），后来演化为三，分别位于肝、心和脑，而又统一于一（即人），呈现为典型的"出于一归于一"的运思结构（495-510）。在完成了三重灵魂的诗化呈现后，诗人说"唯一的尺度哦，存在、评价、判断"（520）。这里的"存在、评价、判断"就是理性灵的三种功能，因此本身也是三位一体的，作为"第一歌"的结束，既对《灵的进程》作了全面总结，又为《第一周年》的理性解剖作了铺垫。在前一层次上，它与整个《灵的进程》相呼应，从微观用词的角度照应着宏观结构的三位一体；在后一层次上，它直接引出《第一周年》开篇中的"看见、判断、并跟随"。

> 当那丰硕的灵魂向她的天堂而去，
>
> 所有欢庆的人，都自知有个灵魂，
>
> （除非它看见、判断、并跟随所信，
>
> 又用行动将它赞扬，谁还会相信
>
> 自己有灵魂？没能如此做到的人，
>
> 虽寄宿迁移的灵魂，却不属自己。）(1-6)

这里的"看见、判断、并跟随"，按曼利的注释，便是理性灵的三种传统功能：记忆、理解、意志（Manley 124）[1]，亦即三位一体的理性灵。在曼利之前，I. A. 理查兹也曾引用该诗，但理查兹不是从灵魂功能而是从灵魂构成角度来理解三位一体的理性灵的，故说"'看见、判断、并跟随所信'本身就是拥有灵魂，而不是拥有灵魂的表现"（Richards 82）。理查兹和曼利所以有不同的切入点，原本也是正常的，不过都因割离了与《灵的进程》的联系而显示出 20 世纪多恩研究的固有通病。一旦联系《灵的进程》，则"看见、判断、并跟随"就是"存在、评价、判断"的延伸，所以《第一周年》对现世的解剖，其基础当是《灵的进程》所确立的三位一体。首先，灵魂在经由一系列的历程之后，成了"丰硕的灵魂"，其向着"天堂而去"表明了灵的"永生"性质；其次，灵魂离去后现世的"病去、死去、腐烂"（《第一周年》56）则表明了物的一系列"短促"性质（127-171）；再次，现世之所以尚存，是因为其某些品质包含了对灵魂的"爱、善、记忆"（71-74）。这一切都是《第一周年》的要点，也都是对《灵的进程》的延伸，但同时也是不同层面的三位一体。不仅如

150

---

① 曼利的注释是："因为神，即唯一神，创造了我们，所以我们有灵魂，唯一的灵魂，它即是表征，且是唯一神的某种形象；因为三位一体的三个人创造了我们，所以在我们的唯一灵魂中便有了那个形象的三重印象，借用圣伯纳德的说法，就是本于三位一体的三位一体，而且在这个灵魂中具备了三种才能：理解、意志、记忆。"（Manley 124）

此，《第一周年》说灵魂的离去，对于现世而言，有如"抽走了最为强壮的生命气息"（7），但却叫人思考世界本身"究竟是有得还是有失"（15），也与《灵的进程》说灵魂的变形与轮回及分化与合一"究竟是有得还是有失"（491）的表述完全一致。最后，从叙述的角度，作品明显包含着三个角色：作为灵魂的"她"、作为肉体的"你"、作为叙述者的"我"。而三个角色也因"大我"与"小我"的对应而具有三位一体的性质。

比较而言，三位一体的理念，于《灵的进程》更倾向于感觉；于《第一周年》更注重理性；而进入《第二周年》后，则将重心移向了神性，并或多或少地带上创造的性质。尚在《第二周年》的"导入"部分，诗人便唱道：

> 永生的少女啊，既然谢绝母亲的名，
> 请允许我的缪斯，赐你以父亲的命，
> 因为她贞洁的抱负，如有什么心愿，
> 就是拥有你这样的儿女，年复一年。（33-36）

很多人都支持德莱顿和约翰逊的看法，认为这就是牵强附会的比喻或过分的夸张，属典型的多恩式玄学奇想。比如詹姆士·史密斯、科克斯、曼利、米尔盖特、莫林克特等都是如此。詹姆士·史密斯还将其与"她那纯洁优雅的鲜血／在她的双颊言说，那么精致明了，／人们几乎要说，她的身躯在思考"（《第二周年》243-245）进行比较，认为就玄学奇想的特征而言，后者优于前者，因为前者虽然令人惊讶，但所蕴涵的愉悦却是短暂的，也不如后者那么自然（转引自 Stringer 6：499）。科克斯、曼利、米尔盖特、莫林克特等很多人还从"诗性张力"的角度，认为德鲁里小姐具有"使丰的力"，即诗人的想象有如丰产的女人一般（Ford 113；Manley 176；Milgate 156；Mollenkott 28）。约翰·肖克罗斯则更进一步，称诗中的"基督教色彩使'永生的少女'等同于圣父，使渴望儿女的贞洁缪斯等同于圣母马利亚，使诗歌等同于带领人类远离堕落的基督"（Shawcross 407）。

或许是诗歌本身的原因，抑或是后人解读的原因，"夸张"也好，"比喻"也罢，的确是越来越"牵强附会"了；但回归诗行本身，诗人所歌唱的"永生的少女"，实际上乃是父亲、母亲和缪斯的三位一体。从拼写上看，三者都是大写，"母亲"一词没有任何修饰，而"父亲"和"缪斯"的前面则分别有不定冠词和"我的"，这意味着将"母亲"解作"圣母"不是不可，但将"父亲"释作"圣父"则确实比较牵强，也不符合诗人在布道文中的圣三位一体的思想。圣三位一体是多恩布道文的基础，由此而来的一系列三位一体，杰弗里·约翰逊在《多恩的神学》中对其有过较为全面的论述。该书仅第一章第九节重点论述一与多的关系，但基础仍然是三位一体，特别是多恩的那大写的圣三位一体(J. Johnson 32-36)。将这样的思想与多恩诗中的灵魂本身联系起来，则更能看出多恩对"新学"与"旧学"的超越，也更能看出所谓的"父亲""母亲"与"缪斯"就是泛指的父母与缪斯，因此虽有本原意义却无宗教意义。同时具备本原和宗教意义的，是下面诗行中的三位一体。

> 因为我们的灵享受她的第三次降生，
> 创造给了第一次，第二次来自于信，
> 天堂就在这时临近并呈在她的面前，
> 恰似色彩缤纷的各样物体就在房间。(《第二周年》214-217)

这里的三次降生，分别对应于圣父、圣子、圣灵，所以属圣三位一体，既是宗教的也是本原的。如果将其与父亲、母亲和缪斯的三位一体比较，便会发现：这里的圣灵与"宇宙灵魂"是近似的，所以诗人的缪斯本质上就是"她"。而这也与三部曲的主题相通，恰如《第一周年》所说："这鳏寡的世界／将每年庆贺你的再生，／即你的死；因为人的灵魂／虽然得自造就时分，其出身／却在死去之时；肉体好比子宫，／死才是接生员，引其回家。"(449-454)

在《第一周年》中，诗人曾提到天是完美的圆，而人们却发现了一些奇怪的东西，如横线和竖线(251-256)；他还批评"新学""用子午线和平行线"去编织"大网一张"，从而将高天玩弄在自己的毂间(275-284)。其实，诗人自己也在用经纬线编织另一张"大网"，并将一多问题，包括众多的三位一体，都玩弄在自己的毂间。如果将"子午线和平行线"(278)比作坐标的两条线，则二者本身也是"多"，与之对应的"一"便是两线相交的点，即坐标的中心。从这个意义上说，"出于一归于一"，意味着一切以这个中心为出发点和归属；而"新学"的冲击，在涉及宇宙万物的大网上，就在于用另一个中心取而代之。从理论上说，这种取代并非"目"的问题、"象"的问题，而是"纲"的问题、"本"的问题。在这个意义上，则"回归中心"就是回归原有的坐标点，而宇宙重建也就是对这个中心的重新确立。

对支持"旧学"的人而言，这个原有的中心便是托勒密的地心说，因为"新学"的冲击对象正是托勒密的宇宙体系，所以宇宙重建意味着地心体系的重建；而对"新学"支持者来说，所谓中心乃哥白尼的日心说，因为亚历山大学派的阿里斯塔胡斯早就发现了日心说，因此所谓宇宙重建就是日心说的重建[1]。但是，既然多恩的"旧学"并非托勒密体系而是"毕氏学说"，同时哥白尼新学又是对和谐的呼唤，因此对于多恩而言，这个中心恐怕更多地在于毕氏的"元一"及其所象征的对立和谐，科特郝所以用"旧的神学"指称"毕氏学说"，除了受伊安布利霍斯的影响，恐怕与此不无关系[2]。然而在多恩的信仰层面，无论是毕氏旧学还是哥白尼体系，恐怕都只是经纬而已，真正的中心则是其宗教信仰，所以在宇宙人生的天网中，诗人实际上是将自己的灵魂一同玩弄于毂间的，这是诗人作品中的常见悖论之一，也是一种自我审视与反思，其中同样包含着对灵魂拯救的渴望。

正是对灵魂拯救的渴望，所以在歌唱永生灵的同时，诗人也对种种生活方式做了解剖与分析。一方面，这些分析都以宏大的场面为背景，显示着"宇宙灵魂"的"大我"性质，具有很强的象征意味；另一方面，种种生活方式又都显示着"大我"与"小我"的对应，所以，《灵的进程》之尘世之旅、《第一周年》之现世解剖、《第二周年》之天国之旅，无不具有上与下、生与死、真与伪、神与俗、善与恶、一与多等的对照，而所有这一切，都旨在揭示生命的意义和价值。应该说，但凡伟大的文学作品，无不具有这样的功能，但多恩的灵魂三部曲却更多地显示出形而上的特点，其"宇宙灵魂"也因此而更具本体论的色彩，比如：

> 向上看吧，看她吧，她的幸福境地，
> 我们现在不再哀悼，而是衷心恭喜，
> 于她，这整个的世界不过舞台一个，
> 倾听她的青春故事，人人正襟端坐，
> 为了她的一切作为，该当怎样效仿，
> 因为她的青春隐藏着黄金般的榜样。（《第二周年》65-70）

153

---

[1] 众所周知，阿里斯塔胡斯（Aristarchus）继承了菲洛劳斯关于地球绕中心运转、希色达和埃克芳图斯关于地球自转、赫拉克利特关于水星和金星绕太阳转动的思想，认为太阳位于宇宙的中心，地球一方面自转，一方面绕太阳转动，其他行星也都绕太阳转动，只有恒星固定不动，但也以太阳为中心。约500年后，托勒密才写下他的13卷《至大论》。

[2] 根据比德·戈尔曼所言，亚里斯多塞诺斯（Aristoxenus，364？—304？）、波菲利（Porphyry，233？—305？）和伊安布利霍斯（Iamblichus，250？—325？）分别都有《毕达哥拉斯传》，其中，伊安布利霍斯就曾视毕达哥拉斯为智慧之源，视毕达哥拉斯学说为"神的学说"（Gorman 12）。扬布利科最突出的特征一是没按时间先后，二是明确宣称所用的一些引语乃毕达哥拉斯原话，这两点在亚里斯多塞诺斯和波菲利的毕氏传记中都是没有的；而且波菲利甚至断言"毕氏学说"难以重建，因为毕氏根本未曾留下只言片语。伊安布利霍斯的《毕达哥拉斯传》（De Vita Pythagorica）由泰勒（T. Tayler）译成英文，并于1818年在伦敦出版。

"宇宙灵魂"的本体论色彩，既来自其固有的"大我"性质，也来自其所代表的生活方式，后者在这里所引诗行中有着鲜明的再现。马克·麦金托什曾说："在多恩心目中，基督的故事从来就不只是一种教诲，而是一种生存召唤。"（Mcintosh，n. pag.）同样，德鲁里小姐的"青春故事"也因"隐藏着黄金般的榜样"而成为一种独特的"生存召唤"，这种召唤，还因"人人正襟端坐"，思考"她的一切作为，该当如何效仿"而得以增强。

那么，"她的一切作为"究竟是什么呢？"她"又代表了怎样的生活呢？根据乔丹的观点，前者即"死"，后者即"节制"，因此"多恩凭借精心塑造的德鲁里小姐，创造了英国文学中最为引人注目的象征性英雄——一个除了死去便没有多少作为的英雄形象。……其所代表的是一种显现于本质之中而非行动之中的英雄品质"（Jordan 62）。乔丹显然是从叙事学角度，针对诗歌情节而言的，其背景是真实的德鲁里小姐，而其前景则是她所象征的"宇宙灵魂"。乔丹的深刻之处，在于发现了与古典英雄迥然不同的另一种英雄。若将乔丹的话略作引申，则这些"沉默的英雄"之所以伟大，与其说是行动，不如说是品质，所以大概可以称为"品质英雄"；而他们对人类的贡献，与其说是在血与火的战场因击败了某个外在的恶魔而拯救了一个民族，不如说是在更惨烈的内心战场战胜了人的劣质性，从而不但拯救了个体的自我，而且还以强大的榜样力量，实施着对全人类的拯救。所以德鲁里小姐之"黄金般的榜样"，其意义在于不朽的美德之光能"创造一个新的世界"（《第一周年》76）。

从这个意义上说，"她的一切作为"不仅是肉体的死亡，更是灵魂的再生；相应地，她所代表的生活方式，也不仅只是"节制"，而是更具终极意义的生命价值的一种取向：既是世界之"生与死的范式"（《第二周年》524），也是"黄金般的榜样"所创造的"内在天堂"，没有毒蛇，也没有野草、毒素或罪孽（《第一周年》81-84）。历史地看，古典英雄也好，品质英雄也罢，都是人类理想的一种寄托。但二者之本质区别也是显而易见的：古典英雄的种种壮举，往往能激发出读者的能动性；可多恩的品质英雄，却更多地倾向于被动性，而其所以如此，从根本上说，仍然是渴望灵魂拯救的必然反映①。

渴望灵魂拯救，对于每日面临生死不定的英国 17 世纪的人们，乃是十分自然的事，更是三部曲之作为灵魂之歌的性质使然。就三部曲本身而言，对灵魂拯救的渴

---

① 三部曲的史诗性质，之所以长期为人忽视，大概与这种被动性也有一定关系；而把毕氏旧学割裂在外，对于"新学"又只注意到与之相关的混乱却忽视了其中的和谐，也导致了诗人宇宙人生的研究空白。

望，不但反映了严酷的生活现实，而且反映了诗人的人生态度：前者指向行而下的物质世界，其表征是"直线运动"之不尽的生老病死；后者指向行而上的精神世界，其表征是"圆周运动"之永恒的"幸福境地"。二者的有机集合则是"宇宙灵魂"及其完整的生命历程，"所以经由灵魂，死将天和地系在一起"。回归宇宙人生，则具有和谐性质的"宇宙灵魂"，在不尽的运动变化的背景下，不仅直接关乎诗人对灵魂拯救的渴望，而且还有力地支撑着这种渴望。换言之，在诗人的宇宙人生意识中，"新学""旧学"和基督教神学都是极其重要的，但真正处于支配地位的，非是"旧学"或"新学"，而是基督教神学，所以真正的"生存召唤"，并非来自行而下的可朽世界，而是来自形而上的永恒世界；相应地，"黄金般的榜样"也并非局限于德鲁里小姐及其"青春故事"，而更是背后所隐藏的耶稣基督及其道成肉身与肉身成道。

在《神学文集》中，多恩曾写道："上帝有两部生命之书：一本见于《启示录》和别的地方，是其所选之永恒的记录，还有一本是《圣经》。"（Donne，*Essays* 6）所谓"别的地方"，亦即天地宇宙，在诗人看来，是与《启示录》一道作为生命之永恒的外化标志的，所以他说"起初，哦，唯有永恒的上帝"（15）。麦金托什认为，在整个中世纪，基督教神学之不可或缺的两大因素，一是精神性，二是神秘性，但随着时间的推移，精神与神学却发生了越来越大的分裂；而多恩则凭着对基督教神学的深刻洞悉，"对基督教神秘传统作出了三大经典贡献：基督之在灵魂中的诞生，对基督生平的模仿，基督与灵魂的精神联姻"（Mcintosh，n. pag.）。麦金托什因过分强调神秘，是否符合多恩本意，有待商榷，因为多恩本人曾说过：

> 神秘有违整个自然秩序，我看不出上帝为何要留下神秘的力量……耶稣基督的全部神迹，早就有过预言……我们一旦认识了全部的被造自然，那么就没有什么神秘；所以如果我们知道了神的意图，那么也就没有什么神秘。（Donne，*Essays* 81-82）

然而，麦金托什所言"对基督生平的模仿"和"基督与灵魂的精神联姻"，却是颇有道理的。因为前者指出了"黄金般的榜样"何以值得效仿，后者解释了终极生命何以成为最后追求，而二者结合所显示的则是回归心中的神："万有都是本于他，倚靠他，归于他。愿荣耀归于他，直到永远。"（Bible，Rom. 11. 36）《圣经》中的这种思想，在多恩诗中，可谓屡见不鲜，就三部曲而言，不仅其末尾之永恒的上升就是很好的诗化再现，而且在诗行中也有着非常明确的表述："跟随她吧"，因为"她带着我们的宝书"（《第二周年》320）。从静止到运动、从直线运动回归圆周运动、从上界而下界最后又回归上界、从人性的觉醒到神性的升华，既是"宇宙灵魂"的完整历程，也是多恩宇宙人生意识的诗化再现；同时也表明神学不仅是诗人宇宙重建的核心要素，而且是诗人宇宙人生意识的起点和归宿。

上述分析表明：第一，多恩的宇宙人生意识明显地包含着"新学""旧学"与神学三大要素，所以他并不排斥"新学"的"游走"与"背离正途"，而是将其看作自我认识、灵魂净化、最终达至与神合一的必由之路。第二，这是一条通往永生的路，所以"新学"之"游走"与"背离正途"的直接意义在于对"旧学"之"对立和谐"的呼唤，而"旧学"之和谐意识的终极意义则在于回归神学所启示的永恒家园。第三，这种呼唤与回归，使三学之间既存在互动关系也存在等级关系，前者即诗歌之思辨特征的思想内容，后者即诗人之灵魂拯救的核心所系[①]。第四，以灵魂拯救为核心的生存追求，表现出强烈的人文与神本的双向互动，包括"大我"与"小我"、"尘世之旅"与"天堂回归"，以及灵与肉、一与多、神与俗、真与伪、时与空等的动态关联，而一切互动关联又都体现着诗人对生存方式、生存意义、生存价值等的终极关注。第五，这种关注，作为17世纪文化背景的产物，既体现着复兴人对古典文化的弘扬和对基督教文化的继承，也体现着多恩对传统的反思。

总之，多恩的宇宙人生意识具有很强的包容性与超越性。前者为诗人提供了丰富的营养和多彩的意象，所以其诗歌只需着眼灵魂就能透出"玫瑰的芳香"（Eliot, "Metaphysical Poets" 1231），犹如只解剖个体就能映照出全宇宙的解剖，也如只描述灵魂之旅就能折射出全人类的生命历程。后者为诗人的反思提供了形而上的依托，不但使"巧思"俨然成为一种"流动的思维模式"（Ramsay 102-103），而且使天地万物，包括新与旧、始与终、尊与卑等，都带上了终极真理的性质。二者结合，既是约翰逊批评多恩等玄学诗人"强把杂乱的思想硬拧在一起"（S. Johnson 458）的依据，也是艾略特赞扬他们能够"化概念为感觉、化感受为思想"（Eliot, "Metaphysical Poets" 1231-1231）的根据。然而，批评也好，赞扬也罢，三部曲所显示的，既有诗人性格中严肃的哲理倾向，也有对人生真谛的强烈向往和执著追求，它使多恩既切入血脉又超然物外，故能自如地在"存在链"中筛选各种物象，用以把握现实、审视人生，具有很强的真理性。正因为如此，所以多恩以"怀疑一切"的目光审视人间的各种关系，包括人与自然、人与信仰、人与社会和人与自我的关系，从而既鞭笞了人的

---

① 作为封建社会的根本特征，等级关系涉及方方面面，不但为人所共知，而且专门研究者也层出不穷，所以无需在此赘述。就多恩之三学而言，"新学""旧学"和神学，正好构成一条由低而高的"存在链"。

虚伪、欲望和罪恶，也表现出对权贵的蔑视。因此其灵魂三部曲，既具有斯宾赛《仙后》的理想主义，又比《仙后》更加现实；既具有蒲柏"凡存在的都是真实的"的存在主义，又比蒲柏更具现实的批判精神。

而之所以能够如此，一个重要原因在于整个生物链的控制与超越，包括对自我的超越，所以诗中那"黄金般的榜样"便因此而带有较浓的发生学意味。根据皮亚杰的发生心理学理论，原始艺术的最显著特征就是同一律，其基本表现就是个人意识与宇宙意识的混同。多恩对各个范畴自身的悖论认识，以及主体意识对这些范畴的包容，都是符合同一律原则的，但与其和谐而非对立的本质观念却截然不同。多恩的"宇宙灵魂"和皮特拉克的《天国里的劳拉》都具有世界本源的所指，两人极度夸张的手法也十分相似，但劳拉的形象更多的是皮特拉克的灵感和激情的源泉，而"宇宙灵魂"的形象则偏重理智、分解，是多恩用以表现人生态度、体验和解剖世俗尘念的抽象人性观的反应。所以这一形象的完整性，于《灵的进程》《第一周年》和《第二周年》，分别以其自我放逐的人性化觉醒、被肢解的理性化觉醒、被重新整合的神性化觉醒为前提，因而是具有超越性的对立统一，已不再是原始艺术的表现，而是自我意识的再现。

但强烈的思辨却为诗作增添了自觉的哲理，并使情感渗透入理智之中。情与理融合的结果是与典雅、细腻、优美传统相对的刚健、粗犷、好辩的作品。可见，多恩在深化原始艺术的表现、将其转化成现代艺术的再现的同时，也自觉不自觉地引入了现代美学中才有的连觉或通感效应，借以再现自我意识所创造的种种关系。这种创造，不只是形式的也是内容的，它与多恩的宇宙人生意识密切相关，是诗人的自我意识上升为整体意识之后，对现实生活与人生态度加以反思的结果。

综上所述，多恩的宇宙人生意识就是对游离式宇宙人生的反思。所谓游离式，是指多恩承袭了毕达哥拉斯旧学与哥白尼新学的宇宙观，并将其与基督教的灵魂观、原罪观和拯救观结合在一起，从而形成宇宙的生发过程就是衰败过程、人的终极生命在于灵魂拯救的悲观论调和宿命论观点；所谓反思，是指多恩从理性角度自觉地对宇宙人生所持有的合一性思想。因此，所谓游离式宇宙人生的反思，就是指多恩以艺术形式再现物与我的对立统一，并以此为基础，借主体意识的独化和对非主体意识的超越而形成的物我两虚与冥寂统一。意识的独化与大块的冥寂，犹如人生价值与生存方式一样，本质上仍旧是同一个问题，是多恩宇宙重建意识的归属。而多恩之所以要用冥寂的物象入诗，是因为"只有奴役才有自由"（《神圣十四行诗第14号》13）；只有万物的存在与泯灭，才有意识的存在与升华。这就使多恩在思辨上胜过莎士比亚，而在激情上则逊于莎士比亚。其结果，用约翰逊的话说，则是"虽求婚而缺乏爱情，虽悼亡而没有悲伤"（S. Johnson 458）。但游离式宇宙人生的反思，用以重建宇宙则直接追寻"我是什么"的根本问题；表现于诗作则具有"大块冥寂、意识独化"的审美效果。所以多恩的宇宙人生意识，虽突破了古典主义的模仿说，却进入了中世纪神学对耶稣基督的模仿；其诗歌创作本身，既开启了以寻觅自我价值为中心的现代美学思想的先河，又与传统有着千丝万缕的联系。

游离式宇宙人生的反思及其所体现的传统与创新，在三部曲中，既涉及灵魂本身的精神之旅，也涉及这个精神之旅所体现出的四大基本主题。而更重要的是，所有这一切，绝非三部曲所独有，从时间上说，早在前期作品中已经出现，并在后期作品中得到延伸；从思想上说，自我主题、爱情主题、恒变主题、生命主题，连同"新学""旧学"和神学在内的宇宙人生意识，也是其诗歌和散文的基本主题和核心意图。在这个意义上说，多恩的灵魂三部曲既是特殊的，也是常规的：就其与其他史诗的比较而言，它是特殊的；就其与多恩本人的创作而言，它又是常规的；而特殊性与常规性的结合，就是诗人以自己的独特选题所表达的、具有普遍意义的、对人性中之神性因素的终极关注。

在《灵的进程》中，多恩曾写下过极其浓重的一笔，称他所歌颂的灵魂乃"万因的结"，因为，作为"上帝的使节"和"伟大的命运之神"，灵魂不仅主宰着人生的全部征途，而且直接指向人的终极归属（31-40）。从三部曲本身看，无论"新学"还是"旧学"的运用，也无论神本和人本的互动，首先都是17世纪所普遍流行的，因而属文化的常规范畴，显示着诗人对传统的继承和融入。但与此同时，作品的深层寓意，于"万因的结"，却不仅仅局限于其结扣，而更在于其解答，这又显示着诗人对传统的发展和贡献。"新学""旧学"与神学的互动，在宇宙重建的宏大背景下，既为诗人的"诗性想象"提供了极为广阔的空间，也为"万因的结"提供了无限多样的解答。相应地，多恩之对传统的融入与贡献，既显示着艾略特所说的传统与个人才能的相互作用，也显示着多恩本人对人性中之神性因素的终极关注，这种关注的核心就是包涵人生价值和意义的终极命运。然而"万因的结"并非仅仅局限于《灵的进程》，而是直接延伸到《第一周年》和《第二周年》的，而且也正是在后两部作品中，人性中的神性因素才得到最终的唤醒与升华，并在回归天国的永恒历程中，既完成了对伟大命运的歌唱，也完善了对生命真谛的洞悉。从这个意义上说，既然"万因的结"就是"伟大的命运"，那么多恩的灵魂三部曲也就是伟大的命运三部曲。

第五章　结　　论

　　前面各章的分析显示，从神本视角到人文关怀、从灵魂历程到人生思考、从作品本身到文化背景，抑或是反而观之，从文化背景到人文关怀再到神本立场，三部长诗都具有水乳交融的一体性，是以生命的本真关注为核心的完整的灵魂三部曲。

　　第一，诗人以严肃的创作态度、借史诗的基本手法，为英国诗坛增添了一个特殊的"宇宙灵魂"形象。通过这一形象的塑造及其完整历程的描述，诗人对现世的恶习陋俗给予了无情的揭露、讽刺与批判，对蕴藏于心的真善美则给予了充分的肯定、美化与颂扬。这使其灵魂主人翁在《灵的进程》《第一周年》和《第二周年》中，都打上了神本的深深烙印，并以幸运的堕落、内省的洞悉、基督的复活为核心寓意，渐次展示在读者眼前。这些寓意既各有侧重，又浑然一体，在文艺复兴"坠落-再生"的主导模式基础上，再现了诗人寻求生命真谛的一次完整的心路历程。

　　第二，每部作品都有自己的吁请、正文和结论，其中正文均有八个部分，每个部分又包含三个层次。这种"三八三"的结构形式，连同近义词、同义词，甚至相同词汇的大量重叠与交互出现，都显示着运思走向的一致性和三部作品的统一性。而生与死、美与丑、灵与肉等的彼此对立与相互依存，以及古典文化、希伯来文化和基督教文化的融为一体与共同作用，则在思想层面上形成互动，深化了三部作品之间趋于一致的运思走向。换言之，三部作品的表层形式和深层内容，都体现着横贯始终的运思走向，揭示出蕴藏其间的创作意图，进而也强化了完整的心路历程。

　　第三，《灵的进程》以万物的死亡衬托灵魂的永生，以一次次的淫乱鞭策纯粹的肉欲；《第一周年》以世界的僵死反衬灵魂的伟大，以层层的解剖撩开苍白的人生；《第二周年》以下界的假象对照上界的真实，以永恒的天国回归颂扬人性中的神性复苏。这一切意味着，从《灵的进程》到《第一周年》再到《第二周年》，既是一个从天堂到尘世再到天堂的灵的历程，也是一个包含着吸收和超越的个人的心路历程。两个历程的合一，既显示着"大我"与"小我"的合一，也显示着诗人对包含理性和神性的人性的追求。这种追求之横贯始终，不仅使三部作品紧密联系、首尾呼应，而且使诗人得以从神本的视角，将整个历程看作生命的体验，包括体验人性的复苏、理性的复苏和神性的复苏，并最终实现生命的净化。

第四，"大我"与"小我"的合一，也使永生的灵魂象征着不朽的自我。这样的自我主题，在《灵的进程》就已然开始，又在《第一周年》和《第二周年》得到逐步增强。灵与"我"的合一，就三部长诗而言，其最浅显、最直接、最充分的表现，便是《灵的进程》之共同的从天堂出发、《第一周年》之共同的世界解剖、《第二周年》之共同的天国回归。换言之，歌唱灵魂亦即歌唱自我，史诗的作者因而化作史诗的主题，独立的"小我"和普遍的"大我"也因此实现了彼此的互动：既能将"小我"抽象为"大我"，也能将"大我"具化为"小我"，还能在这样的转化中相互审视、彼此互动。正是有了这样的互动关系，所以"宇宙灵魂"所象征的道成肉身与肉身成道，就其在作品中的历程而言，也是诗人解剖世界以认识自我的精神历程；灵魂的永生也就象征着自我的不朽；而三部作品也因此而成为包括个人在内的全人类的灵魂之歌。

第五，道成肉身与肉身成道，作为基督教至爱概念的核心，显示着三部作品都具有爱的主题。这个主题发端于《灵的进程》，经由《第一周年》而在《第二周年》达至顶峰。在《灵的进程》中，诗人毫不掩饰地传递了情爱天成的思想，肯定了情爱既是灵的天性也是人的本性，所以对灵魂的尘世之旅的歌唱，便是对道成肉身的歌颂、对世俗爱的向往，以及二者的结合。以此为基础，诗人在肯定道成肉身的同时，也论证了世俗爱的合理性，并借助灵与"我"的合一，揭示了尘世之旅的过程亦即情爱化和人性化的过程。进入《第一周年》，情爱天成的概念得到扩展，演变为爱的充实和爱的审美化：前者包括善和记忆，并与僵死的世界一道成为后者的前提；后者则从本质论的角度，经由对世界的解剖得出了有关审美取向的五个结论。这些结论又与其他一些概念，如灵与肉、恒与变、我者与他者等，构成前后呼应：于后的呼应即《灵的进程》的延伸，于前的呼应则为《第二周年》的基础。所以到《第二周年》后，情爱天成的思想便顺理成章地得到升华，其核心也因此而转为包括天国、复活、成圣、至善、恩典、肉身成道等的宗教之爱。爱情主题随灵的历程，以道成肉身而开始，以肉身成道而结束，渐次展开、逐层深化，既肯定了心灵的净化，又完成了天国的回归，还体现着诗人对真善美的终结追求。

第六，因为将不朽的自我交付永生的灵魂，所以三部长诗也就自然成为一曲生命的颂歌。这曲生命之歌的基本内容，既有象征永恒的灵魂本身，也有与之对应的肉体生命，因而在体验生命的同时，还显示着对生命本体的终结关注。生命本体问题，在三部作品中的具体表现，于《灵的进程》为灵魂的永生和肉体生命的短促，于《第一周年》为灵魂的离去和对世界的解剖，于《第二周年》为灵魂的回归和对世人的召唤，而其背后的共有理念都是生命的价值、意义、净化和神性回归。所以在出于天归于天的生命本原的层面上，三部作品所实际传递的，乃是生命意识的觉醒与人性化的开始，以及理性意识的觉醒与神性化的复苏。正是由于这种具有标志性的觉醒，所以才决定了灵的历程，包括伴随其中的世俗爱、宗教爱，包括"大我"和"小我"，也包括善与恶、美与丑等，都与生命问题密不可分；诗人之对真善美的终结追求，也因此而呈现为以生命为核心的、包括自我和爱情等要素的、以灵魂拯救为归属的、以灵的完整历程为标识的永恒的生命追求。

第七，既以生命为核心，同时灵与肉又处于互动关联之中，所以永生的灵魂与短暂的肉体便因此而具有了一种特殊而微妙的恒变关系。一方面，作为生命的组成部分，恒与变都是作品不可分割的主题；另一方面，作为普遍认可的基本信仰，它们又是作品的文化背景。作为主题，它们犹如生命一样，于《灵的进程》为借万物的变化与死亡以反衬灵魂的轮回与永恒，于另两部作品则为借尘世的腐朽与僵死以反衬灵魂的美丽与神圣。作为背景，恒与变的悖论，如同灵与肉的悖论一样，即显示着诗人的矛盾心理，也反映着时代的文化特征：前者是构成恒变主题的心理基础，后者则浓缩了其背后的主导文化；二者的有机结合，一方面使灵魂主人翁在《灵的进程》中象征"大我"的堕落和人性化的开始，在《第一周年》中象征"大我"的反思和理性化的开始，在《第二周年》中象征"大我"的渴望和神性化的开始；另一方面又使《灵的进程》结束于《第一周年》，使《第一周年》结束于《第二周年》，而《第二周年》则依然没有结束，而是始终处于无限的神性回归之中。这种具有双重性质的恒变关系，使人性、理性和神性得以贯穿三部作品的始终，也使对真善美的终结追求具有了永无止境的非终结性质。正因为如此，所以四大基本主题，连同它们所包含的悖论，便因其特有的认识价值，实现了作品内涵的进一步拓展与提升。

第八，诗人的宇宙人生意识，在更大的范围和更深的层次上，展现了三部作品的内在一致。宇宙人生意识的核心是位置关系问题，亦即"我"与世界、"我"与他人、"我"与自我、"我"与他我等的关系的问题。在三部作品中，它们以毕氏旧学、哥白尼新学和基督教神学为基础，以神与俗、灵与肉、上与下、一与多、新与旧、静与动、生与死等的对立和依存为内容，并在基础和内容上也都呈现为一系列的互动关系，所以既是各有侧重的，也是相互贯通的。就侧重而言，于《第一周年》在三重灵魂，于《第一周年》在空间秩序，于《第二周年》在时间秩序；就贯通而言，它们又是彼此照应、互为增强的，具有唯一性和包容性的特点。二者的结合显示，诗人的宇宙人生意识，就三学的关系与作用而言，呈现为一种游历式的反思，其出发点乃是毕

161

氏旧学的和谐，其实质是基督教神学的灵魂拯救，而其诱因则是哥白尼新学的冲击。这意味着新旧学的结合，亦即运动与和谐的结合，其表层意义在于和谐中的运动或运动中的和谐，其深层趣旨则在于对人生真谛的探索，包括生命的存在与非存在、世界的健康与病态、人生的长寿与短暂、人性的伟大与渺小、自然的秩序与混乱等，而其直接的载体则是人性之善与恶、正与邪、美与丑、真与伪等的一系列互动。宇宙人生中的神学基础，不仅使"自上而下—自下而上"的灵魂游历成为"神性—人性—神性"的精神游历的外化表现，而且也使三位一体成为压倒一切的决定性理念。这种理念，于《灵的进程》更倾向于感觉，于《第一周年》更倾向于理性，于《第二周年》更倾向于神性，使前者的尘世之旅、中者的世界解剖、后者的天国回归，无不具有上与下、生与死、真与伪、善与恶、一与多和内与外等的对照，且一同指向生命的终结意义和最高价值，成为诗人渴望灵魂拯救的必然反映。所以从静止到运动、从直线运动回归圆形运动、从上界而下界而上界、从人性的觉醒到神性的升华，既是诗人宇宙人生意识的诗化再现，也是"宇宙灵魂"的完整历程，而主宰这一切的仍旧是一种生命意识。

162

总之，多恩的三部长诗具有极其丰富的寓意，而所有寓意都集中体现在灵魂的完整生命历程之中，所以是一支以灵与肉的关系为轴线、以对生命的关怀为轴心的完整而特殊的灵魂三部曲。其完整性的集中体现，一是所有寓意的首尾呼应，二是灵魂的一次完整生命历程；其特殊性的集中体现，一是将纯然的灵魂直接展现在读者眼前，二是借灵魂的游历探索生命的真谛。特殊性与完整性的有机集合，连同诗人严肃的创作态度，都在向我们昭示：多恩的《灵的进程》《第一周年》和《第二周年》乃是世界文坛上可以迎风傲雪的奇葩，是英诗王国中一曲前所未有的生命礼赞。

这曲生命的礼赞，除了本身所具有的丰富寓意之外，还集中传递着诗人特有的美学追求，亦即从道德、宇宙、本体、自然与和谐的角度，诗化地表述为灵魂所象征的美的五个属性：美德的化身、世界的精华、美的原质、自然的色彩、天国的精灵。更为重要的是，这些属性乃是以肉体为反衬的对灵魂的审美观照，所以也如同灵与肉、神与俗等一样，既是相互独立的，又是相互依存的，处于一种多重互动的关联之中。这种多重互动，最先见于《灵的进程》，而后明确于《第一周年》，最后延至《第二周年》，在显示三部曲之相互作用、动态关联、首尾呼应、浑然一体的性质的同时，也体现着诗人一统的审美追求。

多重的互动关系和一统的审美追求，一方面增强了作品的内在联系，深化了其间的各种寓意；另一方面又使作品本身，包括其丰富的意象，也都带上了十分浓烈的思辨色彩、主体色彩和现代色彩。以灵的历程为自我的历程、借"大我"与"小我"的对应探索生命的意义、在他我与异我的互动中展示自我的觉醒，这一切都集中体现了以自我、他我、异我为核心的现代性，以及以身份认定、自我此在为核心的主体性。而恒与变、生与死、神与俗等一系列众多观念、意象、寓意的横贯始终与互动关联，则集中体现了以悖论、巧思为核心的思辨性。这一切反过来又强化了多重的互动关系和一统的审美追求，使作品俨然就是诗人以"思考着的裸露心灵"而成就的少有的灵魂三部曲。

多重的互动关系和一统的审美追求，也同样见于多恩的爱情诗、神学诗和散文作品中，因此其所彰显的，不仅是三部曲本身的内在统一，而且是三部曲之外的其余三类作品的彼此互动，显示着多恩之一贯而独特的艺术魅力。杨周翰在《十七世纪英国文学》中评多恩的布道文"是稀释了的诗"（126），可谓一针见血。但"一贯"并非一成不变，不但多恩前后期的作品，而且三部曲本身的诗节和倾向，也都存在区别。在诗节上，《灵的进程》比较规整，而《第一周年》和《第二周年》则比较自如，这意味着后者更适合于叙事，可事实并非如此，反而是前者有着更强的故事性，但这并不意味着一贯性的丧失，反倒是这种突兀，使诗人的独特性和一贯性显得更加突出、更加张扬。在倾向上，《灵的进程》有着更多的世俗味，而另两部则有着更浓的宗教味，但这同样没有消减三者的一贯性和独特性，反而更清楚地说明了其间的过渡性。这一切都表明，作为诗人生平之中间阶段的产物，灵魂三部曲与其他作品之间，犹如三部曲内部一样，也存在历时与共时的多重互动，而这也同样彰显着诗人之一贯而独特的艺术魅力。

多重的互动与一统的审美，以及因此而来的艺术魅力，就迄今依旧困扰多恩研究的种种问题而言，究竟能够回答多少，大到怎样的范围，深到何种的程度，如此等等，都有待进一步的研究。但至少可以肯定的是，多重互动显示着文艺复兴的两条重要诗学原则：创造和认识你自己。在第一条原则上，诗人之独特性并不在于创造本身，而在于创造的基础。时人的创造是基于自然的，也就是可感知的外部世界，是借外在形象来揭示内在情感的；而多恩的创造则是基于内心的，是内心世界的直接再现，因此显得更加深刻、更加尖锐，也更加富有才气，但其代价则是牺牲外在的美，牺牲诗的音乐性。在第二条原则上，诗人的独特性并不在于认识本身，而在于认识的方式：借两个世界、三重灵魂、四行关系、天人对应等理念，借人与人、人与社会、人与自然、人与自我等关系，借具有生命本原性质、包括人性与理性和神性、能够堕落与复活的"宇宙灵魂"的理念，达至对自我的终结认识。其意义在于超越了类别与个体的界限，甚至比约翰逊更具前瞻性，但其代价则是"卖弄才学"

的嫌疑。两条原则的紧密结合，同样体现着诗人之一统的审美追求。这种追求必然是充满悖论和玄学色彩的，但却曲折地再现了被扭曲的人际关系；同时，诗人也没有将艺术降为社会和哲学的奴婢，反而以自己的特有风格，揭示了在面临物欲的荒漠时，内心深处对人性的呼唤、对真理的探索、对灵魂拯救的渴望。这一切因体现于诗人的全部作品中，所以其直接意义在于三部曲为诗人的其他作品提供了一个本真的视角，而其间接意义则在于诗人这曲前所未有的生命礼赞及其对真善美的真切关注，至今依然具有特殊的重要性。

参 考 文 献

柏拉图：《柏拉图文艺对话录》，北京：人民文学出版社，1980。

---.《柏拉图全集》4卷本，王晓朝译，北京：人民出版社，2002-2003。

---.《理想国》，顾寿观译，长沙：岳麓书社，2010。

《不列颠百科全书》（国际中文版修订版），32卷本，北京：中国大百科全书出版社，2007。

布洛诺夫斯基：《人之上升》，任远、王笛、邝惠译，成都：四川人民出版社，1988。

恩格斯：《自然辩证法》，于光远等译，北京：人民出版社，1984。

冯天瑜：《中华元典精神》，上海：上海人民出版社，1994。

伽达默尔：《真理与方法》，洪汉鼎译，上海：上海译文出版社，1992。

哥白尼：《天体运行论》，叶式辉译，武汉：武汉出版社，1992。

郝刘祥："20世纪的英雄史诗：《基本粒子物理学史》，"《自然科学史研究》3（2003）：284-288。

胡家峦：《历史的星空：英国文艺复兴时期诗歌与西方宇宙论》，北京：北京大学出版社，2001。

江晓原："第谷天文体系的先进性问题，"《自然辩证法通讯》11.59（1989）：47-52。

科恩：《科学中的革命》，鲁旭东、赵培杰、宋振山译，北京：商务印书馆，1998。

洛思：《神学的灵泉》，孙毅、游冠辉译，北京：中国致公出版社，2001。

马泰伊：《毕达哥拉斯和达哥拉斯学派》，管震湖译，北京：商务印书馆，1997。

毛泽东：《毛泽东论文艺》（增订本），北京：人民文学出版社，1992。

叔本华：《作为意志和表象的世界》，石冲白译，西宁：青海人民出版社，1996。

汤一介：《郭象与魏晋玄学》（增订本），北京：北京大学出版社，2000。

吴笛：《英国玄学派诗歌研究》，北京：中国社会科学出版社，2013。

伍蠡甫（主编）：《西方文论选》上卷，上海：上海译文出版社，1979。

席云舒："从物本主义、神本主义到人本主义：'中国精神现象学'的视角与当代社会转型，"《文艺争鸣》2（2000）：51-56。

宣焕灿：《天文学历》，北京：高等教育出版社，1992。

亚里士多德：《形而上学》，吴寿彭译，北京：商务印书馆，1996。

晏奎："品评、颂扬与反思：17世纪的多恩研究，"《外国文学研究》5（2014）：117-125。

---."爱的见证：评多恩《告别辞：节哀》中的'圆'，"《昭通师范高等专科学校学报》1（2003）：39-45。

---."互动：多恩的艺术魅力，"《北京大学学报》S1（2001）：140-145。

杨适：《哲学的童年》，北京：中国社会科学出版社，1987。

杨周翰：《十七世纪英国文学》，北京：北京大学出版社，1995。

约翰·但恩：《约翰·但恩诗选》，傅浩译，北京：外语教学与研究出版社，2014。

约翰·多恩：《丧钟为谁而鸣：生死边缘的沉思录》，林和生译，北京：新星出版社，2009。

---.《邓约翰：哀歌集》，曾建纲译，台北：联经出版事业股份有限公司，2011。

朱立元(主编)：《当代文艺理论》，上海：华东师范大学出版社，1997。

Abrams, Meyer Howard, gen., ed. *The Norton Anthology of English Literature*. 2 vols. New York and London: W. W. Norton & Company, 1986. Print.

Bacon, Francis. "The Advancement of Learning. " *Critical Theory Since Plato*. Eds. Hazard Adams and Leroy Searle. 3rd ed. Boston: Thomson Wadsworth, 2005. 235-236. Print.

Baker, Richard. *A Chronicle of the Kings of England. From the Times of the Romans Government unto the Death of King James*. London, n. p. 1643. Print.

Bald, Robert Cecil. *John Donne: A Life*. New York: Oxford UP, 1970. Print.

---. *Donne and the Drurys*. Westport: Greenwood Press, 1986. Print.

Barton, Tamsyn. *Ancient Astrology*. London and New York: Routledge, 1994. Print.

Bewley, Marius. "Religious Cynicism in Donne's Poetry. " *Kenyon Review* 14 (1952): 619-646. Print.

Blumenberg, Hans. *The Legitimacy of the Modern Age*. Trans. Robert M. Wallace. Cambridge: MIT Press, 1985. Print.

Browne, Thomas. "Religio Medici. " *Norton Anthology of English Literature, Vol 1*. Ed. M. H. Abrahams. New York and London: W. W. Norton & Company, 1986. 1717-1726. Print.

Bush, Douglas. *English Literature in the Earlier Seventeenth Century, 1600-1666*. Oxford: Clarendon Press, 1962. Print.

Carey, John. *John Donne: Life, Mind and Art*. New York: Oxford UP, 1981. Print.

Coffin, Charles Monroe. *John Donne and the New Philosophy*. New York: Columbia UP, 1937. Print.

Courthope, William John. *A History of English Poetry*. New York and London: Macmillan & Co., 1903. Print.

Docherty, Thomas. *John Donne Undone*. London and New York: Methuen, 1986. Print.

Donne, John. *The Poems of John Donne*. 2 vols. Ed. Herbert J. C. Grierson. Oxford: Clarendon Press, 1912. Print.

---. *Complete English Poems*. Ed. C. A. Patrides. New York: Everyman's Library, 1991. Print.

---. *Selected Letters*. Ed. P. M. Oliver. New York: Routledge, 2002. Print.

---. *Devotions upon Emergent Occasions Together with Death's Duel*. Eds. John F. Thornton and Susan B. Varenne. New York: Vintage Books, 1999. Print.

---. *Ignatius his Conclave*. Ed. T. S. Healy. Oxford: Clarendon Press, 1969. Print.

---. *Essays in Divinity*. Ed. Evelyn M. Simpson. Oxford: Clarendon Press, 1967. Print.

---. *The Major Works*. Ed. John Cary. Oxford: Oxford UP, 1990. Print.

Drummond, William. *Notes of Ben Jonson's Conversations with William Drummond of Howthornden*. London: The Shakespeare Society, 1842. Print.

Edwards, David L. *John Donne: Man of Flesh and Spirit*. London and New York: Continuum, 2001. Print.

Eliot, Thomas Stearns. *The Varieties of Metaphysical Poetry*. Ed. Ronald Schuchard. New York: Harcourt

Brace and Company, 1993. Print.

---. "Metaphysical Poets. " *An Anthology of English Literature Annotated in Chinese.* Eds. Wang ZuoLiang, Li Funing, Zhou Yuliang, et al. Beijing: Commercial Press, 1987. 1225-1235. Print.

Ellrodt, Robert. *Seven Metaphysical Poets: A Structural Study of the Unchanging Self.* Oxford: Oxford UP, 2000. Print.

Fausset, Hugh L'anson. *John Donne: A Study in Discord.* London: Jonathan Cape, 1924. Print.

Ford, Boris, ed. *The Pelican Guide to English Literature. Vol. 3. From Donne to Marvell.* Harmondsworth and Baltimore: Penguin Books, 1968. Print.

Gardner, Helen, ed. *John Donne: A Collection of Critical Essays.* New Jersey: Prentice-Hall Inc., 1986. Print.

Gillie, Christopher. *Longman Companion to English Literature.* London: Longman, 1978. Print.

Gorman, Peter. *Pythagoras: A Life.* London, Henley and Boston: Routledge & Kegan Paul, 1979. Print.

Gorton, Lisa. "John Donne's Use of Space. " *Early Modern Literary Studies* 4. 2 (1998): 1-14. Print.

Grierson, Herbert J. C., ed. *The Poems of John Donne.* 2 vols. Oxford: Clarendon Press, 1912. Print.

---, ed. *Metaphysical Lyrics and Poems of the Seventeenth Century.* Rev. ed. Oxford: Oxford UP, 1966. Print.

Grosart, Alexander Ballock, ed. *The Complete Poems of John Donne, D. D.* 3 vols. London: Robson and Sons, 1872-1873. Print.

Grossman, Marshal. *The Story of All Things: Writing the Self in English Renaissance Narrative Poetry.* Durham and London: Duke UP, 1998. Print.

Herendeen, Wyman H. "'I launch at Paradise, and saile toward Home': *The Progresse of the Soule* as Palinode. " *Early Modern Literary Studies* Spec. Issue 7 (May, 2001): 9. 1-28. Web. 20 Nov. 2003.

Hughes, Merritt Y. "Kidnapping Donne. " *Essential Articles for the Study of John Donne's Poetry.* Ed. John R. Roberts. Hamden: Archon Books, 1975. 37-57. Print.

Johnson, Jeffrey. *The Theology of John Donne.* Cambridge: D. S. Brewer, 1999. Print.

Johnson, Samuel. "Life of Cowley. " *An Anthology of English Literature Annotated in Chinese.* Eds. Wang Zuoliang, Li Funing, Zhou Yuliang, et al. Beijing: Commercial Press, 1987. 456-460. Print.

Jonson, Ben. *Works.* 11 vols. Eds. C. H. Hereford and Percy Simpson. Oxford: Clarendon Press, 1925. Print.

Jordan, Richard D. *The Quiet Hero: Figures of Temperance in Spenser, Donne, Milton, and Joyce.* Washington: Catholic U of America P, 1989. Print.

Kaufmann, Walter and Forrest E. Baird. *Ancient Philosophy.* New Jersey: Prentice-Hall, Inc., 1994. Print.

Kennedy, Joseph X. J. and Dana Gioia. *An Introduction to Poetry.* New York: Harper Collins College Publisher, 1994. Print.

Keynes, Geoffrey. *A Bibliography of Dr. John Donne.* 3rd ed. Cambridge: Cambridge UP, 1958. Print.

Laertius, Diogenes. *Philosophoi Biol, or Vitae philosophorum.* Trans. C. D. Yonge. London: 1853; trans. R. D. Hicks. London and New York: 1925. Print.

Le Comte, Edward. *Grace to a Witty Sinner: A Life of Donne.* New York: Walker & Co., 1965. Print.

Lebans, W. M. "Donne's *Anniversaries* and the Tradition of Funeral Elegy. " *Journal of English Literary History* 39 (1972): 545-559. Print.

Lewaski, Barbara Kiefer. *Donne's Anniversaries and the Poetry of Praise: The Creation of a Symbolic Mode.* Princeton: Princeton UP, 1973. Print.

Lewis, Clive Staples. *A Preface to Paradise Lost.* New York: Oxford UP, 1961. Print.

Manley, Frank, ed. *John Donne: The Anniversaries.* Baltimore: Johns Hopkins Press, 1963. Print.

Martz, Louis L. *The Poetry of Meditation: A Study in English Religious Literature of the Seventeenth Century.* Rev. ed. New Haven and London: Yale UP, 1978. Print.

---. *From Renaissance to Baroque: Essays on Literature and Art.* Columbia and London: U of Missouri P, 1991. Print.

Mayne, Jasper. "On Dr Donne's Death. " *The Critical Heritage: John Donne.* Ed. A. J. Smith. London and New York: Routledge, 1983. 97-99. Print.

McHenry, Robert, gen., ed. *New Encyclopedia Britannica.* 15th ed. 32 vols. Chicago: Encyclopedia Britannica Educational Corp, 2002. Print.

Mcintosh, Mark A. "Theology and Spirituality: Notes on the Mystical Christology of John Donne. " n. d. Web. 27 Nov. 2003.

Milgate, Wesley, ed. *John Donne: The Epithalamions, Anniversaries, and Epicedes.* Oxford: Clarendon Press, 1978. Print.

Milton, John. *Complete Poems and Major Prose.* Ed. Merrit Y. Hughes. New York: Macmillan Publishing Co., 1985. Print.

Mollenkott, Virginia Ramey. "John Donne and the Limits of Androgyny. " *Journal of English and Germanic Philology* 80 (1981): 22-38. Print.

Morris, June. "A Study of Humor in Donne's *Anniversaries*: 'How Witty's Ruin?'" *English Miscellany* 28-29(1979-1980): 157-170. Print.

Mueller, Janel. "Donne's Epic Venture in the Metempsycosis. " *Modern Philology* 70 (1972-1973): 109-137. Print.

Mueller, William R. *John Donne: Preacher.* Princeton: Princeton UP, 1962. Print.

Murray, William A. "What was the Soul of the Apple?" *Review of English Studies* 10 (1959): 141-155. Print.

Nicholls, David. "The Political Theology of John Donne. " *Theological Studies* 49(1988): 45-66. Print.

Nicolson, Marjorie Hope. *Breaking of the Circle.* Evanston: Northwestern UP, 1950. Print.

---. *Science and Imagination.* Ithaca: Cornell UP, 1956. Print.

Patrides, Constantinos A., ed. *John Donne: The Complete English Poems.* New York: Everyman's Library, 1991. Print.

Patridge, Astley Cooper. *John Donne: Language and Style.* London: Andre Deutsch Ltd., 1978. Print.

Ramsay, Mary Patton. "Donne's Relation to Philosophy. " *A Garland for John Donne.* Ed. Theodore Spencer.

Cambridge: Harvard UP, 1931. 99-120. Print.

Ray, Robert H. *A John Donne Companion*. New York and London: Garland Publishing Inc., 1990. Print.

Richards, Ivor Armstrong. "The Interaction of Words. " *The Language of Poetry*. Ed. Allen Tate. Princeton: Princeton UP, 1942. 62-89. Print.

Richter, David H., ed. *The Critical Tradition: Classical Texts and Contemporary Trends*. New York: St. Martin's Press, 1989. Print.

Roberts, John R., ed. *Essential Articles for the Study of John Donne's Poetry*. Hamden: Archon Books, 1975. Print.

Saintsbury, George. "John Donne. " *John Donne: A Collection of Critical Essays*. Ed. Helen Gardner. New Jersey: Prentice Hall Inc., 1986. 13-22. Print.

Schuchard, Ronald. "Editor's Introduction. " *The Varieties of Metaphysical Poetry*. By T. S. Eliot. Ed. Ronald Shuchard. New York: Harcourt Brace and Company, 1993. 1-31. Print.

Schure, Eduard. *Pythagoras and the Delphic Mysteries*. Trans. F. Rothwell. London: William Ridge & Son, 1918. Print.

Selden, Raman, ed. *The Theory of Criticism*. London and New York: Longman, 1988. Print.

Shawcross, John, ed. *The Complete Poetry of John Donne*. New York: Doubleday, 1967. Print.

Sidney, Philip. "An Apology for Poetry. " *Critical Theory Since Plato*. 3rd ed. Eds. Hazard Adams and Leroy Searle. Boston: Thomson Wadsworth, 2005. 186-206. Print.

Simpson, Evelyn M. *A Study of the Prose Works of John Donne*. Oxford: Clarendon Press, 1924. Print.

Smith, A. J., ed. *The Critical Heritage: John Donne*. London and New York: Routledge, 1983. Print.

---, ed. *John Donne: The Complete English Poems*. Harmondsworth: Penguin, 1971. Print.

Stringer, Gary A., gen., ed. *The Variorum Edition of the Poetry of John Donne*. 8 vols. to date. Bloomington and Indianapolis: Indiana UP, 1995. Print.

Tayler, Edward W. *Donne's Idea of a Woman*. New York: Columbia University Press, 1991. Print.

Tepper, Michael. "John Donne's Fragment Epic: The Progresse of the Soule. " *English Language Notes* 13 (1975-1976): 262-266. Print.

The Holy Bible Containing The Old and New Testaments in the King James Version. Nashville: Thomas Nelson Publishers, 1984. Print.

Walton, Izaak. "The Life of Dr. John Donne. " *John Donne Devotions upon Emergent Occasions Together with Death's Duell*. By John Donne. Ann Arbor: U of Michigan P, 1959. v-li. Print.

Wang, Zuoliang, Li Funing, Zhou Yuliang, ed. *An Anthology of English Literature Annotated in Chinese*. Beijing: Commercial Press, 1987. Print.

Williamson, George. *A Reader's Guide to the Metaphysical Poets*. London: Thames and Hudson, 1988. Print.

---. "Donne's Satirical *Progress of the Soule*. " *ELH* 36 (1969): 250-264. Print.

Yan, Kui. "Donne's Elegies Betrayed. " *John Donne Journal* 32 (2013): 205-219. Print.

附　　录

附录 1　多恩生平年表

1572 年出生于伦敦布莱德大街一天主教家庭，父亲约翰是五金商，母亲伊丽莎白·海沃德(Elizabeth Heywood)是诗人和剧作家约翰·海沃德的女儿，外祖母琼·拉斯特尔(Joan Rastell)是托马斯·莫尔爵士(Sir Thomas More)的侄女。

1576 年父亲去世(2 月？)；母亲改嫁(7 月)；继父约翰·赛明斯(1588 年去世)是天主教徒、医生，曾任皇家医学院院长。

1577 年大姐伊丽莎白病逝。

1581 年五妹玛丽和六妹凯瑟琳病逝。

1584 年被录取入牛津大学(10 月)。

1587~1591 年就读于剑桥大学或游历意大利和西班牙；玛丽女王被处死(1587 年)。

1591 年进入撒威斯法学院(Thavies Inn，5 月？)；官方镇压不服国教者(1591 年、1593 年)。

1592 年转入林肯法学院(Lincoln's Inn，5 月)；伦敦爆发大瘟疫(1592~1593 年)。

1593 年任林肯法学院节庆典礼官(Master of the Revels)，接受父亲产业；四弟亨利因窝藏天主教牧师威廉·哈林顿遭逮捕，稍后在伦敦西门监狱死于瘟疫。

1596 年自荐从军，随埃塞克斯伯爵(Earl of Essex)远征西班牙西南港市加的斯(Cadiz)。

1597 年随军远征亚速尔群岛(the Azores)。

1598 年任掌玺大臣伊格尔顿(Sir Thomas Egerton)的秘书，结识伊格尔顿的侄女安娜·莫尔。

1600 年伊格尔顿夫人去世(1 月)；安娜·莫尔返回伦敦东南近郊吉尔福德镇(Guildford)的洛斯利(Losely)庄园。

1601 年出任诺森伯兰郡布莱克地区的议会议员；安娜随父亲来伦敦；与安娜秘密结婚(12 月)。

1602 年因婚姻之事激怒莫尔爵士而短暂入狱，工作丧失；出狱后经济拮据，借住在安娜的表兄弗兰西斯·沃利(Francis Wolley)位于萨里郡的派尔福德(Pyrford)庄园。

1603 年女儿康斯坦斯(Constance)出生；詹姆斯一世举宫出巡，下榻沃利的派尔福德庄园。

1604 年儿子约翰出生。

1605 年作为瓦尔特·舒特爵士(Sir Walter Chute)的侍从出游欧洲大陆；儿子乔治出生。

1606 年出游归来，举家迁回伦敦。

1607 年儿子弗兰西斯受洗；在国内求职，未果。

1608 年女儿露西受洗(8 月)，教母是贝德福德公爵夫人；寻求到爱尔兰任秘书(11 月)，未果；患病卧床(冬)，创作《连祷》(次年出版)。

1609 年寻求在弗吉尼亚州种植园公司任职，未果；女儿布里奇特(Bridget)受洗(12 月)。

1610 年出版《伪殉教者》(1 月)，到罗伊斯顿(Royston)面呈詹姆斯一世；获牛津荣誉硕士学位(4 月)。

1611 年女儿玛丽受洗；出版《依纳爵的加冕》；发表《世界的解剖》并附《挽歌》；后随德鲁里爵士夫妇前往大陆旅游，妻室交由朋友照顾。

1612 年发表《第二周年》，附《世界的解剖》(更名为《第一周年》)；妻子产一死婴；回国后(11 月)举家迁往伦敦西区的德鲁里街。

1613 年发表《哀亨利王子》；创作《婚颂》献给伊丽莎白公主与德国皇储巴拉丁伯爵的婚礼(四月)；拜访亨利·古德伊尔爵士和爱德华·赫伯特爵士；获萨默塞特伯爵(Earl of Somerset)帮助；儿子尼古拉斯(Nicholas)受洗(8 月)；患眼疾几近失明。

1614 年创作《婚颂》献给萨默塞特伯爵；女儿玛丽、儿子弗兰西斯先后夭折。

1615 年受命出任牧师(1 月)；受命为王室牧师(2 月)；获剑桥大学神学博士学位(4 月)；女儿玛格丽特受洗。

1616 年出任林肯法学院神学主讲(至 1622 年)，女儿伊丽莎白出生。

1617 年妻子产一死婴后去世(8 月)。

1619 年出任使团牧师，随唐卡斯特子爵(Doncaster)出访德国，曾在海德尔堡为皇储巴拉丁夫妇布道(6 月)；归途中经过荷兰并在海牙布道(12 月)。

1621 年出任圣保罗大教堂教长(11 月)。

1622 年当选弗吉尼亚州种植园公司荣誉董事(7 月)，给该公司的布道被称为英国第一篇传教士布道文。

1623 年出版《三布道文》；女儿康斯坦斯出嫁；重病卧床(11 月)。

1624 年出版《应急祷告》；受命出任圣邓斯坦(St. Dunstan)的教区牧师。

1625 年詹姆斯一世去世(3 月)；于王宫作布道(4 月)，后称《给国王查理的第一篇布道文》；出版《四布道文》。

1626 年查理一世行加冕式(2 月)，作《给国王陛下的布道文》；出版《五布道文》。

1627 年女儿露西夭折(1 月)。

1631 年母亲去世(1 月)；匿名出版《死的决斗》(2 月)；去世(3 月 31 日)。

附录 2　外国人名英汉对照

（以英语为序）

A

Abel 亚伯

Abrams, M. H. 艾布拉姆斯

Adam 亚当

Adonis 阿多尼斯

Aggripa, Cornelius 科尔内留斯·阿格里帕

172　Alcmaeon 阿尔克米翁

Allen, Don Cameron 卡梅伦·艾伦

Anselment, Raymond A. 安泽尔门特

Apollo 阿波罗

Aquinas, Saint Thomas 阿奎那

Aretino, Pietro 阿雷蒂诺

Aristarchus 阿里斯塔胡斯

Aristotle 亚里士多德

Aristoxenus 亚里斯多塞诺斯

Astraea 阿斯忒莱亚

Atkinson, A. D. 亚特金森

Augustine 奥古斯丁

B

Bacon, Francis 培根

Baird, Forrest E. 贝尔德

Baker, Richard 理查德·贝克

Bald, R. C. 鲍尔德

Barton, Tamsyn 巴顿

Bede 比德

Bedford, Countess of 贝德福德公爵夫人

Bellette, Antony F. 安东尼·贝莱特

Bennett, Joan 琼·本内特

Bethel, S. L. 贝蒂尔

Bewley, Marius 马里厄斯·比利

Bloom, Leopold 利奥波德·布卢姆

Blumenberg, Hans 汉斯·布卢门贝格

Bosch, Hieronymus 博斯

Braidwood 布雷德伍德

Bronowski, Jacob 布洛诺夫斯基

Brown, John 约翰·布朗

Browne, Thomas 托马斯·布朗

Burton, Robert 罗伯特·伯顿

Bush, Douglas 道格拉斯·布什

C

Cain 该隐

Calvin 加尔文

Capella, Martianus 马蒂亚内斯·卡佩拉

Cary, John 约翰·卡里

Chambers 钱伯斯

Charles I 查理一世

Chaucer, Geoffrey 乔叟

Clavius, Christopher 克拉维于斯

Cohen, I. Bernard 科恩

Coffin, Charles Monroe 查尔斯·科芬

Coleridge, Samuel Taylor 柯尔律治

Collier, Jeremy 杰里米·柯里尔

Columbus, Christopher 哥伦布

Copernicus 哥白尼

Courthope, William. J. A. 威廉·考托普

Cox, R. C. 科克斯

Crum, Ralph B. 拉尔夫·克鲁姆

Cunninghan, Francis 弗兰西斯·坎宁安

D

Dante, Alighieri 但丁

Darwin, Charles 达尔文

De Quincey, Thomas 德昆西

Deloney, Thomas 托马斯·德隆尼

Democritus 德谟克利特

Dewe, Thomas 托马斯·迪尤

Dickens, Charles 狄更斯

Dickinson, Emily 狄金森

Docherty, Thomas 多乔泰

Donne, Elizabeth 伊丽莎白·多恩

Donne, John 约翰·多恩

Donne, Katherine 凯瑟琳·多恩

Donne, Mary 玛丽·多恩

Drayton, Michael 德雷顿

Drummond, William of Hawthornden 德拉蒙德

Drury, Elizabeth 德鲁里小姐

Drury, Robert 德鲁里爵士

Dryden, John 德莱顿

E

Ecphantes 艾方杜斯

Edwards, David L. 爱德华兹

Eliot, T. S. 艾略特

Elizabeth, Queen 伊丽莎白女王

Ellrodt, Robert 罗伯特·埃尔罗特

Empson, William 燕卜荪

Engels, Friedrich von 恩格斯

Essex, Earl of 埃塞克斯伯爵

Eve 夏娃

173

F

Fairbanks, Arthur 费尔班克斯

Fausset, Hugh L'anson 休·福塞特

Fox, Ruth A. 露丝·弗克斯

Freud 弗洛伊德

G

Galileo 伽利略

Gardamer, Hans-Georg 伽达默尔

Gardner, Helen 海伦·加德纳

Gerrard, George 乔治·杰拉德

Gilbert 吉尔伯特

Gillie, Christopher 吉利

Gioia, Dana 焦亚

Goodyer, Henry 亨利·古德伊尔

Gorman, Peter 戈尔曼

175

Patridge, A. C. 帕特里治

Patterson, Annabel 安娜贝尔·帕特森

Petrarch 皮特拉克

Photius 福提乌斯

Piaget, Jean 皮亚杰

Plato 柏拉图

Pope, Alexander 亚历山大·蒲柏

Porphyry 波菲利

Plotinus 普罗提诺

Plutarch 普卢塔赫

Ptolemy 托勒密

Pythagoras 毕达哥拉斯

Q

Qiotto 乔托

Quasimodo 卡西莫多

Quinn, Dennis 丹尼斯·奎恩

Quintana, Ricardo 昆塔纳

R

Ramsay, Mary Paton 玛丽·兰姆塞

Ray, Robert H. 罗伯特·雷伊

Richards, I. A. 理查兹

Roberts, John R. 约翰·罗伯兹

Ross, W. D. 罗斯

Rowe, Frederick A. 弗雷德里克·罗韦

Russell, Bertrand 罗素

S

Saintsbury, George 圣兹伯里

Saito, Takeshi 斋藤

Schopenhauer, Authur 叔本华

Schroeder, L. von 施罗德

Schure, Edouard 舒热

Selden, Raman 拉曼·塞尔登

Seth 塞特

Shakespeare, William 莎士比亚

Shami, Jeanne 珍妮·沙米

Shawcross, John T. 肖克罗斯

Schroeder L. 施罗德

Sicherman, Carol 西歇尔曼

Schuchard 舒哈特

Sidney, Philip 锡德尼

Simpon, Evelyn M. 伊夫琳·辛普森

Siphatecia 西筏忒西娅

Smith, A. J. 史密斯

Socrates 苏格拉底

Spencer, Theodore 西奥多·斯潘塞

Spens, Janet 珍妮特·斯彭斯

Spenser, Edmund 埃德蒙·斯宾塞

Spenser, Stanley 斯坦利·斯宾塞

Stansby, W. 斯坦斯比

Stewart, Stanley 斯坦利·斯图尔特

Stringer, Gary A. 斯特林格

Syminges, John 约翰·赛明斯

T

Tashiro, Tom T. 田代

Tayler, Edward W. 爱德华·泰勒

Tennyson, Robert 丁尼生

Tepper, Michael 米希尔·泰珀

Themech 迪莫恪

Thersites 特耳西特斯

Timaeus 蒂迈欧

Triggs, Sara 萨拉·特里格斯

Turnell, Martin 马丁·特尼尔

Tycho 第谷

V

Victoria, Queen 维多利亚女王

Virgil 维吉尔

W

Waddington, Raymond 雷蒙德·沃丁顿

Wallerstein, Ruth 露茜·沃勒斯坦

Walton, Izaak 艾乍克·沃尔顿

Warburton, William 沃伯顿

Warton, Joseph 约瑟夫·沃顿

Webster, John 约翰·韦伯斯特

White, Helen 海伦·怀特

Whitman, Walt 惠特曼

Williamson, George 乔治·威廉森

Wilson, Arthur 亚瑟·威尔逊

Winny, James 詹姆士·温尼

Wintersdorf, Karl 温特斯多夫

Wordsworth, William 华兹华斯

附录 3　外文作品英汉对照

一、多恩作品

1 史诗

Metempsychosis, or The Progresse of the Soule《灵的进程》

The First Anniversarie, or An Anatomie of the World《第一周年》

The Second Anniversarie, or Of the Progresse of the Soule《第二周年》

2 爱情诗

A Valediction: Forbidding Mourning《告别辞：节哀》

Communitie《共性》

Loves Growth《爱的成长》

Ecclogue. 1613. December 26《挽歌，1613 年 12 月 26 日》

Elegie 3: Change《挽歌第 3 首：变》

Epithalamions《婚颂》

Negative Love《否定的爱》

Song: Goe and catche a Falling Starre《流星》

The Undertaking《担保》

The Indifferent《无所谓》

Twicknam Garden《特威克楠花园》

Womans Constancy《女人的忠贞》

3 宗教诗

A Litanie《连祷》

Holy Sonnet 1: Thou has made me, And shall thy worke decay《神圣十四行诗第 1 号》

Holy Sonnet 2: As due by many titles I resigne《神圣十四行诗第 2 号》

Holy Sonnet 5: I am a little world made cunningly《神圣十四行诗第 5 号》

Holy Sonnet 10: Death be not proud, though some have called thee《神圣十四行诗第 10 号》

Hymnes《圣颂》

To E. of D. with Six Holy Sonnets《致 D 的，附神圣十四行诗六首》

4 讽刺诗

Satyre II: Sir; though (I thanke God for it) I do hate《讽刺诗第 2 号》

Satyre III: Kinde pitty chokes my spleene; brave scorn forbids《讽刺诗第 3 号》

Satyre IV: Well; I may now receive, and die; My sinne《讽刺诗第 4 号》

5 诗信

To Sir Edward Herbert at Julyers《致爱德华·赫伯特》

To Sir Henry Goodyere《致亨利·古德耶》

To the Countesse of Bedford《致贝德福德伯爵夫人》

To the Countesse of Huntingdon《致亨廷顿伯爵夫人》

To the Countesse of Salisbury《致萨里斯伯爵夫人》

6 挽歌

Elegie on the Lady Marckham《挽马卡姆夫人》

7 散文

Devotions upon Emergent Occasions《应急祷告》

Ignatius his Conclave《依纳爵的加冕》

On Eternall Glorie《论永恒的光荣》

Paradoxes and Problems《悖论与问题》

Pseudo-Martyr《伪殉教者》

Why Venus Starre only doth caste a shadow?《金星为何只有影子？》

8 布道文

Sermon preached at Temple Church《在神殿教堂的布道文》

Sermon preached at Whitehall《白厅布道文》

Sermon preached to the Lords《给诸大臣的布道文》

二、他人作品

1 圣经

1 Corinthians《哥林多前书》

The New Testament《新约》

The Old Testament《旧约》

Exodus《出埃及记》

Genesis《创世记》

Psalms《诗篇》

Revelation《启示录》

2 理论著作

An Apology for Poetry, by Philip Sidney 锡德尼《为诗一辩》

The World as Will and Representation, by Arthur Schopenhauer 叔本华《作为意志和表象的世界》

Dialogues, by Plato 柏拉图《文艺对话录》

Ian, by Plato 柏拉图《伊安篇》

Metaphysics, by Aristotle 亚里士多德《形而上学》

On Dramatic Poesy, by Dryden 德莱顿《论戏剧诗》

On the Sublime, by Longinus 郎吉努斯《论崇高》

Phaedo, by Plato 柏拉图《斐德若篇》

Summa Theologica, by Thomas Aquinas 阿奎那《神学大全》

The Advancement of Learning, by Francis Bacon 培根《学术的进展》

The Art of Poetry, by Horace 贺拉斯《诗艺》

The Republic, by Plato 柏拉图《理想国》

The Theory of Criticism, ed. by Roman Selden 塞尔登《批评理论》

The Trinity, by Saint Augustine 奥古斯丁《论三位一体》

Timaeus, by Plato 柏拉图《蒂迈欧篇》

Seven Types of Ambiguity, by William Empson 燕卜荪《歧义的七种类型》

Letter to Can Grande della Scala, by Dante 但丁《致斯加拉大亲王书》

3 多恩与玄学诗研究

Donne's Anniversaries as Celebration, by Dennis Quinn 奎恩《作为庆贺的〈周年诗〉》

Longman Companion to English Literature, by Christopher Gillie 吉利《朗文英国文学指南》

The Poems of John Donne, ed. by H. J. C. Grierson 格瑞厄森《多恩诗集》

Donne's Idea of a Woman, by Edward W. Tayler 泰勒《多恩之女人的理念》

Donne's Satirical Progresse of the Soule, by George Williamson 威廉森《多恩的讽刺诗〈灵的进程〉》

Essential Articles for the Study of John Donne's Poetry, by John R. Roberts 罗伯兹《多恩诗歌研究核心论文集》

Donne and the Drurys, by Robert Cecil Bald 鲍尔德《多恩与德鲁里一家》

John Donne: The Anniversaries, by Frank Manley 曼利《多恩的〈周年纪念〉》

The Meditative Donne: The Anniversaries, by Louis L. Martz 马茨《冥想的多恩:〈周年诗〉》

John Donne: Life, Mind and Art, by John Carey 卡里《多恩的生平、思想和艺术》

John Donne's Use of Space, by Lisa Gorton 戈顿《多恩的空间》

Metaphysical Lyrics and Poems of the Seventeenth Century, ed. by H. J. C. Grierson 格瑞厄森《十七世纪玄学诗集》

Religious Cynicism in Donne's Poetry, by Marius Bewley 比利《多恩诗中的宗教犬儒主义》

The Life of Dr. John Donne, by Izaak Walton 沃尔顿《多恩传》

The Metaphysical Poets, by T. S. Eliot 艾略特《论玄学诗人》

The Variorum Edition of the Poetry of John Donne, gen. ed. by Gary A. Stringer 斯特林格《多恩诗集》

The Theology of John Donne, by Jeffrey Johnson 杰弗里·约翰逊《多恩的神学》

Donne's Anniversaries and the Poetry of Praise, by Barbara Lewaski 黎瓦斯基《多恩的〈周年诗〉与赞美诗》

The Argument of Donne's First Anniversary, by Harold Love 洛夫《多恩〈第一周年〉的主题》

"Essential Joye" in Donne's Anniversaries, by P. G. Stanwood 斯坦伍德《多恩〈周年纪念〉中的"本质欢乐"》

Donne and the New Philosophy, by Charles Coffin 科芬《多恩与新学》

John Donne: Man of Flesh and Spirit, by David L. Edwards 爱德华兹《常人多恩》

The Anniversaries: Donne's Rhetorical Approach to Evil, by Patrick Mahony 马奥尼《〈周

年纪念〉：多恩对"恶"的修辞鞭挞》

What was the Soul of the Apple? by W. A. Murray 默里《什么是苹果的灵魂？》

The Breaking of the Circles, by Marjorie H. Nicholls 尼科尔森《圆的突破》

John Donne: The Complete English Poems, by C. A. Patrides 帕特里德斯《多恩英诗全集》

4 其他

A History of English Poetry, by Courthope 考托普《英国诗史》

Almagest, by Ptolemy 托勒密《至大论》

Anatomy of Melancholy, by Robert Burton 伯顿《忧郁的解剖》

Beowulf, by Anonymous 无名氏《贝奥武甫》

De Revolutionibus, by Copernicus 哥白尼《天体运行论》

De Vita Pythagorica, by Iamblichus 伊安布利霍斯《毕达哥拉斯传》

Dream of the Rood, by Anonymous 无名氏《十字架之梦》

Notes of Ben Jonson's Conversations with William Drummond of Hawthornden, by William Drummond 德拉蒙德《琼生与德拉蒙德谈话笔录》

A Chronicle of the Kings of England, by Richard Baker 贝克《英格兰王编年史》

The Ecclesiastical History of the English People, by Bede 比德《英吉利教会史》

The Legitimacy of the Modern Age, by Hans Blumenberg 布卢门贝格《现时代的合法性》

The Marriage of Philology and Mercury, by Martianus Capella 卡佩拉《语言学与水星的结合》

Hamlet, by Shakespeare 莎士比亚《哈姆雷特》

Inward Bound of Matter and Forces in the Physical World, by Abraham Pais 派斯《基本粒子物理学史》

Laura, by Petrarch 皮特拉克《天国里的劳拉》

New Encyclopedia Britannica, eds. by Robert McHenry, et al.麦克亨利等《新不列颠百科全书》

Metamorphose, by Ovid 奥维德《变形记》

Notre-Dame de Paris, by Victor Hugo 雨果《巴黎圣母院》

Oliver Twist, by Charles Dickens 狄更斯《雾都孤儿》

Norton Anthology of English Literature, ed. by M. H. Abrams 艾布拉姆斯《诺顿英国文学》

Paradise Lost, by John Milton 弥尔顿《失乐园》

Piers Plowman, by William Langland 兰格伦《农夫皮尔斯》

Religio Medici, by Thomas Browne 布朗《医生的宗教》

Revolution in Science, by Bernard Cohen 科恩《科学中的学问》

Tabulae Prutenicae, by Erasmus Reinhold 莱因霍尔德《普鲁士星表》

The Ascent of Man, by J. Bronowski 布洛诺夫斯基《人之上升》

The Divine Comedy, by Dante 但丁《神曲》

The Dream, by Johannes Kepler 开普勒《梦游记》

The Duchess of Malfi, by John Webster 韦伯斯特《马尔菲公爵夫人》

The Fairie Queene, by Edmund Spenser 斯宾塞《仙后》

The Iliad, trans. by Chapman 查普曼《伊利亚特》

The Odyssey, by Homer 荷马《奥德赛》

The Poetry of Meditation, by Louis L. Martz 马茨《冥想诗研究》

The Poetry of Meditation: A Study of English Religious Literature of the Seventeenth
　　Century, by Louis L. Martz 马茨《冥想诗：十七世纪英国宗教文学研究》

The Tempest, by Shakespeare 莎士比亚《暴风雨》

Twelves Night, by Shakespeare 莎士比亚《第十二夜》

Ulysses, by Alfred Tennyson 丁尼生《尤利西斯》

Ulysses, by James Joyce 乔伊斯《尤利西斯》

A Dictionary of the English Language, by Samuel Johnson 塞缪尔·约翰逊《英语词典》

Ancient Philosophy, by Kaufmann and Baird 考夫曼、巴伊德《古代哲学》

Introduction to Poetry, by Kennedy and Gioia 肯尼迪、焦亚《诗歌导论》

183

索　引

后　记

在多恩三部曲的研究过程中，我得到了方方面面的支持与帮助。特别感谢浙江大学沈弘教授，他在北京大学工作期间是我的博士生导师，是他第一个肯定我的想法，多次与我深入讨论。三部曲的构想从雏形到立论到完成，无不凝聚着他真诚的关爱、信任、引导与帮助。感谢北京大学胡家峦教授、刘意青教授、申丹教授、高一虹教授、黄宗英教授、周小仪教授、黄必康教授，他们对本书的细节处理、文献使用、概念辨识等，都提出了很好的意见和建议。

感谢山西大学张耀平教授、山东理工大学孙继成教授、中央民族大学马士奎教授、暨南大学程倩教授、西南大学孟凡君教授、重庆师范大学吴小晶教授、同济大学刘晓芳教授、对外经贸大学金冰教授、厦门大学林斌教授、华东师范大学金衡山教授。他们的睿智与博学给了我许多启发，他们提出的修改建议使本书更加完善。感谢北京大学郝田虎教授和美国贝克大学 Christian van Gorder 教授从美国、英国、中国香港等地为我购买和收集所需资料。

感谢 John T. Shawcross 教授、Gary A. Stringer 教授、John R. Roberts 教授、Ramond-Jean Frontain 教授、Eugene R. Cunnar 教授、Marry Papazian 教授、Paul Parrish 教授、Dennis Flynn 教授、Ernest Sullivan II 教授、Janel Mueller 教授、Jeanne Shami 教授、Anne Lake Prescott 教授、Jeffrey Johnson 教授、Paul G. Stanwood 教授、Thomas Hester 教授、Judith Anderson 教授、Edward Tayler 教授、Frank Manley 教授等。他们或将自己的书籍与论文亲手相送，或耐心回答我的各种困惑，或坦诚与我商讨多恩的三部长诗，无不令我感动。感谢《多恩研究》编辑部无偿提供 John Donne Journal 自创刊以来的现有全套资料（现存于西南大学图书馆）。

感谢云南师范大学原一川教授、河北师范大学李正栓教授等一如既往的关心与帮助。感谢西南大学李力教授、文旭教授、向雪琴研究员、罗益民教授、刘立辉教授等的鼓励与协助，特别感谢文旭院长的大力支持。感谢四川外国语大学董洪川教授、张旭春教授、曾立老师等的无私援助，特别感谢曾立老师对书稿的细读和纠错。感谢科学出版社语言分社阎莉社长的辛勤付出。

感谢爱人李应坚和女儿晏清皓博士。没有她们的通力合作与巨大付出，本书将永远只是一个构想。

晏　奎

2016 年 3 月

于西南大学